比较文学与世界文学 研究丛书

主编 曹顺庆

二编 第 **6** 册

英语世界的拜伦学术史研究（上）

韩 周 琨 著

花木兰文化事业有限公司

国家图书馆出版品预行编目资料

英语世界的拜伦学术史研究（上）／韩周琨 著 —— 初版 —— 新北市：花木兰文化事业有限公司，2023〔民 112〕

目 4+172 面；19×26 公分

（比较文学与世界文学研究丛书 二编 第 6 册）

ISBN 978-626-344-317-4（精装）

1.CST：拜伦（Byron, George Gordon, 1788-1824）

2.CST：学术思想 3.CST：研究考订

810.8   111022110

ISBN-978-626-344-317-4

9 786263 443174

比较文学与世界文学研究丛书

二编 第六册   ISBN：978-626-344-317-4

英语世界的拜伦学术史研究（上）

作 者	韩周琨
主 编	曹顺庆
企 划	四川大学双一流学科暨比较文学研究基地
总 编 辑	杜洁祥
副总编辑	杨嘉乐
编辑主任	许郁翎
编 辑	张雅淋、潘玟静 美术编辑 陈逸婷
出 版	花木兰文化事业有限公司
发 行 人	高小娟
联络地址	台湾 235 新北市中和区中安街七二号十三楼
	电话：02-2923-1455／传真：02-2923-1452
网 址	http://www.huamulan.tw 信箱 service@huamulans.com
印 刷	普罗文化出版广告事业
初 版	2023 年 3 月
定 价	二编 28 册（精装）新台币 76,000 元 版权所有 请勿翻印

英语世界的拜伦学术史研究(上)

韩周琨 著

作者简介

韩周琨，男，1989 年 4 月生，江西赣州人。2018 年毕业于四川大学，获比较文学与世界文学博士学位。现为四川农业大学人文学院讲师。近五年在 European Review, Comparative Literature and Culture（CLC-web），《中外文化与文论》等 SSCI、A&HCI 及 CSSCI 来源期刊上发表中英文论文数篇，主要研究方向为英美文学、比较文学与翻译研究。主持在研省部级、市厅级、校级科研项目 3 项。

提　　要

　　学术史研究是再现作品文本的经典性与还原作家经典化建构历程的一种有效路径。本书以英语世界的拜伦学术史梳理与评析之名，有以下考量：其一是拜伦在中国有逾百年的接受史，其间不同政治意识形态话语的操控与特殊社会文化语境的影响，促使拜伦成为了一个经典化的符号；其二是英语世界的拜伦研究具有深广度的优势，其维度和偏向可作为中西比较的主要参照系。因此，本书意在以经典作家的个案研究为契机，在中西两种不同的学术圈之间创造一个中西对话的场域，通过辨析二者之间的差异，揭示国内研究的差距，并探寻可能获得的启示。具体内容编排上则涉及英语世界关于拜伦特殊的生平、主要作品的典型方面、影响研究视域下的拜伦研究、拜伦的残疾研究等层面；每一部分首先穿插国内就相关问题的观点呈现，而后引入英语世界的主要成果形成对比，进而完成整体性的回顾与把握。其中第一章至第四章建基于详实的材料的综合引介国内较少关注的研究方面，第五章则展开共同话题的比较，重在评述西方学界的独特方法与代表性观点，最后反思拜伦与浪漫主义在中国的接受变异问题，并对西方学术前沿与国内研究的走势进行了展望。

比较文学的中国路径

曹顺庆

自德国作家歌德提出"世界文学"观念以来，比较文学已经走过近二百年。比较文学研究也历经欧洲阶段、美洲阶段而至亚洲阶段，并在每一阶段都形成了独具特色学科理论体系、研究方法、研究范围及研究对象。中国比较文学研究面对东西文明之间不断加深的交流和碰撞现况，立足中国之本，辩证吸纳四方之学，而有了如今欣欣向荣之景象，这套丛书可以说是应运而生。本丛书尝试以开放性、包容性分批出版中国比较文学学者研究成果，以观中国比较文学学术脉络、学术理念、学术话语、学术目标之概貌。

一、百年比较文学争讼之端——比较文学的定义

什么是比较文学？常识告诉我们：比较文学就是文学比较。然而当今中国比较文学教学实际情况却并非完全如此。长期以来，中国学术界对"什么是比较文学？"却一直说不清，道不明。这一最基本的问题，几乎成为学术界纠缠不清、莫衷一是的陷阱，存在着各种不同的看法。其中一些看法严重误导了广大学生！如果不辨析这些严重误导了广大学生的观点，是不负责任、问心有愧的。恰如《文心雕龙·序志》说"岂好辩哉，不得已也"，因此我不得不辩。

其中一个极为容易误导学生的说法，就是"比较文学不是文学比较"。目前，一些教科书郑重其事地指出：比较文学不是文学比较。认为把"比较"与"文学"联系在一起，很容易被人们理解为用比较的方法进行文学研究的意思。并进一步强调，比较文学并不等于文学比较，并非任何运用比较方法来进行的比较研究都是比较文学。这种误导学生的说法几乎成为一个定论，

一个基本常识，其实，这个看法是不完全准确的。

让我们来看看一些具体例证，请注意，我列举的例证，对事不对人，因而不提及具体的人名与书名，请大家理解。在 Y 教授主编的教材中，专门设有一节以"比较文学不是文学比较"为题的内容，其中指出"比较文学界面临的最大的困惑就是把'比较文学'误读为'文学比较'"，在高等院校进行比较文学课程教学时需要重点强调"比较文学不是文学比较"。W 教授主编的教材也称"比较文学不是文学的比较"，因为"不是所有用比较的方法来研究文学现象的都是比较文学"。L 教授在其所著教材专门谈到"比较文学不等于文学比较"，因为，"比较"已经远远超出了一般方法论的意义，而具有了跨国家与民族、跨学科的学科性质，认为将比较文学等同于文学比较是以偏概全的。"J 教授在其主编的教材中指出，"比较文学并不等于文学比较"，并以美国学派雷马克的比较文学定义为根据，论证比较文学的"比较"是有前提的，只有在地域观念上跨越打通国家的界限，在学科领域上跨越打通文学与其他学科的界限，进行的比较研究才是比较文学。在 W 教授主编的教材中，作者认为，"若把比较文学精神看作比较精神的话，就是犯了望文生义的错误，一百余年来，比较文学这个名称是名不副实的。"

从列举的以上教材我们可以看出，首先，它们在当下都仍然坚持"比较文学不是文学比较"这一并不完全符合整个比较文学学科发展事实的观点。如果认为一百余年来，比较文学这个名称是名不副实的，所有的比较文学都不是文学比较，那是大错特错！其次，值得注意的是，这些教材在相关叙述中各自的侧重点还并不相同，存在着不同程度、不同方面的分歧。这样一来，错误的观点下多样的谬误解释，加剧了学习者对比较文学学科性质的错误把握，使得学习者对比较文学的理解愈发困惑，十分不利于比较文学方法论的学习、也不利于比较文学学科的传承和发展。当今中国比较文学教材之所以普遍出现以上强作解释，不完全准确的教科书观点，根本原因还是没有仔细研究比较文学学科不同阶段之史实，甚至是根本不清楚比较文学不同阶段的学科史实的体现。

实际上，早期的比较文学"名"与"实"的确不相符合，这主要是指法国学派的学科理论，但是并不包括以后的美国学派及中国学派的学科理论，如果把所有阶段的学科理论一锅煮，是不妥当的。下面，我们就从比较文学学科发展的史实来论证这个问题。"比较文学不是文学比较""comparative literature is not literary comparison"，只是法国学派提出的比较文学口号，只是法国学派一派的主张，而不是整个比较文学学科的基本特征。我们不能够把这个阶段性的比较文学口号扩大化，甚至让其突破时空，用于描述比较文学所有的阶段和学派，更不能够使其"放之四海而皆准"。

法国学派提出"比较文学不是文学比较"，这个"比较"（comparison）是他们坚决反对的！为什么呢，因为他们要的不是文学"比较"（literary comparison），而是文学"关系"（literary relationship），具体而言，他们主张比较文学是实证的国际文学关系，是不同国家文学的影响关系，influences of different literatures，而不是文学比较。

法国学派为什么要反对"比较"（comparison），这与比较文学第一次危机密切相关。比较文学刚刚在欧洲兴起时，难免泥沙俱下，乱比的情形不断出现，暴露了多种隐患和弊端，于是，其合法性遭到了学者们的质疑：究竟比较文学的科学性何在？意大利著名美学大师克罗齐认为，"比较"（comparison）是各个学科都可以应用的方法，所以，"比较"不能成为独立学科的基石。学术界对于比较文学公然的质疑与挑战，引起了欧洲比较文学学者的震撼，到底比较文学如何"比较"才能够避免"乱比"？如何才是科学的比较？

难能可贵的是，法国学者对于比较文学学科的科学性进行了深刻的的反思和探索，并提出了具体的应对的方法：法国学派采取壮士断臂的方式，砍掉"比较"（comparison），提出比较文学不是文学比较（comparative literature is not literary comparison），或者说砍掉了没有影响关系的平行比较，总结出了只注重文学关系（literary relationship）的影响（influences）研究方法论。法国学派的创建者之一基亚指出，比较文学并不是比较。比较不过是一门名字没取好的学科所运用的一种方法……企图对它的性质下一个严格的定义可能是徒劳的。基亚认为：比较文学不是平行比较，而仅仅是文学关系史。以"文学关系"为比较文学研究的正宗。为什么法国学派要反对比较？或者说为什么法国学派要提出"比较文学不是文学比较"，因为法国学派认为"比较"（comparison）实际上是乱比的根源，或者说"比较"是没有可比性的。正如巴登斯佩哲指出："仅仅对两个不同的对象同时看上一眼就作比较，仅仅靠记忆和印象的拼凑，靠一些主观臆想把可能游移不定的东西扯在一起来找点类似点，这样的比较决不可能产生论证的明晰性"。所以必须抛弃"比较"。只承认基于科学的历史实证主义之上的文学影响关系研究（based on scientificity and positivism and literary influences.）。法国学派的代表学者卡雷指出：比较文学是实证性的关系研究："比较文学是文学史的一个分支：它研究拜伦与普希金、歌德与卡莱尔、瓦尔特·司各特与维尼之间，在属于一种以上文学背景的不同作品、不同构思以及不同作家的生平之间所曾存在过的跨国度的精神交往与实际联系。"正因为法国学者善于独辟蹊径，敢于提出"比较文学不是文学比较"，甚至完全抛弃比较（comparison），以防止"乱比"，才形成了一套建立在"科学"实证性为基础的、以影响关系为特征的"不比较"的比较文学学科理论体系，这终于挡住了克罗齐等人对比较文学"乱比"的批判，形成了以"科学"实证为特征的文学影响关系研究，确立了法国学派的学科理论和一整套方法论体系。当然，法国学派悍然砍掉比较研究，又不放弃"比较文学"这个名称，于是不可避免地出现了比较文学名不副实的尴尬现象，出现了打着比较文学名号，而又不比较的法国学派学科理论，这才是问题的关键。

当然，法国学派提出"比较文学不是文学比较"，只注重实证关系而不注重文学比较和文学审美，必然会引起比较文学的危机。这一危机终于由美国著名比较文学家韦勒克（René Wellek）在1958年国际比较文学协会第二次大会上明确揭示出来了。在这届年会上，韦勒克作了题为《比较文学的危机》的挑战性发言，对"不比较"的法国学派进行了猛烈批判，宣告了倡导平行比较和注重文学审美的比较文学美国学派的诞生。韦勒克作了题为《比较文学的危机》的挑战性发言，对当时一统天下的法国学派进行了猛烈批判，宣告了比较文学美国学派的诞生。韦勒克说："我认为，内容和方法之间的人为界线，渊源和影响的机械主义概念，以及尽管是十分慷慨的但仍属文化民族主义的动机，是比较文学研究中持久危机的症状。"韦勒克指出："比较也不能仅仅局限在历史上的事实联系中，正如最近语言学家的经验向文学研究者表明的那样，比较的价值既存在于事实联系的影响研究中，也存在于毫无历史关系的语言现象或类型的平等对比中。"很明显，韦勒克提出了比较文学就是要比较（comparison），就是要恢复巴登斯佩哲所讽刺和抛弃的"找点类似点"的平行比较研究。美国著名比较文学家雷马克（Henry Remak）在他的著名论文《比较文学的定义与功用》中深刻地分析了法国学派为什么放弃"比较"（comparison）的原因和本质。他分析说："法国比较文学否定'纯粹'的比较（comparison），它忠实于十九世纪实证主义学术研究的传统，即实证主义所坚持并热切期望的文学研究的'科学性'。按照这种观点，纯粹的类比不会得出任何结论，尤其是不能得出有更大意义的、系统的、概括性的结论。……既然值得尊重的科学必须致力于因果关系的探索，而比较文学必须具有科学性，因此，比较文学应该研究因果关系，即影响、交流、变更等。"雷马克进一步尖锐地指出，"比较文学"不是"影响文学"。只讲影响不要比较的"比较文学"，当然是名不副实的。显然，法国学派抛弃了"比较"（comparison），但是仍然带着一顶"比较文学"的帽子，才造成了比较文学"名"与"实"不相符合，造成比较文学不比较的尴尬，这才是问题的关键。

美国学派最大的贡献，是恢复了被法国学派所抛弃的比较文学应有的本义——"比较"（The American school went back to the original sense of comparative literature ——"comparison"），美国学派提出了标志其学派学科理论体系的平行比较和跨学科比较："比较文学是一国文学与另一国或多国文学的比较，是文学与人类其他表现领域的比较。"显然，自从美国学派倡导比较文学应当比较（comparison）以后，比较文学就不再有名与实不相符合的问题了，我们就不应当再继续笼统地说"比较文学不是文学比较"了，不应当再以"比较文学不是文学比较"来误导学生！更不可以说"一百余年来，比较文学这个名称是名不副实的。"不能够将雷马克的观点也强行解释为"比较文学不是比较"。因为在美国学派看来，比较文学就是要比较（comparison）。比较文学就是要恢复被巴登斯佩哲所讽刺和抛弃的"找点类似点"的平行比较研究。因为平行研究的可比性，正是类同性。正如韦勒克所说，"比较的价值既存在于事实联系的影响研究中，也存在于毫无历史关系的语言现象或类型的平等对比中。"恢复平行比较研究、跨学科研究，形成了以"找点类似点"的平行研究和跨学科研究为特征的比较文学美国学派学科理论和方法论体系。美国学派的学科理论以"类型学"、"比较诗学"、"跨学科比较"为主，并拓展原属于影响研究的"主题学"、"文类学"等领域，大大扩展比较文学研究领域。

二、比较文学的三个阶段

下面，我们从比较文学的三个学科理论阶段，进一步剖析比较文学不同阶段的学科理论特征。现代意义上的比较文学学科发展以"跨越"与"沟通"为目标，形成了类似"层叠"式、"涟漪"式的发展模式，经历了三个重要的学科理论阶段，即：

一、欧洲阶段，比较文学的成形期；二、美洲阶段，比较文学的转型期；三、亚洲阶段，比较文学的拓展期。我们将比较文学三个阶段的发展称之为"涟漪式"结构，实际上是揭示了比较文学学科理论的继承与创新的辩证关系：比较文学学科理论的发展，不是以新的理论否定和取代先前的理论，而是层叠式、累进式地形成"涟漪"式的包容性发展模式，逐步积累推进。比较文学学科理论发展呈现为层叠式、"涟漪"式、包容式的发展模式。我们把这个模式描绘如下：

法国学派主张比较文学是国际文学关系，是不同国家文学的影响关系。形成学科理论第一圈层：比较文学——影响研究；美国学派主张恢复平行比较，形成学科理论第二圈层：比较文学——影响研究＋平行研究＋跨学科研究；中国学派提出跨文明研究和变异研究，形成学科理论第三圈层：比较文学——影响研究＋平行研究＋跨学科研究＋跨文明研究＋变异研究。这三个圈层并不互相排斥和否定，而是继承和包容。我们将比较文学三个阶段的发展称之为层叠式、"涟漪"式、包容式结构，实际上是揭示了比较文学学科理论的继承与创新的辩证关系。

法国学派提出，可比性的第一个立足点是同源性，由关系构成的同源性。同源性主要是针对影响关系研究而言的。法国学派将同源性视作可比性的核心，认为影响研究的可比性是同源性。所谓同源性，指的是通过对不同国家、不同民族和不同语言的文学的文学关系研究，寻求一种有事实联系的同源关系，这种影响的同源关系可以通过直接、具体的材料得以证实。同源性往往建立在一条可追溯关系的三点一线的"影响路线"之上，这条路线由发送者、接受者和传递者三部分构成。如果没有相同的源流，也就不可能有影响关系，也就谈不上可比性，这就是"同源性"。以渊源学、流传学和媒介学作为研究的中心，依靠具体的事实材料在国别文学之间寻求主题、题材、文体、原型、思想渊源等方面的同源影响关系。注重事实性的关联和渊源性的影响，并采用严谨的实证方法，重视对史料的搜集和求证，具有重要的学术价值与学术意义，仍然具有广阔的研究前景。渊源学的例子：杨宪益，《西方十四行诗的渊源》。

比较文学学科理论的第二阶段在美洲，第二阶段是比较文学学科理论的转型期。从 20 世纪 60 年代以来，比较文学研究的主要阵地逐渐从法国转向美国，平行研究的可比性是什么？是类同性。类同性是指是没有文学影响关系的不同国家文学所表现出的相似和契合之处。以类同性为基本立足点的平行研究与影响研究一样都是超出国界的文学研究，但它不涉及影响关系研究的放送、流传、媒介等问题。平行研究强调不同国家的作家、作品、文学现象的类同比较，比较结果是总结出于文学作品的美学价值及文学发展具有规律性的东西。其比较必须具有可比性，这个可比性就是类同性。研究文学中类同的：风格、结构、内容、形式、流派、情节、技巧、手法、情调、形象、主题、文类、文学思潮、文学理论、文学规律。例如钱钟书《通感》认为，中国诗文有一种描写手法，古代批评家和修辞学家似乎都没有拈出。宋祁《玉楼春》词有句名句："红杏枝头春意闹。"这与西方的通感描写手法可以比较。

比较文学的又一次危机：比较文学的死亡

九十年代，欧美学者提出，比较文学作为一门学科已经死亡！最早是英国学者苏珊·巴斯奈特 1993 年她在《比较文学》一书中提出了比较文学的死亡论，认为比较文学作为一门学科，在某种意义上已经死亡。尔后，美国学者斯皮瓦克写了一部比较文学专著，书名就叫《一个学科的死亡》。为什么比较文学会死亡，斯皮瓦克的书中并没有明确回答！为什么西方学者会提出比较文学死亡论？全世界比较文学界都十分困惑。我们认为，20 世纪 90 年代以来，欧美比较文学继"理论热"之后，又出现了大规模的"文化转向"。脱离了比较文学的基本立场。首先是不比较，即不讲比较文学的可比性问题。西方比较文学研究充斥大量的 Culture Studies（文化研究），已经不考虑比较的合理性，不考虑比较文学的可比性问题。第二是不文学，即不关心文学问题。西方学者热衷于文化研究，关注的已经不是文学性，而是精神分析、政治、性别、阶级、结构等等。最根本的原因，是比较文学学科长期囿于西方中心论，有意无意地回避东西方不同文明文学的比较问题，基本上忽略了学科理论的新生长点，比较文学学科理论缺乏创新，严重忽略了比较文学的差异性和变异性。

要克服比较文学的又一次危机，就必须打破西方中心论，克服比较文学学科理论一味求同的比较文学学科理论模式，提出适应当今全球化比较文学研究的新话语。中国学派，正是在此次危机中，提出了比较文学变异学研究，总结出了新的学科理论话语和一套新的方法论。

中国大陆第一部比较文学概论性著作是卢康华、孙景尧所著《比较文学导论》，该书指出："什么是比较文学？现在我们可以借用我国学者季羡林先生的解释来回答了:'顾名思义,比较文学就是把不同国家的文学拿出来比较,这可以说是狭义的比较文学。广义的比较文学是把文学同其他学科来比较,包括人文科学和社会科学'。"[1]这个定义可以说是美国雷马克定义的翻版。不过,该书又接着指出:"我们认为最精炼易记的还是我国学者钱钟书先生的说法:'比较文学作为一门专门学科,则专指跨越国界和语言界限的文学比较'。更具体地说,就是把不同国家不同语言的文学现象放在一起进行比较,研究他们在文艺理论、文学思潮,具体作家、作品之间的互相影响。"[2]这个定义似乎更接近法国学派的定义,没有强调平行比较与跨学科比较。紧接该书之后的教材是陈挺的《比较文学简编》,该书仍旧以"广义"与"狭义"来解释比较文学的定义,指出:"我们认为,通常说的比较文学是狭义的,即指超越国家、民族和语言界限的文学研究……广义的比较文学还可以包括文学与其他艺术(音乐、绘画等)与其他意识形态(历史、哲学、政治、宗教等)之间的相互关系的研究。"[3]中国比较文学早期对于比较文学的定义中凸显了很强的不确定性。

由乐黛云主编,高等教育出版社 1988 年的《中西比较文学教程》,则对比较文学定义有了较为深入的认识,该书在详细考查了中外不同的定义之后,该书指出:"比较文学不应受到语言、民族、国家、学科等限制,而要走向一种开放性,力图寻求世界文学发展的共同规律。"[4]"世界文学"概念的纳入极大拓宽了比较文学的内涵,为"跨文化"定义特征的提出做好了铺垫。

随着时间的推移,学界的认识逐步深化。1997 年,陈惇、孙景尧、谢天振主编的《比较文学》提出了自己的定义:"把比较文学看作跨民族、跨语言、跨文化、跨学科的文学研究,更符合比较文学的实质,更能反映现阶段人们对于比较文学的认识。"[5]2000 年北京师范大学出版社出版了《比较文学概论》修订本,提出:"什么是比较文学呢?比较文学是一种开放式的文学研究,它具有宏观的视野和国际的角度,以跨民族、跨语言、跨文化、跨学科界限的各种文学关系为研究对象,在理论和方法上,具有比较的自觉意识和兼容并包的特色。"[6]这是我们目前所看到的国内较有特色的一个定义。

---

1 卢康华、孙景尧著《比较文学导论》,黑龙江人民出版社 1984,第 15 页。

2 卢康华、孙景尧著《比较文学导论》,黑龙江人民出版社 1984 年版。

3 陈挺《比较文学简编》,华东师范大学出版社 1986 年版。

4 乐黛云主编《中西比较文学教程》,高等教育出版社 1988 年版。

5 陈惇、孙景尧、谢天振主编《比较文学》,高等教育出版社 1997 年版。

6 陈惇、刘象愚《比较文学概论》,北京师范大学出版社 2000 年版。

具有代表性的比较文学定义是 2002 年出版的杨乃乔主编的《比较文学概论》一书，该书的定义如下："比较文学是以跨民族、跨语言、跨文化与跨学科为比较视域而展开的研究，在学科的成立上以研究主体的比较视域为安身立命的本体，因此强调研究主体的定位，同时比较文学把学科的研究客体定位于民族文学之间与文学及其他学科之间的三种关系：材料事实关系、美学价值关系与学科交叉关系，并在开放与多元的文学研究中追寻体系化的汇通。"[7]方汉文则认为："比较文学作为文学研究的一个分支学科，它以理解不同文化体系和不同学科间的同一性和差异性的辩证思维为主导，对那些跨越了民族、语言、文化体系和学科界限的文学现象进行比较研究，以寻求人类文学发生和发展的相似性和规律性。"[8]由此而引申出的"跨文化"成为中国比较文学学者对于比较文学定义所做出的历史性贡献。

我在《比较文学教程》中对比较文学定义表述如下："比较文学是以世界性眼光和胸怀来从事不同国家、不同文明和不同学科之间的跨越式文学比较研究。它主要研究各种跨越中文学的同源性、变异性、类同性、异质性和互补性，以影响研究、变异研究、平行研究、跨学科研究、总体文学研究为基本方法论，其目的在于以世界性眼光来总结文学规律和文学特性，加强世界文学的相互了解与整合，推动世界文学的发展。"[9]在这一定义中，我再次重申"跨国""跨学科""跨文明"三大特征，以"变异性""异质性"突破东西文明之间的"第三堵墙"。

"首在审己，亦必知人"。中国比较文学学者在前人定义的不断论争中反观自身，立足中国经验、学术传统，以中国学者之言为比较文学的危机处境贡献学科转机之道。

三、两岸共建比较文学话语——比较文学中国学派

中国学者对于比较文学定义的不断明确也促成了"比较文学中国学派"的生发。得益于两岸几代学者的垦拓耕耘，这一议题成为近五十年来中国比较文学发展中竖起的最鲜明、最具争议性的一杆大旗，同时也是中国比较文学学科理论研究最有创新性，最亮丽的一道风景线。

---

7 杨乃乔主编《比较文学概论》，北京大学出版社 2002 年版。
8 方汉文《比较文学基本原理》，苏州大学出版社 2002 年版。
9 曹顺庆《比较文学教程》，高等教育出版社 2006 年版。

　　比较文学"中国学派"这一概念所蕴含的理论的自觉意识最早出现的时间大约是 20 世纪 70 年代。当时的台湾由于派出学生留洋学习,接触到大量的比较文学学术动态,率先掀起了中外文学比较的热潮。1971 年 7 月在台湾淡江大学召开的第一届"国际比较文学会议"上,朱立元、颜元叔、叶维廉、胡辉恒等学者在会议期间提出了比较文学的"中国学派"这一学术构想。同时,李达三、陈鹏翔(陈慧桦)、古添洪等致力于比较文学中国学派早期的理论催生。如 1976 年,古添洪、陈慧桦出版了台湾比较文学论文集《比较文学的垦拓在台湾》。编者在该书的序言中明确提出:"我们不妨大胆宣言说,这援用西方文学理论与方法并加以考验、调整以用之于中国文学的研究,是比较文学中的中国派"10。这是关于比较文学中国学派较早的说明性文字,尽管其中提到的研究方法过于强调西方理论的普世性,而遭到美国和中国大陆比较文学学者的批评和否定;但这毕竟是第一次从定义和研究方法上对中国学派的本质进行了系统论述,具有开拓和启明的作用。后来,陈鹏翔又在台湾《中外文学》杂志上连续发表相关文章,对自己提出的观点作了进一步的阐释和补充。

　　在"中国学派"刚刚起步之际,美国学者李达三起到了启蒙、催生的作用。李达三于 60 年代来华在台湾任教,为中国比较文学培养了一批朝气蓬勃的生力军。1977 年 10 月,李达三在《中外文学》6 卷 5 期上发表了一篇宣言式的文章《比较文学中国学派》,宣告了比较文学的中国学派的建立,并认为比较文学中国学派旨在"与比较文学中早已定于一尊的西方思想模式分庭抗礼。由于这些观念是源自对中国文学及比较文学有兴趣的学者,我们就将含有这些观念的学者统称为比较文学的'中国'学派。"并指出中国学派的三个目标:1、在自己本国的文学中,无论是理论方面或实践方面,找出特具"民族性"的东西,加以发扬光大,以充实世界文学;2、推展非西方国家"地区性"的文学运动,同时认为西方文学仅是众多文学表达方式之一而已;3、做一个非西方国家的发言人,同时并不自诩能代表所有其他非西方的国家。李达三后来又撰文对比较文学研究状况进行了分析研究,积极推动中国学派的理论建设。11

　　继中国台湾学者垦拓之功,在 20 世纪 70 年代末复苏的大陆比较文学研

---

10 古添洪、陈慧桦《比较文学的垦拓在台湾》,台湾东大图书公司 1976 年版。
11 李达三《比较文学研究之新方向》,台湾联经事业出版公司 1978 年版。

究亦积极参与了"比较文学中国学派"的理论建设和学科建设。

季羡林先生 1982 年在《比较文学译文集》的序言中指出:"以我们东方文学基础之雄厚,历史之悠久,我们中国文学在其中更占有独特的地位,只要我们肯努力学习,认真钻研,比较文学中国学派必然能建立起来,而且日益发扬光大"[12]。1983 年 6 月,在天津召开的新中国第一次比较文学学术会议上,朱维之先生作了题为《比较文学中国学派的回顾与展望》的报告,在报告中他旗帜鲜明地说:"比较文学中国学派的形成(不是建立)已经有了长远的源流,前人已经做出了很多成绩,颇具特色,而且兼有法、美、苏学派的特点。因此,中国学派绝不是欧美学派的尾巴或补充"[13]。1984 年,卢康华、孙景尧在《比较文学导论》中对如何建立比较文学中国学派提出了自己的看法,认为应当以马克思主义作为自己的理论基础,以我国的优秀传统与民族特色为立足点与出发点,汲取古今中外一切有用的营养,去努力发展中国的比较文学研究。同年在《中国比较文学》创刊号上,朱维之、方重、唐弢、杨周翰等人认为中国的比较文学研究应该保持不同于西方的民族特点和独立风貌。1985 年,黄宝生发表《建立比较文学的中国学派:读〈中国比较文学〉创刊号》,认为《中国比较文学》创刊号上多篇讨论比较文学中国学派的论文标志着大陆对比较文学中国学派的探讨进入了实际操作阶段。[14]1988 年,远浩一提出"比较文学是跨文化的文学研究"(载《中国比较文学》1988 年第 3 期)。这是对比较文学中国学派在理论特征和方法论体系上的一次前瞻。同年,杨周翰先生发表题为"比较文学:界定'中国学派',危机与前提(载《中国比较文学通讯》1988 年第 2 期),认为东方文学之间的比较研究应当成为"中国学派"的特色。这不仅打破比较文学中的欧洲中心论,而且也是东方比较学者责无旁贷的任务。此外,国内少数民族文学的比较研究,也应该成为"中国学派"的一个组成部分。所以,杨先生认为比较文学中的大量问题和学派问题并不矛盾,相反有助于理论的讨论。1990 年,远浩一发表"关于'中国学派'"(载《中国比较文学》1990 年第 1 期),进一步推进了"中国学派"的研究。此后直到 20 世纪 90 年代末,中国学者就比较文学中国学派的建立、理论与方法以及相应的学科理论等诸多问题进行了积极而富有成效的探讨。

---

12 张隆溪《比较文学译文集》,北京大学出版社 1984 年版。

13 朱维之《比较文学论文集》,南开大学出版社 1984 年版。

14 参见《世界文学》1985 年第 5 期。

刘介民、远浩一、孙景尧、谢天振、陈淳、刘象愚、杜卫等人都对这些问题付出过不少努力。《暨南学报》1991 年第 3 期发表了一组笔谈，大家就这个问题提出了意见，认为必须打破比较文学研究中长期存在的法美研究模式，建立比较文学中国学派的任务已经迫在眉睫。王富仁在《学术月刊》1991 年第 4 期上发表"论比较文学的中国学派问题"，论述中国学派兴起的必然性。而后，以谢天振等学者为代表的比较文学研究界展开了对"X+Y"模式的批判。比较文学在大陆复兴之后，一些研究者采取了"X+Y"式的比附研究的模式，在发现了"惊人的相似"之后便万事大吉，而不注意中西巨大的文化差异性，成为了浅度的比附性研究。这种情况的出现，不仅是中国学者对比较文学的理解上出了问题，也是由于法美学派研究理论中长期存在的研究模式的影响，一些学者并没有深思中国与西方文学背后巨大的文明差异性，因而形成"X+Y"的研究模式，这更促使一些学者思考比较文学中国学派的问题。

经过学者们的共同努力，比较文学中国学派一些初步的特征和方法论体系逐渐凸显出来。1995 年，我在《中国比较文学》第 1 期上发表《比较文学中国学派基本理论特征及其方法论体系初探》一文，对比较文学在中国复兴十余年来的发展成果作了总结，并在此基础上总结出中国学派的理论特征和方法论体系，对比较文学中国学派作了全方位的阐述。继该文之后，我又发表了《跨越第三堵'墙'创建比较文学中国学派理论体系》等系列论文，论述了以跨文化研究为核心的"中国学派"的基本理论特征及其方法论体系。这些学术论文发表之后在国内外比较文学界引起了较大的反响。台湾著名比较文学学者古添洪认为该文"体大思精，可谓已综合了台湾与大陆两地比较文学中国学派的策略与指归，实可作为'中国学派'在大陆再出发与实践的蓝图"[15]。

在我撰文提出比较文学中国学派的基本特征及方法论体系之后，关于中国学派的论争热潮日益高涨。反对者如前国际比较文学学会会长佛克马（Douwe Fokkema）1987 年在中国比较文学学会第二届学术讨论会上就从所谓的国际观点出发对比较文学中国学派的合法性提出了质疑，并坚定地反对建立比较文学中国学派。来自国际的观点并没有让中国学者失去建立比较文学中国学派的热忱。很快中国学者智量先生就在《文艺理论研究》1988 年第

---

15 古添洪《中国学派与台湾比较文学界的当前走向》，参见黄维梁编《中国比较文学理论的垦拓》167 页，北京大学出版社 1998 年版。

1 期上发表题为《比较文学在中国》一文，文中援引中国比较文学研究取得的成就，为中国学派辩护，认为中国比较文学研究成绩和特色显著，尤其在研究方法上足以与比较文学研究历史上的其他学派相提并论，建立中国学派只会是一个有益的举动。1991 年，孙景尧先生在《文学评论》第 2 期上发表《为"中国学派"一辩》，孙先生认为佛克马所谓的国际主义观点实质上是"欧洲中心主义"的观点，而"中国学派"的提出，正是为了清除东西方文学与比较文学学科史中形成的"欧洲中心主义"。在 1993 年美国印第安纳大学举行的全美比较文学会议上，李达三仍然坚定地认为建立中国学派是有益的。二十年之后，佛克马教授修正了自己的看法，在 2007 年 4 月的"跨文明对话——国际学术研讨会（成都）"上，佛克马教授公开表示欣赏建立比较文学中国学派的想法[16]。即使学派争议一派繁荣景象，但最终仍旧需要落点于学术创见与成果之上。

比较文学变异学便是中国学派的一个重要理论创获。2005 年，我正式在《比较文学学》[17]中提出比较文学变异学，提出比较文学研究应该从"求同"思维中走出来，从"变异"的角度出发，拓宽比较文学的研究。通过前述的法、美学派学科理论的梳理，我们也可以发现前期比较文学学科是缺乏"变异性"研究的。我便从建构中国比较文学学科理论话语体系入手，立足《周易》的"变异"思想，建构起"比较文学变异学"新话语，力图以中国学者的视角为全世界比较文学学科理论提供一个新视角、新方法和新理论。

比较文学变异学的提出根植于中国哲学的深层内涵，如《周易》之"易之三名"所构建的"变易、简易、不易"三位一体的思辨意蕴与意义生成系统。具体而言，"变易"乃四时更替、五行运转、气象畅通、生生不息；"不易"乃天上地下、君南臣北、纲举目张、尊卑有位；"简易"则是乾以易知、坤以简能、易则易知、简则易从。显然，在这个意义结构系统中，变易强调"变"，不易强调"不变"，简易强调变与不变之间的基本关联。万物有所变，有所不变，且变与不变之间存在简单易从之规律，这是一种思辨式的变异模式，这种变异思维的理论特征就是：天人合一、物我不分、对立转化、整体关联。这是中国古代哲学最重要的认识论，也是与西方哲学所不同的"变异"思想。

---

16 见《比较文学报》2007 年 5 月 30 日，总第 43 期。
17 曹顺庆《比较文学学》，四川大学出版社 2005 年版。

由哲学思想衍生于学科理论，比较文学变异学是"指对不同国家、不同文明的文学现象在影响交流中呈现出的变异状态的研究，以及对不同国家、不同文明的文学相互阐发中出现的变异状态的研究。通过研究文学现象在影响交流以及相互阐发中呈现的变异，探究比较文学变异的规律。"[18]变异学理论的重点在求"异"的可比性，研究范围包含跨国变异研究、跨语际变异研究、跨文化变异研究、跨文明变异研究、文学的他国化研究等方面。比较文学变异学所发现的文化创新规律、文学创新路径是基于中国所特有的术语、概念和言说体系之上探索出的"中国话语"，作为比较文学第三阶段中国学派的代表性理论已经受到了国际学界的广泛关注与高度评价，中国学术话语产生了世界性影响。

四、国际视野中的中国比较文学

文明之墙让中国比较文学学者所提出的标识性概念获得国际视野的接纳、理解、认同以及运用，经历了跨语言、跨文化、跨文明的多重关卡，国际视野下的中国比较文学书写亦经历了一个从"遍寻无迹""只言片语"而"专篇专论"，从最初的"话语乌托邦"至"阶段性贡献"的过程。

二十世纪六十年代以来港台学者致力于从课程教学、学术平台、人才培养，国内外学术合作等方面巩固比较文学这一新兴学科的建立基石，如淡江文理学院英文系开设的"比较文学"（1966），香港大学开设的"中西文学关系"（1966）等课程；台湾大学外文系主编出版之《中外文学》月刊、淡江大学出版之《淡江评论》季刊等比较文学研究专刊；后又有台湾比较文学学会（1973 年）、香港比较文学学会（1978）的成立。在这一系列的学术环境构建下，学者前贤以"中国学派"为中国比较文学话语核心在国际比较文学学科理论、方法论中持续探讨，率先启声。例如李达三在 1980 年香港举办的东西方比较文学学术研讨会成果中选取了七篇代表性文章，以 *Chinese-Western Comparative Literature: Theory and Strategy* 为题集结出版，[19]并在其结语中附上那篇"中国学派"宣言文章以申明中国比较文学建立之必要。

学科开山之际，艰难险阻之巨难以想象，但从国际学者相关言论中可见西方对于中国比较文学学科的发展抱有的希望渺小。厄尔·迈纳（Earl Miner）

---

18 曹顺庆主编《比较文学概论》，高等教育出版社 2015 年版。

19 *Chinese-Western Comparative Literature：Theory & Strategy*,Chinese Univ Pr.1980-6

在 1987 年发表的 *Some Theoretical and Methodological Topics for Comparative Literature* 一文中谈到当时西方的比较文学鲜有学者试图将非西方材料纳入西方的比较文学研究中。（until recently there has been little effort to incorporate non-Western evidence into Western com- parative study.）1992 年，斯坦福大学教授 David Palumbo-Liu 直接以《话语的乌托邦：论中国比较文学的不可能性》为题（*The Utopias of Discourse: On the Impossibility of Chinese Comparative Literature*）直言中国比较文学本质上是一项"乌托邦"工程。（My main goal will be to show how and why the task of Chinese comparative literature, particularly of pre-modern literature, is essentially a *utopian* project.）这些对于中国比较文学的诘难与质疑，今美国加州大学圣地亚哥分校文学系主任张英进教授在其 1998 编著的 *China in a polycentric world: essays in Chinese comparative literature* 前言中也不得不承认中国比较文学研究在国际学术界中仍然处于边缘地位（The fact is, however, that Chinese comparative literature remained marginal in academia, even though it has developed closely with the rest of literary studies in the United Stated and even though China has gained increasing importance in the geopolitical world order over the past decades.）。[20]但张英进教授也展望了下一个千年中国比较文学研究的蓝景。

新的千年新的气象，"世界文学""全球化"等概念的冲击下，让西方学者开始注意到东方，注意到中国。如普渡大学教授斯蒂文·托托西（Tötösy de Zepetnek, Steven）1999 年发长文 *From Comparative Literature Today Toward Comparative Cultural Studies* 阐明比较文学研究更应该注重文化的全球性、多元性、平等性而杜绝等级划分的参与。托托西教授注意到了在法德美所谓传统的比较文学研究重镇之外，例如中国、日本、巴西、阿根廷、墨西哥、西班牙、葡萄牙、意大利、希腊等地区，比较文学学科得到了出乎意料的发展（emerging and developing strongly）。在这篇文章中，托托西教授列举了世界各地比较文学研究成果的著作，其中中国地区便是北京大学乐黛云先生出版的代表作品。托托西教授精通多国语言，研究视野也常具跨越性，新世纪以来也致力于以跨越性的视野关注世界各地比较文学研究的动向。[21]

---

20 Moran T . Yingjin Zhang, Ed. China in a Polycentric World: Essays in Chinese Comparative Literature[J].现代中文文学学报,2000,4(1):161-165.
21 Tötösy de Zepetnek, Steven. "From Comparative Literature Today Toward Comparative Cultural Studies." CLCWeb: Comparative Literature and Culture 1.3 (1999):

以上这些国际上不同学者的声音一则质疑中国比较文学建设的可能性，一则观望着这一学科在非西方国家的复兴样态。争议的声音不仅在国际学界，国内学界对于这一新兴学科的全局框架中涉及的理论、方法以及学科本身的立足点，例如前文所说的比较文学的定义，中国学派等等都处于持久论辩的漩涡。我们也通晓如果一直处于争议的漩涡中，便会被漩涡所吞噬，只有将论辩化为成果，才能转漩涡为涟漪，一圈一圈向外辐射，国际学人也在等待中国学者自己的声音。

上海交通大学王宁教授作为中国比较文学学者的国际发声者自 20 世纪末至今已撰文百余篇，他直言，全球化给西方学者带来了学科死亡论，但是中国比较文学必将在这全球化语境中更为兴盛，中国的比较文学学者一定会对国际文学研究做出更大的贡献。新世纪以来中国学者也不断地将自身的学科思考成果呈现在世界之前。2000 年，北京大学周小仪教授发文（*Comparative Literature in China*）[22]率先从学科史角度构建了中国比较文学在两个时期（20 世纪 20 年代至 50 年代，70 年代至 90 年代）的发展概貌，此文关于中国比较文学的复兴崛起是源自中国文学现代性的产生这一观点对美国芝加哥大学教授苏源熙（Haun Saussy）影响较深。苏源熙在 2006 年的专著 *Comparative Literature in an Age of Globalization* 中对于中国比较文学的讨论篇幅极少，其中心便是重申比较文学与中国文学现代性的联系。这篇文章也被哈佛大学教授大卫·达姆罗什（David Damrosch）收录于《普林斯顿比较文学资料手册》（*The Princeton Sourcebook in Comparative Literature*，2009[23]）。类似的学科史介绍在英语世界与法语世界都接续出现，以上大致反映了中国学者对于中国比较文学研究的大概描述在西学界的接受情况。学科史的构架对于国际学术对中国比较文学发展脉络的把握很有必要，但是在此基础上的学科理论实践才是关系于中国比较文学学科国际性发展的根本方向。

我在 20 世纪 80 年代以来 40 余年间便一直思考比较文学研究的理论构建问题，从以西方理论阐释中国文学而造成的中国文艺理论"失语症"思考

---

22 Zhou, Xiaoyi and Q.S. Tong, "Comparative Literature in China", Comparative Literature and Comparative Cultural Studies, ed., Totosy de Zepetnek, West Lafayette, Indiana: Purdue University Press, 2003, 268-283.

23 Damrosch, David (EDT)*The Princeton Sourcebook in Comparative Literature*: Princeton University Press

属于中国比较文学自身的学科方法论，从跨异质文化中产生的"文学误读""文化过滤""文学他国化"提出"比较文学变异学"理论。历经 10 年的不断思考，2013 年，我的英文著作: The Variation Theory of Comparative Literature（《比较文学变异学》），由全球著名的出版社之一斯普林格（Springer）出版社出版，并在美国纽约、英国伦敦、德国海德堡出版同时发行。The Variation Theory of Comparative Literature（《比较文学变异学》）系统地梳理了比较文学法国学派与美国学派研究范式的特点及局限，首次以全球通用的英语语言提出了中国比较文学学科理论新话语："比较文学变异学"。这一新概念、新范畴和新表述，引导国际学术界展开了对变异学的专刊研究（如普渡大学创办刊物《比较文学与文化》2017 年 19 期）和讨论。

欧洲科学院院士、西班牙圣地亚哥联合大学让·莫内讲席教授、比较文学系教授塞萨尔·多明戈斯教授（Cesar Dominguez），及美国科学院院士、芝加哥大学比较文学教授苏源熙（Haun Saussy）等学者合著的比较文学专著（Introducing Comparative literature: New Trends and Applications[24]）高度评价了比较文学变异学。苏源熙引用了《比较文学变异学》（英文版）中的部分内容，阐明比较文学变异学是十分重要的成果。与比较文学法国学派和美国学派形成对比，曹顺庆教授倡导第三阶段理论，即，新奇的、科学的中国学派的模式，以及具有中国学派本身的研究方法的理论创新与中国学派"（《比较文学变异学》(英文版)第 43 页）。通过对"中西文化异质性的"跨文明研究"，曹顺庆教授的看法会更进一步的发展与进步（《比较文学变异学》(英文版)第 43 页），这对于中国文学理论的转化和西方文学理论的意义具有十分重要的价值。（"Another important contribution in the direction of an imparative comparative literature-at least as procedure-is Cao Shunqing's 2013 *The Variation Theory of Comparative Literature*. In contrast to the "French School" and "American School" of comparative Literature, Cao advocates a "third-phrase theory", namely, "a novel and scientific mode of the Chinese school," a "theoretical innovation and systematization of the Chinese school by relying on our *own* methods" (*Variation Theory* 43; emphasis added). From this etic beginning, his proposal moves forward emically by developing a "cross-civilizaional study on the heterogeneity between

24 Cesar Dominguez,Haun Saussy,Dario Villanueva Introducing Comparative literature: New Trends and Applications，Routledge,2015

Chinese and Western culture" (43), which results in both the foreignization of Chinese literary theories and the Signification of Western literary theories.）

法国索邦大学（Sorbonne University）比较文学系主任伯纳德·弗朗科（Bernard Franco）教授在他出版的专著（《比较文学：历史、范畴与方法》）*La littératurecomparée: Histoire, domaines, méthodes* 中以专节引述变异学理论，他认为曹顺庆教授提出了区别于影响研究与平行研究的"第三条路"，即"变异理论"，这对应于观点的转变，从"跨文化研究"到"跨文明研究"。变异理论基于不同文明的文学体系相互碰撞为形式的交流过程中以产生新的文学元素，曹顺庆将其定义为"研究不同国家的文学现象所经历的变化"。因此曹顺庆教授提出的变异学理论概述了一个新的方向，并展示了比较文学在不同语言和文化领域之间建立多种可能的桥梁。（Il évoque l'hypothèse d'une troisième voie, la « théorie de la variation », qui correspond à un déplacement du point de vue, de celui des « études interculturelles » vers celui des « études transcivilisationnelles . » Cao Shunqing la définit comme « l'étude des variations subies par des phénomènes littéraires issus de différents pays, avec ou sans contact factuel, en même temps que l'étude comparative de l'hétérogénéité et de la variabilité de différentes expressions littéraires dans le même domaine ».Cette hypothèse esquisse une nouvelle orientation et montre la multiplicité des passerelles possibles que la littérature comparée établit entre domaines linguistiques et culturels différents.）[25]。

美国哈佛大学（Harvard University）厄内斯特·伯恩鲍姆讲席教授、比较文学教授大卫·达姆罗什（David Damrosch）对该专著尤为关注。他认为《比较文学变异学》(英文版)以中国视角呈现了比较文学学科话语的全球传播的有益尝试。曹顺庆教授对变异的关注提供了较为适用的视角，一方面超越了亨廷顿式简单的文化冲突模式，另一方面也跨越了同质性的普遍化。[26]国际学界对于变异学理论的关注已经逐渐从其创新性价值探讨延伸至文学研究，例如斯蒂文·托托西近日在 *Cultura* 发表的（Peripheralities: "Minor" Literatures, Women's Literature, and Adrienne Orosz de Csicser's Novels）一文中便成功地将变异学理论运用于阿德里安·奥罗兹的小说研究中。

25 Bernard Franco La littérraturecomparée: Histoire, domaines, méthodes，Armand Colin 2016.

26 David Damrosch Comparing the Literatures,Literary Studies in a Global Age,Princeton University Press,2020.

国际学界对于比较文学变异学的认可也证实了变异学作为一种普遍性理论提出的初衷，其合法性与适用性将在不同文化的学者实践中巩固、拓展与深化。它不仅仅是跨文明研究的方法，而是一种具有超越影响研究和平行研究，超越西方视角或东方视角的宏大视野、一种建立在文化异质性和变异性基础之上的融汇创生、一种追求世界文学和总体问题最终理想的哲学关怀。

以如此篇幅展现中国比较文学之况，是因为中国比较文学研究本就是在各种危机论、唱衰论的压力下，各种质疑论、概念论中艰难前行，不探源溯流难以体察今日中国比较文学研究成果之不易。文明的多样性发展离不开文明之间的交流互鉴。最具"跨文明"特征的比较文学学科更需要文明之间成果的共享、共识、共析与共赏，这是我们致力于比较文学研究领域的学术理想。

千里之行，不积跬步无以至，江海之阔，不积细流无以成！如此宏大的一套比较文学研究丛书得承花木兰总编辑杜洁祥先生之宏志，以及该公司同仁之辛劳，中国比较文学学者之鼎力相助，才可顺利集结出版，在此我要衷心向诸君表达感谢！中国比较文学研究仍有一条长远之途需跋涉，期以系列丛书一展全貌，愿读者诸君敬赐高见！

曹顺庆

二零二一年十月二十三日于成都锦丽园

绪　论

第一节　拜伦的经典性与中西对话的可能性

经典从历史中沉淀而来，其生命力源于作品本身的艺术价值，能经受批评家一次又一次的阐释，并且正是在不断的阐释中持续地生发出新的意义。或许它在文学史上的序列会随评价的风向而发生位移，但不论如何波动，它总不至于消弭，反而会在反复的论证中彰显它存留下去的合法性。与此同时，特定的历史和社会文化可为特定的理解创造条件，也可为方法与视角的发掘带去遮蔽。

作为十九世纪欧美最具知名度的英国浪漫主义诗人，拜伦生前的多部作品创造了当时一系列的销量记录。时至今日，拜伦在世界文学史中仍是一个无法被忽视的重要存在，他的诗歌对世界多国的文学和艺术具有广泛而深刻的影响，歌德、罗素、鲁迅等重要作家和思想家曾对他的天才给予了极高的评价：

> 在我说的创作才能方面，我在世界上还从没见过任何一个人比他更出众，他解决戏剧纠纷的方式比任何人所能想到的都要好……他是一个伟大的天才，生来天赋出众，我从没见过任何人有比他更卓越的真正诗才。在感知外在事物和洞悉过去情境方面，他堪比莎士比亚。（1825 年 2 月 24 日）

> 要不是因为他的身体状况变糟糕，他将会和莎士比亚以及其他先贤一样伟大……你要相信我，我对他进行了重新研究，并且对这

个观点很坚定。（1826 年 11 月 8 日）

——歌德《歌德谈话录》[1]

在比以往看来重要的人当中，拜伦应有一个崇高的位置。……在国外，他的情感方式和他的人生观经过了传播、发扬和质变，广泛流行，以至于成为重大事件的因素。

拜伦和许多其他著名人物一样，当做神话人物来看的他比真实的他重要。看作一个神话人物，特别在欧洲大陆上他的重要性大极了。

——罗素《西方哲学史》[2]

一切诗人中，凡立意在反抗，指归在动作，而为世所不甚愉悦者悉入之，为传其言行思维，留别影响，始宗主裴伦。

迨有裴伦，乃超脱古范，直抒所信，其文章无不函刚健抗拒破坏挑战之声。平和之人，能无惧乎？于是谓之撒但。

其[裴伦]平生，如狂涛如厉风，举一切伪饰陋习，悉与荡涤，瞻顾前后，素所不知；精神郁勃，莫可制抑，力战而毙，亦必有自救其精神；不克厥敌，战则不止。而复率真行诚，无所讳掩。

——鲁迅《摩罗诗力说》[3]

不仅仅在西方，拜伦在中国同样享有崇隆声誉。他经由梁启超于清末进入中国知识分子的视线，尔后曾在上世纪二三十年代出现过一股拜伦热，建国之后的关注度虽渐趋平淡，但在今天的中国学术界，他依然时而触发众多外国文学研究学者的联想。经过在中国长达百年的接受史，拜伦之名早已深入中国文人的记忆，对拜伦的研究亦已形成相当的规模。中西方的拜伦研究兴趣一方面

1　J. W. Goethe, J. P. Eckermann, F. J. Soret. *Conversations of Goethe with Eckermann and Soret*, Vol. 1. Trans. John Oxenford. London: Smith, Elder. 1850. pp.205-209, 294.

2　[英]罗素著，马元德译：《西方哲学史》，北京：商务印书馆，1982 年，第 295、303 页。

3　赵瑞蕻：《鲁迅〈摩罗诗力说〉：注释·今译·解说》，天津：天津人民出版社，1982 年，第 14、60、88 页。

可见拜伦作为经典作家这一命题的成立，另一方面也可窥见中西在阐释同一经典对象的时候会产生有共鸣、分歧、互相补充的点或面。正是基于国内与西方就相关研究存在衔接上的缝隙和互动上的空缺，本书将致力于系统地引介和评析英语世界拜伦研究的学术发现，以期寻求在两个不同学术圈子之间展开对话的可能。

英语世界的拜伦学术史研究属于对英语世界的拜伦研究的再出发，即在大量搜集、阅读、分析和归纳的基础上，着重厘清英语世界对拜伦研究的侧重点和主要的研究视角、研究方法；与此同时，不断地结合国内的拜伦研究资料，以中西对比的思维进行发散，罗列出英语世界不同于国内的方面，最后将国内与英语世界的拜伦研究平行比较，探寻拜伦在中国的接受变异及其背后可能的原因，并思考这可能给国内相关研究的丰富性和全面性带来的启示。英语世界的拜伦学术史研究资料多来源于以英语为母语的西方国家（主要是英国、美国、加拿大）学者用英语写作的拜伦研究专著、文章和报刊文章等，却也有一大部分的英文论著和论文出自西方非英语国家的学者之手，这些学者基本上来自于法国、俄国、德国、意大利、西班牙等欧洲国家，因此，本书划定的"英语世界"范围主要指涉的是基督教文明圈中的学术群体，并大致保证了该研究可以代表西方学界的立场。拜伦对西方学者而言具有地缘上和同质文明上的亲切感，他们在意识形态和语言方面一般较少存在根子上的差异，因而在阅读拜伦的过程中相对东方学者而言要遇到更少的障碍。

拜伦是中国知识分子非常熟悉的外国作家，一直以来都是国内学者重点关注的对象之一。不可否认的是，国内的拜伦研究确然汗牛充栋，取得了大量的成果，但是依然有其不足。譬如，在拜伦的作品资料方面，国内至今没有出版过拜伦全集。已有的译本主要涵盖诸如《唐璜》和《恰尔德·哈洛尔德游记》这两部长诗，以及少数诗剧，东方故事诗和其他零碎小诗的"精选"上，拜伦的书信也仅有部分选译，译介工作滞后于学界的研究进度。国内拜伦研究出现的一个现象是：许多从事拜伦研究的学者因英语阅读理解能力或时间和精力的限制，他们没有条件去尽可能多地搜罗拜伦的原著来解读，因而只能借助国内已经出现的中译本来作为研究资料。手头能找到多少就看多少，那么视域难免会偏于狭窄，观点论证趋于重复。况且国内拜伦的译介成果基本上来自上世纪一些老翻译家的贡献，21世纪的译介工作相对来说显得过于平静，许多旧的译本早已散佚，尤为可惜。此外，国内的研究多集中于

"拜伦在中国的接受"和拜伦式英雄、拜伦的女性观、伦理观等"主题式"的探讨，相对缺乏广度；在深度上也有待进一步开掘，以国内学者热衷于讨论的拜伦式英雄话题为例，绝大多数学者均将焦点放在《该隐》的主人公该隐身上，而忽视了卢西弗身上体现的拜伦式英雄特征，还有学者可贵地留意到了《畸人变形记》（*The Deformed Transformed*）这一诗剧作品，并分析了拜伦与主人公阿诺德的近似性，却没注意到更能代表拜伦思想的陌生人／魔鬼凯撒这一形象的奇异性。

而英语世界的拜伦学术史研究一方面以其更加长久的研究历史和更为丰富的学术积淀，西方学者在材料上有天然的语言理解优势和获取条件，并且在研究方法和观点开拓方面都取得了巨大收益。相比之下，这样便形成了国内和英语世界对拜伦研究的诸多差异和巨大差距，由此，评述英语世界的拜伦研究成果并凸显其对国内相关研究的参照作用即具备了必要性：通过介绍英语世界的拜伦研究现状，凸出其研究在关注重点和研究方法等方面的成果，将其与国内研究进行比照，以期为国内的拜伦研究提供更多的研究思路。不过还需注意到，差异即对话，英语世界的拜伦研究与国内的拜伦研究本身是两个不同文明圈的学术界对同一对象的关注，所以本书在内容编排的过程中，在简述国内相应的研究境况之后，着重评述那些英语世界已有，而国内尚为空白，或国内与英语世界有较大差别的部分。因为差异的存在，比较变得更具现实意义；同时，在比较的过程中，差异的地方变得更加明晰。更进一步说，寻找差异还有助于我们寻思国内与西方拜伦研究的差距，正视和弥补差距，乃至异质互补。

把国内和西方的拜伦研究放到一个平面上来审视，可以发现国内研究的不足，给国内拜伦研究提供更多的理论视角和方法论。国内学者对拜伦的研究常受限于资料的不足，这些学者中有一部分依赖的是已经翻译成中文的拜伦作品，或从教材入手，站在自身角度，选一个切入点进行选择性地阐发；也有许多学者直接阅读英文原著，这在一定程度上避免了因参照译本而致"隔了一层"的问题，却也常常忽略英语世界的研究方法和研究发现，由此而错过对话西方、借鉴西方，然后达到互补的机会。

诚然，我们承认英语世界的拜伦研究的丰硕成果，但并不是一味地在于国内研究的对比中否定或弱化国内学界的作用。有许多国内学者提出了富有见地的观点，且足以与西方学者的观点形成辉映，国内侧重拜伦在中国的接受研究，这本身就带有自觉的跨文明比较的意识。所以本书也尽量呈现一种平等对话的姿态，让中西比较贯穿在具体的内容编排中。

总之，本书将以比较丰富的英语世界的材料为支撑，参照国内已有的成果，重点向国内系统地介绍和评析英语世界的研究状况，尤其是国内不曾关注或涉及得相对较少的方面，以期为国内学界提供观点、方法和理论视域上的启示。这是国内拜伦研究与英语世界相关研究接轨、走向世界学术前沿的必需。

第二节　拜伦在中国的译介与研究述略

19 世纪初是清王朝走向衰颓、面临西方列强侵略的时期。封建的中国闭关锁国，很少与外面的世界交往，即便有西方传教士到中国进行文化交流，他们所带来的宗教观念在儒家话语占绝对统治地位的东方中国很难获得中国士大夫的接受，其中"中西礼仪之争"便是明证；但是西方的科学技术以其颇具说服力的效益在中国逐渐获得称赞。从鸦片战争开始，西方列强在武器装配上的优势让中国的军事防线迅速土崩瓦解，随之而来的则是中国思想观念的巨大更新。船坚炮利的西方国家以武力的方式给封建中国的盲目优越感浇上了一瓢冷水，这让许多知识分子意识到了"求新声于异邦"的必要性，中国寻求救亡出路的努力于是从学习西方开始。

与器物层面的学习相比，作为精神建筑的文学艺术的引进相对而言是严重滞后的。当拜伦死后近 80 年，中国文人士大夫才知晓英国有拜伦这样一位知名作家，而此时拜伦的名声早已从英国传遍整个欧洲大陆，并漂洋过海到达北美和印度。虽然起步很晚，但拜伦在中国已然拥有百年的接受历程，不同的时段由于政治历史背景的差异而呈现出不同的特点，发展到今天，学术研究从点到面也已形成了一定的规模。

一、狂飙的拜伦：从清末民初到五四

晚清中国知识分子学习西方的文学艺术，是自翻译开始的。拜伦的名字在中国第一次出现是在 1902 年 11 月 15 日，梁启超在《新小说》第 2 号上放置了一张拜伦头裹花巾去支援希腊独立的照片，并对他做了一个简要的介绍。梁启超还是中国译介拜伦的第一人。在连载于《新小说》上的对话体小说《新中国未来记》第四回："旅顺鸣琴名士合并　榆关题壁美人远游"中，翻译了一段《异教徒》⁴，以及《哀希腊》的两个小节⁵，这是拜伦的诗第一次被译介成中文。《新中国未来记》故事中的黄君和李君在旅顺的客店听到有人在西洋琴伴奏下吟唱拜伦的这几段诗，二人一听便知是出自拜伦，黄君还评论道：

> 摆伦最爱自由主义，兼以文学的精神，和希腊好像有夙缘一般。后来因为帮助希腊独立，竟自从军而死，真可称文界里头一位大豪杰。他这诗歌，正是用来激励希腊人而作，但我们今日听来，倒像有几分是为中国说法哩。⁶

---

4 梁启超将 Giaour 音译为《渣阿亚》，该部分来源于《异教徒》第 90、91、103-115 行。原文和梁启超的译文分别为：Such is the aspect of this shore;/ 'Tis Greece, but living Greece no more!/ ……Clime of the unforgotten brave! -/ Whose land from plain to mountain-cave/ Was Freedom's home or Glory's grave -/ Shrine of the mighty! can it be,/ That this is all remains of thee?/ Approach thou craven crouching slave -/ Say, is not this Thermopylae?/ These waters blue that round you lave/ Oh servile offspring of the free-/ Pronounce what sea, what shore is this?/ The gulf, the rock of Salamis!/ These scenes-their story not unknown-/ Arise, and make again your own;/ ……
葱葱狋，郁郁狋，海岸之景物狋，/呜呜，此希腊之山河狋！呜呜，如锦如荼之希腊，今在何狋？/……呜呜，此何地狋？下自原野上岩峦狋，皆古代自由空气所弥漫狋，皆荣誉之墓门狋，皆伟大人物之祭坛狋。/噫！汝祖宗之光荣，竟仅留此区区在人间狋。嗟嗟！弱质怯病之奴隶狋，嗟嗟！匍匐地下之奴隶狋。嗟！来前狋。斯何地狋？宁非昔日之德摩比利狋？/嗟嗟！卿等自由苗裔之奴隶狋。不断青山，环卿之旁，周遭其如睡狋。无情夜潮，与卿为缘，寂寞其盈耳狋。/此山何山狋？此海何海狋？此岸何岸狋？此莎拉米士之湾狋，此莎拉米士之岩狋。/此佳景狋，此美谈狋，卿等素其谱狋。/咄咄其兴狋，咄咄其兴狋，光复卿等之旧物，还诸卿卿狋！（（清）梁启超：《梁启超全集》，北京：北京出版社，1999 年，第 5629-5630 页。）

5 该小节出现于《唐璜》第三章第 86 组诗下的第一和第三小节。原文和梁启超的译文（梁启超将 Don Juan 音译为《端志安》）分别为：The isles of Greece, the isles of Greece!/ Where burning Sappho loved and stung,/ Where grew the arts of war and peace,/ Where Delos rose, and Phoebus sprung,/ Eternal summer gilds them yet, But all, except their sun, is set.（沉醉东风）咳！希腊啊！希腊啊！/你本是和平时代的爱娇，你本是战争时代的天骄。/撒芷波歌声高，女诗人热情好，/更有那德罗士、菲波士（两神名）荣光常照。/此地是艺文旧垒，技术中潮。/即今在否？算除却太阳光线，万般没了！
The mountains look on Marathon,/ And Marathon looks on the sea./ And musing there an hour alone,/ I dreamed that Greece might still be free,/ For standing on the Persian's grave,/ I could not deem myself a slave.（如梦忆桃源）玛拉顿后啊，山容缥缈，玛拉顿前啊，海门环绕。如此好河山，也应有自由回照。我向那波斯军墓门凭眺，难道我为奴为隶，今生便了？不信我为奴为隶，今生便了！（（清）梁启超：《梁启超全集》，北京：北京出版社，1999 年，第 5630-5631 页。）

6 （清）梁启超：《梁启超全集》，北京：北京出版社，1999 年，第 5630 页。

梁启超第一次译介拜伦便是因为有感于当时中国饱受西方列强欺凌的时势，恰好从拜伦这样一位富有正义感和自由精神的诗人那里发现共鸣的心声，他是带着一定的政治需求来选译拜伦之诗的。梁启超译的诗句忠实于原文，且半文半白的风格通俗易懂，与拜伦原文的笔调接近，读来确能感受到原诗中的激情。即便如此，他在译后还是谦虚地感慨："翻译本属至难之业，翻译诗歌，尤属难中之难。本篇以中国调译外国意，填谱选韵，在在窒碍，万不能尽如原意。刻尽无盐，唐突西子，自知罪过不小，读者但看西文原本，方知其妙。"7

大抵是怀着和梁启超一样的感情，当时中国的仁人志士翻译最多的拜伦作品就是《唐璜》中的《哀希腊》部分。马君武于1905年首次翻译了《哀希腊》的全文；其后，苏曼殊于1908年出版《拜伦诗选》，它收录了《赞大海》《去国行》《哀希腊》《答美人赠束发毡带诗》《星耶峰耶俱无生》；胡适也于1914年对《哀希腊》全诗进行过翻译。一时间，形成了一股《哀希腊》翻译热潮，其中马君武的翻译是以古体七言诗的形式，苏曼殊是整齐的五言诗，胡适则是离骚体。不论是梁启超的半白半古还是后三位译者的古体诗形式，均把拜伦对古希腊的歌咏和近代希腊命运的落魄极力渲染，读来朗朗上口，极富感染力。四位译者有意地选择此诗而译之，无不是因为这首诗呈现的希腊现状令他们联想到当时的中国，拜伦之诗表达的感情正切合译者当时心中之意，以自己的方式译出此诗亦是他们抒发情感的具体形式，他们的用心不言而喻。

继梁启超初次介绍拜伦之后，王国维主编的刊物《教育世界》于1907年11月162号上刊发了他为拜伦写的一篇简略的传记——《英国大诗人白衣龙小传》。他把拜伦译成"白衣龙"，文章介绍了拜伦的身世、受教育经历、性情和主要的作品，以及引用了马修·阿诺德（Mathew Arnold）对拜伦的评价，王国维说拜伦"实一纯粹之抒情诗人，即所谓'主观的诗人'是也"，"彼之著作中人物，无论何人，皆同一性格，不能出其阅历之范围者也"。8这篇小传虽然短小，却也涵盖了拜伦多方面的信息，还有王国维自己对拜伦的看法，对于普通读者了解这位西洋诗人有一定作用。

同年，鲁迅写成《摩罗诗力说》，把拜伦尊为"摩罗诗派"的代表："摩

7　（清）梁启超：《梁启超全集》，北京：北京出版社，1999年，第5631页。
8　参见（清）王国维著，佛雏校辑：《王国维哲学美学论文辑佚》，上海：华东师范大学出版社，1993年，第286-289页。

罗之言，假自天竺，此云天魔，欧人谓之撒但，人本以目裴伦（G. Byron）。今则举一切诗人中，凡立意在反抗，指归在动作，而为世所不甚愉悦者悉入之，为传其言行思维，留别影响，始宗主裴伦，终以摩迦（匈牙利）文士。"[9]摩罗，又通"魔罗"，与《圣经》中的撒旦一样都是恶魔，他们勇于挑战神的权威，鲁迅在这里指的"摩罗诗派"，也就是以拜伦为典型的浪漫主义"恶魔派"。鲁迅认为时下要改变现状，就要"别求新声于异邦"，此"新声"就可以在"摩罗诗派"中觅得。"当时暮气沉沉的中国，正需要这样的（富于民族精神、爱国精神和反抗精神的）文学。"[10]又一次，拜伦的诗被当做反抗和革命的武器，他的形象成为了一个爱国斗士被拿来激励国民。

辛亥革命之后，随着思想的进一步解放，知识界对西方文学文化的认识加深，中国的知识分子除了持续译介拜伦之外，还出现了不少讨论拜伦的文章，这些文章已经不再停留于简单地介绍他的生平，而是站到浪漫主义文学思潮的高度来审视拜伦的艺术风格、性格精神，在褒扬的同时也指出了一些他的性情缺点。其中，《小说月报》、《创造月刊》和《晨报·文学旬刊》是当时宣扬西方文学的重要刊物，五四前后的文学创作和思想解放运动促发了中国文学的现代转型。

这一时期，拜伦在中国的接受达到了一个高潮，它体现在由茅盾主编的《小说月报》、郭沫若主编的《创造月刊》于 1924 年刊出了"诗人拜伦的百年祭"系列文章。尽管茅盾对拜伦并不十分推崇，甚至认为《唐璜》所有十六章是"享乐的思想，无所谓的浪漫行为，是中心调子"[11]，但是他作为《小说月报》这样一个先进思想的前沿阵地刊物的主编，且不论他对《唐璜》的评价过于武断，他却非常欣赏拜伦的反抗精神，尊重拜伦在浪漫主义思潮中的重要位置。因此，他才辟专栏向当时多位文士约稿以纪念这位斗士。

在 1924 年发表的一系列关于拜伦的文章中，以梁实秋的《拜伦与浪漫主义》最为突出。该文连载于《创造月刊》第 3、4 期，梁实秋站到了浪漫主义整体性的高度，尤为详切、深入地探讨了拜伦的精神、性情与其创作的关系。该文章的第一部分重点谈到浪漫主义的特点，他认为它体现在表现方式、体裁

---

9 赵瑞蕻：《鲁迅〈摩罗诗力说〉：注释·今译·解说》，天津：天津人民出版社，1982年，第 14 页。

10 卞之琳等：《十年来的外国文学翻译和研究工作》，载《文学评论》，1959 年第 5 期，第 43 页。

11 茅盾：《西洋文学通论》，上海：复旦大学出版社，2004 年，第 86 页。

以及题材三个方面，并对之逐一解释。第二部分讨论了拜伦反抗精神的外在特征、来源、结果、以及与雪莱的不同。梁实秋认为："拜伦所代表的是一种极端的反抗精神"，它表现得非常冲动且很明显，"跃然如在纸上"；通过参照拜伦的传记，可推测"拜伦的反抗精神大概是从遗传得来的"；因为拜伦的生活"浪漫得不见容于祖国，不见容于人间的社会"，所以结果就是"遇到冷酷的社会制裁"；拜伦与雪莱的不一样在于"雪雷[即雪莱]有他自己的积极的规则，而拜伦所代表的是破坏的精神"，"非人力所能制止"。第三部分围绕的是拜伦的自由思想，梁实秋认为拜伦受到卢梭的影响，但是又主要受到自身情感的直觉影响；拜伦的侠义心肠不拘泥于政治主权的一方面，它"代表的却是人类普遍的自由思想"。第四部分，梁实秋指出：拜伦主义"所表示的即是反抗，亦是拜伦的人格"；它的两个特点表现在"拜伦式的恋爱"和"拜伦式的风景"两个方面，前者是"极端的浪漫的爱，完全以情感为基础，不受理智的制裁，不受道德的约束"，后者"最显著的特色便是'阔大''雄巍'和'豪放'"，这种风景的典型是海洋。在结语部分，梁实秋感叹道："我认为浪漫主义是一个神秘的东西，不是任谁所能分析得清楚的，只是有浪漫性的人们才能够了解；我又以为拜伦是个非常的天才，只有有天才的人们才能够赏识。"[12]

　　梁实秋的文章总体而言属于比较客观的分析，他把主要的篇幅拿来论述拜伦的反抗精神和自由思想，目的也正是为了顺应当时拜伦热的潮流，因为时代呼唤具有这种精神的英雄，中国需要这样的灵魂。文章见解独到，且参照了一些西方学者的观点，用于引证他观点的作品例子涉及到《唐璜》《锡雍的囚徒》《英格兰诗人与苏格兰评论家》《恰尔德·哈洛尔德游记》《海盗》，由此足见梁实秋的阅读范围之广，论述也有理有据，实属当时少有的精辟的评论性文章。

　　除了梁实秋外，当时也出现了很多其他关于拜伦的文章。如《小说月报》第15卷第4号的"拜伦专辑"有西谛的《诗人拜伦的百年祭》、樊仲云的《诗人拜伦的百年纪念》、沈雁冰的《拜伦的百年纪念》、汤澄波的《拜伦的时代及拜伦的作品》、蒋光慈的《怀拜伦》、子贻的《日记中的拜伦》、希和的《拜伦及其作品》、诵虞的《拜伦名著述略》、王统照的《拜伦的思想及其诗歌的评价》、甘乃光的《拜伦的浪漫性》等，另有一些翻译作品，包括张闻天译自勃兰兑斯

---

12 参见徐静波编：《梁实秋批评文集》，珠海：珠海出版社，1998年，第12-31页。

的《拜伦论》、顾彭年译自 R. H. 鲍尔斯的《拜伦在诗坛上的位置》和《拜伦的个性》、傅东华译的诗剧《曼弗雷特》、徐志摩节译自《海盗》的诗《年岁已僵化我的柔心》（Song from Corsair）和拜伦生前的最后一首诗《今天我度过了我的三十六岁生日》（On This Day I Complete My Thirty-Sixth Year）[13]。还有《创造月刊》上刊发的徐祖正的《拜伦的精神》，以及及程方、王独清等选译的一些零碎的拜伦小诗。一时之间，译介拜伦和讨论拜伦蔚然成风。

从这一时期的拜伦热潮可以看出，不论是作品译介，还是关于拜伦的生平和作品介绍、文学史地位的讨论、拜伦精神的剖析等，均有文章涉及，这对扩大拜伦在中国的接受面，提升拜伦的知名度都有至关重要的作用。即便如此，还是有些问题暴露出来，在译介方面，拜伦的代表性作品如《唐璜》和《恰尔德·哈洛尔德游记》均没有完整版的全译本，这两部作品篇幅较长，翻译费时费力，没有吸引到当时翻译人士的青睐。其他一些零碎的诗集和诗剧作品（《曼弗雷德》除外）也基本上没有译本出现。在研究方面，从那些杂志上发表的文章来看，均集中讨论拜伦的反抗精神，以此为中心，偶有涉及他的生平、性情、创作，无一不是围绕"反抗"这个核心关键词来引证的。因此这个问题突出地表现在"中国文坛对拜伦感兴趣的不是诗人拜伦而是反抗斗士拜伦，感兴趣的不是拜伦诗歌而是拜伦本人。因此各种拜伦传记、评传之类翻译的比他的诗歌多得多"[14]。

二、平缓的译介：20 世纪三四十年代

上世纪三四十年代，拜伦在国内的接受从热潮中逐渐消减的同时，依然保持着平缓的推进。这一时期相对于清末民初到五四这个时间段来说，最大的特点是翻译的增加。这些翻译主要集中在一些小诗或长篇作品中的诗组选译，例如葛藤的《当我俩离别的时候》（《文艺》，1935 年 8 月 15 日，第 1 卷第 5、6 期合刊）、韦佩的《西班牙怀古诗》（《时代文学》，1941 年 6 月第 11 卷第 1 期）、白桦的《给伊娜丝》（《近代世界诗选》，满洲图书株式会社，1941 年）、长海滨的《我完成我的三十六岁》（《诗创作》，1942 年 8 月 25 日，第 13 期）、马东周、欧家齐的《大海颂》（《诗创作》，1943 年 5 月，第 18 期）、杨静的《栖龙的囚徒》（《现代文艺》，1942 年 11 月 25 日，第 6 卷第 2 期），沙金的《给拿

---

13 这首诗出现在徐志摩发表在《小说月报》的评述性文章《拜伦》中。
14 谢天振、查明建：《中国现代翻译文学史（1898-1949）》，上海：上海外语教育出版社，2004 年，第 296 页。

破仑一世》(《文讯》1948 年 5 月 15 日，第 8 卷第 5 期)，还有张竞生的《多惹情歌》(出自《唐璜》，上海世界书局，1930 年)、袁水拍、方然的《哈洛尔德的旅行及其他》(重庆文阵社，1944 年)。这一时期还有一个译介的发现就是拜伦的书信受到了关注，岳莲翻译了《拜伦情书选》(收录在《天才男女的情书》，上海良友图书印刷公司，1933 年)、杜衡的《英国诗人拜伦书信抄》(发表于《现代诗风》，1935 年 10 月)。除此之外，随着拜伦为越来越多的中国读者所熟悉，先前学者关于拜伦的个人简介已经不足以满足当时读者不断增强的对拜伦的了解欲，关于拜伦比较完整的个人传记书籍的译介显示出其必要性。韦丛芜翻译艾德蒙·葛斯 (Edmund Gosse) 的《英国文学：拜伦时代》[15]、唐锡如翻译安德烈·莫洛亚 (Andre Maoroi) 的《拜伦的童年》、陈秋帆翻译鹤见祐辅的《明月中天：拜伦传》、高殿森翻译约翰·尼克尔 (John Nichol) 的《拜伦传》(Byron)，以及侍桁翻译自勃兰兑斯 (George Brandes) 的《十九世纪文学主流》第四卷关于拜伦部分的《拜伦评传》等。

　　在这二十年间，国共两党对峙，日军侵华，刚从封建泥沼中爬出来的中国又面临内战和外敌侵略带来的大动荡，在这种时局不稳定，国家危亡之际，拜伦的译介工作不但没有停止，反而持续出现。拜伦的诗歌在这样的背景下依然能吸引翻译工作者和广大读者，足以说明拜伦在 1930 年至 1949 年的广大社会市场。是什么原因让中国知识分子对拜伦保有此般热情呢？这或许可以从钟敬文于 1941 年 11 月为陈秋帆所译《明月中天：拜伦传》写的序中找到一些线索。钟敬文说道："拜伦这个异国诗人的名字，在今天我国知识界一般人的心目中，总不算是生疏的了……它[拜伦的生平]是力，是反抗，是不可捉摸的飞动……象他那样勇敢那样慷慨的贵族知识分子，总是英国的甚至世界的文学史和社会史上的一个夸耀！当做艺术家看的拜伦不消说了，当做人看的拜伦，也是那么英雄卓特的！他是一位能够用生命去殉从理想的人。他是我们异代的师表。"[16]拜伦的名字、拜伦的作品及拜伦的故事俨然是反抗力量的象征，是当时许多有理想、有激情的知识分子的精神寄托。不过这种对一个异代异国诗人的推崇和赞颂，是为了传播拜伦式的精神，希冀从中获得反抗旧体制、抵御侵略和追求自由的力量，因此他们可能不能很客观、全面地看到拜伦

15　韦丛芜的翻译是从葛斯的《英国现代文学简史》(*A Short History of Modern English Literature*) 中选取第九章 "The Age of Byron (1815-1840)" 翻译而来的。

16　鹤见祐辅著，陈秋帆译：《明月中天：拜伦传》，长沙：湖南文艺出版社，1981 年，第 10-13 页。

主义的其他方面，或者是由于拜伦主义表现出的积极面恰好可以让当时的知识分子产生共鸣，因而那些消极面，即便有所了解，也就不会那么在意了。譬如钱锺书在《谈艺录》补订部分谈到苏曼殊把拜伦视为与自己有很多相似方面的前辈和老师这个问题的时候，他引用苏曼殊《本事诗》里的诗句"丹顿、裴伦是我师，才如江海命如丝。朱弦休为佳人绝，孤坟酸情欲与谁"，以及《题拜伦集》中的诗句"秋风海上已黄昏，独向遗编吊拜伦。词客飘蓬君与我，可能异域为招魂"，说苏曼殊自认为拜伦像自己一样"命如丝"，遭际酸寒，因此像是可以惺惺相惜的"同道中人"，而实际上拜伦的生活若用奢靡、风流来形容则一点也不过分。钱锺书认为苏曼殊之所以产生那种错觉，是因为他"不免道听途说，而谬引心照神交"。[17]

三、"逆境"中的奇景：新中国成立初的三十年

从新中国成立到 70 年代末，这 30 年间拜伦在中国的接受进程相对前面两个阶段而言又有了更多的突破，不论是作品译介还是研究，都有更多的新成果涌现。建国初期的政治意识形态话语与民族国家话语决定了西方文学在国内的地位要有所下降，拜伦式的精神很有可能不仅不会像先前那样受到追捧，而且还会被拿来当作批判的对象。有的学者指出，建国初期的文学取舍表现为：仍然会译介欧美文学，但是主要择取那些反映阶级压迫、民族矛盾的作品；全方位地译介俄苏文学，同时加强对东欧人民民主国家文学的引入。[18]这种总体性的趋势基本一直延续到了 70 年代末。因循这个思路，拜伦作为一个英国资本主义贵族诗人，他在这一阶段的中国理应不会受到待见，然而事实却正好相反。在这一阶段，拜伦的作品翻译数量和质量都有了显著的提升，对拜伦的研究也有了更多更全面的视角，甚至一度还形成了争论的态势。

从翻译来看，杜秉正一人就有三部译本出版，它们分别是《海盗》（文化工作社，1949 年）、《科林斯的围攻》（文化工作社，1949 年）、《该隐》（文化工作社，1950 年），其他译本还有李岳南译的拜伦和雪莱的诗歌合集《小夜曲》（正风出版社，1949 年）、卞之琳的《拜伦诗选》（《译文》，1954 年 6 月号）（包括《想当年我们俩分手》《滑铁卢前夜》《哀希腊》《天上的公务》四首诗）、刘让言的《曼弗雷德》（平明出版社，1955 年）、查良铮的《拜伦抒情诗选》

---

17 参见钱锺书：《谈艺录》（补订本），北京：中华书局，1984 年，第 374 页。

18 参见方长安：《论外国文学译介在十七年语境中的嬗变》，载《文学评论》，2002 年第 6 期，第 78-84 页。

（平明出版社，1955 年）、杨熙龄的《恰尔德·哈洛尔德游记》（新文艺出版社，1956 年）、朱维基的《唐璜》（全二册，新文艺出版社，1956 年）等。此外，臧之远翻译的《拜伦》（人民出版社，1954 年）译自于苏联伊瓦士琴科为苏联大百科全书撰写的词条"拜伦"，李相崇翻译的《乔治·戈登·拜伦》（《译文》，1954 年第 6 期）是根据苏联的叶利斯特拉托娃的同名拜伦传记而译出的。

在研究方面，这个时段的研究有的开始对一些拜伦的中译本进行讨论，如卞之琳等发表在《文学评论》（1959 年第 5 期）的文章《十年来的外国文学翻译和研究工作》是对 1949-1959 年间国内外国文学译介的一个综述，在谈及翻译质量的时候，作者重点提及了朱维基译的《唐璜》和杨熙龄译的《恰尔德·哈洛尔德游记》。作者举了具体例子来批评朱维基译本，认为《唐璜》"原诗里没有多少艺术雕琢，却另有一种从容自在、活泼机智的特色。但是目前见到的《堂璜》（即朱维基所译《唐璜》）中译本就没有运用与此相当的语言来进行翻译。原作中的日常语言在译本中变成了平庸的语言；原作中干净利落、锋利如剑的诗句在译本中成了拖泥带水、黯淡无光的文字"；作者还批评杨熙龄的翻译语言有"浓厚的脂粉气和旧词曲老套带来的陈腐气"，"这种追求滥调的倾向使译者不但只是浮光掠影，而且有时不顾原文字义以至破坏了整个气氛"。[19]还有，杜秉正也曾专门撰文对朱译《唐璜》作出评价，主要也是批评了译文因为按字面直译，或照原诗句法安排，以致"有些诗句生硬得念不下去，甚至于难懂到不知所云"；杜秉正认为翻译《唐璜》要能"保持原诗平易流畅的风格，并尽可能传达出作者所用的各种讽刺手法"，然而，"今天出版的译本和这一标准是有一定距离的"。[20]批评之余，杜秉正还是对朱维基的贡献给予了较大的肯定，认为这对后来的翻译尝试会有启迪。翻译标准向来是个变动不居的概念，原作的风格与译者的主体性向来处在不断的协调之中，从总体上看，朱维基与杨熙龄的译本都是忠实于原文，风格与原文大体是近似的，且两位译者的语言特色均没有明显悖离原作的痕迹。文章作者对两位译者的批判比较严苛，却也反映了当时学界对翻译的大略要求，即译者需要用心去表现像拜伦这样的诗人的情感力量和语言色彩。

---

19 参见卞之琳等：《十年来的外国文学翻译和研究工作》，载《文学评论》，1959 年第 5 期，第 41-77，58-59 页。

20 参见杜秉正：《拜伦著，朱维基译：〈唐璜〉》，载《西方语文》，第一卷第三期，第 347 页。

其他的研究切入点也较前期有所增多，有的分析拜伦的性情，如安旗的《试论拜伦诗歌中的叛逆性格》(《世界文学》，1960年第8期)认为叛逆性是拜伦式英雄的一个重要特征，它突出地表现在对丑恶的封建社会的愤慨和对现代资本主义社会的辛辣讽刺。杨德华的《试论拜伦的忧郁》(《文学评论》，1961年第6期)按照历时的顺序大致梳理了拜伦的创作经历与每个阶段的情感变化，作者认为拜伦早期的忧郁是一个失意贵族的苦闷，后期的忧郁是随着资产阶级革命运动进入低潮而形成的。作者还指出拜伦的一个致命弱点是他没有"俯首甘为孺子牛"的精神，与人民大众比较疏远，对于人民没有真正的同情。杜秉正的《革命浪漫主义诗人拜伦的诗》一文则分成三个部分：第一部分指出拜伦的反抗精神产生的物质基础是当时充满矛盾的英国社会以及整个欧洲的局势，他诗中出现的矛盾来源于他"受了当时历史条件和阶级地位的限制，始终没有和资产阶级个人主义断绝关系"；第二部分认为拜伦的反抗主要是针对当时欧洲大陆资产阶级对工人的剥削和沙文主义，他是爱国、爱自由的，并且他的这种爱是博大的，但是他的缺点是在"政治上缺少一个明确的理想"；第三部分涉及拜伦的影响——"广大的进步读者将永远对拜伦的作品发生兴趣"。[21]

就具体的影响案例，陈鸣树的《鲁迅与拜伦》一文试图"就鲁迅早期文艺思想中所受的拜伦的影响以及这种影响在他一生的战斗道路中所起的作用，略加说明"[22]。作者从革命的反叛热情、讽刺艺术、同情一切被压迫者的人道主义这些方面进行讨论，认为这两位作家是有诸多相同点的，鲁迅之所以提倡拜伦也正是因为这些共鸣的作用。这种影响和被影响的关系分析，需要以一定的事实联系为论据，再进行理性客观的分析，但是文章作者基本上凭借的是主观情感上的判断和粗浅的比照，因此尚还缺乏说服力。其他的研究论文还有范存忠的《论拜伦与雪莱的创作中现实主义与浪漫主义相结合的问题》指出，拜伦与雪莱的创作均有浪漫主义抒情与现实主义讽刺的两个方面，他们既刻画和揭露现实，同时又抒发热情、表达憧憬，缺点在于"都没有、也不可能超越资产阶级的意识形态"[23]。张耀之的《论拜伦和他的长诗〈恰尔德·哈洛尔德

---

21 参见杜秉正：《革命浪漫主义诗人拜伦的诗》，载《北京大学学报（人文科学）》，1956年第3期，第100-115页。

22 陈鸣树：《鲁迅与拜伦》，载《文史哲》，1957年第9期，第45页。

23 范存忠：《论拜伦与雪莱的创作中现实主义与浪漫主义相结合的问题》，载《文学评论》，1962年第1期，第83页。

游记》》（《齐齐哈尔师院学报》，1978 年第 3 期）就拜伦时代的欧洲、拜伦的生活与创作、长诗《恰尔德·哈洛尔德游记》作了介绍；以及孙席珍的《论〈唐璜〉》（《外国文学研究》，1979 年第 2 期）对《唐璜》这首长诗作了思想内容和艺术手法的介绍和分析。

　　这个时段的成果，尤其是在拜伦的译介方面，出现了《唐璜》和《恰尔德·哈洛尔德游记》这两大长诗作品的翻译，实属难得。译文虽然像有些学者所批判的那样存在一些语言风格上的缺陷，但瑕不掩瑜，他们的译本至今仍被奉为圭臬，是不可多得的优秀译本，成了之后拜伦研究集中参考的重要材料。研究方面，文章数量有所增多，归结起来看，这些文章基本上都带有明显的阶级意识形态色彩，不论是分析拜伦的性情还是具体的拜伦作品，无不夹杂着"封建地主阶级"、"资产阶级"、"无产阶级"等带有明显政治意识形态意味的关键词，大多数的文章作者都有意于把拜伦拉入到无产阶级的立场，认为他是站到工人阶级一边，反抗地主阶级和资产阶级的，因此许多分析难免有些牵强。还有就是文章的分析缺乏足够的理论支撑，部分论文虽然是围绕拜伦所处的历史背景和他的生平经历与创作之间的关系来进行的，这贯彻了知人论世的研究方法，但是总体均是描述性的成分居多，理性的抽丝剥茧较少。

　　还有一个耐人寻味的问题就是为何拜伦在新中国成立之初的三十年间能延续自清末民初、五四时期以来的热潮。这大抵有两大方面的原因，其一是拜伦及其作品中固有地表现出的叛逆和反抗精神确为拜伦式英雄的重要特征，这在这大半个世纪保证了其在中国能被持续地关注。半殖民地半封建社会的中国呼唤拜伦式英雄的出现；五四运动前后的思想解放运动时期，拜伦是中国知识分子的"同道中人"，他的诗人气质和作品对启迪中国新诗，传播民主和革命精神有重要的推动作用；新中国成立后，虽然社会的主要矛盾发生了变化，但是阶级矛盾依然在相当长的时间内影响了学术话语权的走势，拜伦虽然是一个资产阶级贵族，但是在这时期的中国学者眼中，他是一个叛逆的形象，是一个站在资产阶级对立面的存在，因此他的作品也就顺理成章地朝这个方向被不断阐释。也许这种阐释是一种误读，但它确乎是拜伦在中国的接受过程中与中国语境的协调和适应。第二个原因可能是来自苏俄的影响。拜伦在斯拉夫世界的影响是西方学界的一个热点话题，苏俄是斯拉夫世界的主要成员，拜伦在俄国拥有超乎人们想象多的受众，著名的诗人普希金和莱蒙托夫都是拜伦的"学徒"。苏俄的读者对拜伦的追捧近乎狂热，拜伦主义深入人心。苏联成立以后，拜伦在当时也是无产阶级知识分子拿来对抗资产阶级的一大形象武器，所以拜伦在新中国建立之前就已经被苏联的知识分子当做无产阶级的"盟友"来看待，他的作品被赋予了革命和反抗的色彩。如叶利斯特拉托娃就称拜伦为"英国工人阶级最初一些自发性的和不成熟的活动的兴奋的目击者，庇护者和歌手"[24]。我国在建国初大力倡导向苏联学习，苏联的社会主义文学被大量地引入，苏联对拜伦的友好态度不自觉地影响了他在中国的接受。拜伦在苏联和新中国能有如此好的接受度，这看似一个偶然，实际上却又是两个民族所走过的有相似点的革命道路和共同的社会愿望决定的，拜伦主义经过误读之后与社会主义的意识形态形成了后天的契合。

四、新时期的全景：自 1980 年至今

自上世纪 80 年代至今，拜伦在中国的接受进入了一个新的阶段。译介工作在前几个阶段的基础上，有些作品被重译，或者在原来的基础上进行了补充，因此增添了一些新的译作以及诗选和书信选的版本，尽管如此，依然还有很多拜伦的作品没有中译本的出现。与译介的乏力相比，研究工作则显得更为异彩纷呈，出现了大量的专门研究拜伦的博士和硕士学位论文，还有数百篇相关的期刊论文，拜伦研究进入了一个更加全面、系统化和学理化的崭新阶段。

这一时期新增的译本主要有：

（一）更多诗选的出版

查良铮的《拜伦诗选》（上海译文出版社，1980 年）、邱从己和邵洵美合译的《拜伦政治讽刺诗选》（上海译文出版社，1981 年）是在以前基础上的添加后重新出版，还有一些新的译者加入到拜伦诗翻译阵营中，其中杨德豫的《拜伦抒情诗七十首》（湖南人民出版社，1981 年）从《闲散的时光》（1802-1807）[25]、《希伯来旋律》（杨译为"希伯来歌曲"（1814-1815））、《海盗》（1813）、《锡雍的囚徒》（1816）、《曼弗雷德》（杨译为"曼弗瑞德"（1816-1817））、《恰尔德·哈洛尔德游记》（杨译为"恰尔德·哈罗尔德游记"（1809-1917））、《唐璜》（杨译为"堂·璜"（1818-1823）），以及拜伦的一些零散的小诗和《偶成集》（杨将它们统译为"随感"）、书信（杨译为"家室篇"）节选了七十首翻译，末尾还

---

24 [苏联]叶利斯特拉托娃：《乔治·戈登·拜伦》，李相崇译，载《译文》，1954 年第 6 期。

25 作品后括号内的时间为拜伦创作该作品的时间，后面所列的 6 部作品亦如是。

有一个比较详细的《拜伦年谱》和译者的翻译心得——《译后琐记》。其后出现的诗选或诗集基本上均是从查良铮和杨德豫的翻译中选取部分重新出版。

（二）书信的翻译增多

拜伦的书信长期被国内翻译界和学术界忽略，上世纪三四十年代岳莲和杜衡简略地翻译了数首拜伦的书信发表在诗集和杂志上，其后便不见扩充，直到九十年代才再次出现了更多的译介。张建理和施晓伟的《地狱的布道者：拜伦书信选》（三联书店，1991 年）、王昕若的《拜伦书信选》（百花文艺出版社，1992 年）、易晓明的《飘忽的灵魂：拜伦书信选》（经济日报出版社，2001 年）填补了这方面翻译的空缺。

（三）新的长诗和诗剧译本出现

朱维基于 1956 年翻译的《唐璜》让国内学者首次有机会读上这部拜伦代表作的全译本。1980 年，查良铮于 1962-1972 年间陆续翻译完成的《唐璜》在他去世后由人民文学出版社出版，查译本现今已在国内广为流传。1988 年湖南人民出版社出版了由李锦秀翻译的《东方故事诗·上》，里面有《异教徒》和《海盗》两部作品。继傅东华的节译和刘让言的全译《曼弗雷德》，以及杜秉正的全译《该隐》之后，曹元勇重译了这两部诗剧并集结成《曼弗雷德 该隐：拜伦诗剧两部》一册出版（华夏出版社，2007 年）。还有赵澧在 1985 年于《国外文学》第 1 期上刊登了他新译的《锡隆的囚徒》。

拜伦研究在这近四十年间有明显的进展，成果比较丰硕且全面。这一时期出现了两部专论拜伦的博士论文，一部是宋庆宝的《拜伦在中国：从清末民初到五四》（北京语言大学，2006 年，现已出版为专著），论文把拜伦在中国清末民初和五四时期的接受按照时间顺序作了比较详尽的介绍和分析，然后又辟专门两章分别就苏曼殊和鲁迅对拜伦的译介进行个案分析，并对两位作家与拜伦进行比较，尤其是在相同基础上的异的突出。论文指出："拜伦在中国的传播影响史，实际上就是变异创新史"，接受者的主体性和外在的时代特征决定了"中国式拜伦"的特点。[26]另外一部是杨莉的《拜伦叙事诗研究》（浙江大学，2010 年）。文章选取了拜伦主要的作品（如《恰尔德·哈洛尔德游记》《唐璜》和《异教徒》等）作为研究对象，从拜伦作为叙述者、"互文叙事"、

---

26 宋庆宝：《拜伦在中国：从清末民初到五四》，北京语言大学博士论文，2006 年，第 4 页。

叙事中的空间和时间标识、拜伦的文学影响等几个点出发，串联起了拜伦诗歌的叙事学研究线路。

在专著方面，主要有国内拜伦研究学者倪正芳的《拜伦研究》（中国广播电视出版社，2005 年）和《拜伦与中国》（青海人民出版社，2008）。前者分成六章分别介绍和论述了拜伦的生平、拜伦的悲剧精神、拜伦的诗学观与创作艺术、拜伦在中国的百年接受史与拜伦笔下的中国、拜伦写作的"细读与批判"、"经典拜伦与后现代拜伦"。曾思艺在本书序中说："本书颇为全面：既有对拜伦生平重要事情的勾勒，又有对拜伦作为人的两重性的评价，更有对作为诗人的拜伦的研究；既有理论的概括和视野比较开阔的论述，又有作为个案分析的文本细读。对作为诗人的拜伦的研究，也是颇为全面的：既有对深深影响其创作的悲剧精神的研究，对其诗学观的梳理，对其诗歌抒情特色、讽刺艺术、叙事策略的论析，也有具体的文本细读，更有百多年来中国的拜伦接受史评述。"[27]《拜伦与中国》则对拜伦在中国的译介与研究进行了梳理，重点对相关材料进行归纳和分析，该书探讨了拜伦在中国知识分子心中的形象，以及对部分诗歌译本和传记译本作了详尽的介绍。虽然是一部对材料搜集和整理的外部研究著作，然该书呈现了众多关键的材料，对了解拜伦在中国百年间的大致传播史有可靠的参考作用。

除博士学位论文和专著之外，国内学界拜伦研究的核心阵地主要在期刊论文和部分硕士学位论文这块。大致而言，这些文章研究的重点主要有：拜伦主要作品的译本对比与反思、拜伦对 19 世纪末 20 世纪初一些中国作家的影响、拜伦式英雄的讨论、拜伦作品中的女性形象、拜伦的东方书写，以及《唐璜》研究等。

在这近四十年间，国内涌现出多位拜伦研究学者，他们的关注点各有侧重，也发表了相应的专著或学术论文。例如，倪正芳和宋庆宝对拜伦在中国的接受问题均有专著论及，尤其是倪正芳的研究相对于国内其他拜伦学者的关注面更加广阔；杨莉主要侧重的是拜伦的叙事诗研究，相关作品中的叙述者、叙述声音、叙述时间观、对西方叙事诗传统的继承与创新等均分别作过探究；屠国元、王东风、廖七一、李静、对《哀希腊》的翻译作了大量的对比分析；高旭东集中于拜伦与鲁迅的文学关系这一话题的研究；王化学也在多篇文章中对拜伦作品作过非常细腻深入的解读等。

---

27 曾思艺：《拜伦研究·序》，北京：中国广播电视出版社，2005 年。

五、拜伦在中国接受的盲点与问题

从以上所划分的四个时期拜伦在中国的译介与研究状况来看，拜伦经历了从最初刚译介到中国的"狂飙"，到平缓发展，再到新中国成立后在翻译方面的丰富和研究方面的全面化和深度化的历程。这是拜伦在中国大约一百年间的接受史，在这条传播轨迹上，留下了至今都保有珍贵价值的译本，它们仍然流行于今天出版的外国文学经典书架；还有正在不断充实的研究成果，许多论文都富有洞见，有的观点认识已经迫近西方的学术前沿。这些翻译和学术成果是在几代人共同努力下不断累积、更新和反思的结晶，是我们今日用来作中西比较的基础材料。然而，通过梳理这百年间的接受史，我们会发现还有很多可以填补的空白和值得改进的地方。

（一）译介的严重不足

这是一个首要指出的问题。虽然从清末民初至今已经有了朱维基和查良铮两位译者贡献的《唐璜》全译本、杨德豫译的《恰尔德·哈罗尔德游记》、还有其他译者的《该隐》《海盗》《栖龙的囚徒》《柯林斯的围攻》《曼弗雷德》等完整的诗剧译本，这实属不易，但是说这方面还具有严重不足，则是针对拜伦这样一位有巨大世界影响力的作家，他尚有大量值得译介却没有译介的作品，以及西方的研究材料没有引起国内学界重视的问题。反倒如华兹华斯、柯勒律治等实际上对世界文学的影响不及拜伦的英国浪漫主义作家，在中国受到了更多的关注，很多外国文学研究者都知道华兹华斯的《抒情歌谣集序言》对浪漫主义的界定，而知晓拜伦在整个浪漫主义的革新、以及他在西方文坛引起的轰动的人却并不多。译介工作的不够使得国内学者没能充分了解拜伦的作品世界，进而导致了对拜伦在中国的接受和影响的差异；对西方学界拜伦研究动态的不知情也限制了国内研究视野的拓展。

已有的译本不乏经典，《唐璜》的朱维基译本和《游记》的杨德豫译本虽然曾经受到过批判，但那只是不同翻译标准下的主观评价，并不影响它们在读者群体中的好评程度。然而可惜的是，除了查良铮译的《唐璜》、曹元勇译的《曼弗雷德 该隐》（2007 年出版）及一些"诗选"和"书信选"还能在大学图书馆和书店比较容易找到之外，其他的翻译作品基本已经绝迹。大抵是因为它们翻译和出版的时代距今久远，译本散佚不知处，还有可能是译本质量参差不齐，现在也没有吸引有能力胜任翻译工作的译者去重译它们，故而出现欲阅读这些材料而不得的窘境。还有一个尴尬的情况是，现在的出版社受市场导向的影响，对许多西方作家和诗人，他们一般最热衷于出版他们的代表作和一些作品选。拜伦的情况就是一个典型：市面上最容易见到的就是他的诗选、抒情诗选、书信选、收录部分拜伦诗的英国浪漫主义诗人诗选等等，然而这些"诗选"和"书信选"往往又制作得过于简单，绝大多数连这些诗出自哪里、创作于何时何地等背景信息都没有，更不用说一些方便读者理解的注释了。最终这些出版物流为普通读本，只能用于普通读者大略地体会拜伦的诗才、诗风和散文的文笔，至于作为资料的研究价值则极为有限。

其实，一直以来，热爱拜伦、有志于译介拜伦的学者不在少数，但限于时间和精力有限，心有余而力不足。如梁启超翻译哀希腊的时候就发过感慨："本回原拟将《端志安》十六节全行译出，嗣以太难，迫于时日，且亦嫌其冗肿，古仅译三节，绥中止。印刷时复将第二折删去，仅存两折而已。然其惨淡经营之心力，亦可见矣。"[28]然而，时至今日，问题依然存在。学界的重视程度的减弱，文学市场的有限效益影响了翻译和出版的发行，试想，当受到这些因素制约的时候，作为流通中介的译者和出版社也就缺少了动力，毕竟赞助对文学流通、接受也有不可忽视的作用。拜伦的写作生涯短暂，但他却是个非常高产的作家。迄今为止，值得译介而没有译介的拜伦作品有《闲散的时光》（*Hours of Idleness*）、《英格兰诗人与苏格兰评论家》（*English Bards and Scotch Reviewers*）、《希伯来旋律》（*Hebrew Melodies*）、《别波》（*Beppo*）、《统领华立罗》（*Marino Faliero*）、《福斯卡里父子》（*The Two Foscari*）、《萨丹那帕露丝》（*Sardanapalus*）、《畸人变形记》（*The Deformed Transformed*）、《莱拉》（*Lara*）、《塔索的哀歌》（*The Lament of Tasso*）等。

（二）研究视域偏狭

早期研究中国的拜伦学者如梁启超、苏曼殊、鲁迅、梁实秋等都有良好的外语能力，从他们写的文章中就可以看到他们引用了不少拜伦的作品，甚至还有当时比较有影响力的西方拜伦研究专家的观点，虽然不是很成体系，却也时现令人耳目一新的看法。今天的外国文学研究领域也有很多可以阅读一手资料的学者，但其他大多数的群体因为外语能力有限，所以他们研究的基本材料主要还是来源于国内能找到的相关中文资料。而如前一点所述，拜伦的作品译介尚还有很多疏漏的地方，此外，也有一些值得引起国内学者关注的西方学者

---

28 梁启超：《新中国未来记》，载《饮冰室合集》（89），北京：中华书局，1936年，第56-57页。

的专著和论文也没有翻译成中文，这是造成国内当前研究视域偏狭的一个重要原因。固然外国文学研究和比较文学研究的学者要有精英意识，外语能力是这些精英群体必不可少的技能，然而这在当前来说还停留于一种理想，要树立不同语言和异质文化间的自觉的比较意识，任重而道远。

研究视域偏狭主要表现在离西方拜伦研究的学术前沿还有比较大的差距。有些领域中国学者涉及得较少或基本还是学术空白，例如拜伦的生平和书信研究，西方学者有众多关于拜伦生平研究的专著和期刊文章，最早的著作资料有如托马斯·梅德温（Thomas Medwin）的《拜伦勋爵在比萨的谈话录》（*Journal of the Conversations of Lord Byron: Noted during a Residence with His Lordship at Pisa, in the Years 1821 and 1822*, 1824）托马斯·穆尔（Thomas Moore）的《拜伦勋爵的书信和日志：以生平为导线》（*Letters and Journals of Lord Byron: With a Notice of His Life*, 1831 年），这些资料是后来很多与拜伦生平有关的专著的基础材料，国内学者译介过莫洛亚、鹤见祐辅、叶利斯特拉托娃写的拜伦传记，惜未对上述这些一手材料给予足够的重视。还有拜伦的残疾研究，拜伦天生的跛足是他心理上一块永远都没有抹去的伤痕，这在的他的性情和创作中都可以找到痕迹，而这在国内还没有引起过专门的讨论。

有些领域已经开启，但还有待深入或扩展。例如拜伦的女性观和东方书写，确有多篇论文涉及到这个话题，但是大多流于表浅的分析，理论性不足影响了整体的深度；拜伦的创作思想探究相对较多集中在他的讽刺艺术和叙事艺术方面，成果较多。然而拜伦除了一些诗集和长诗作品外，他的诗剧创作占据了他作品的很大一部分，尽管有些文章偶有涉及相关诗剧作品，却主要是从中提取他的讽刺色调和人物形象。"拜伦与中国"是较为常见的话题，以及拜伦形象的接受变异亦是国内研究的亮点，但这部分仅限于 20 世纪上半叶，尤其是清末民初的中国；还有一些国内学者注意到了拜伦与一些俄国作家如普希金和莱蒙托夫的影响关联，不过这些研究范式和方法还有待继续延及到其他民族的作家。

国内拜伦研究的一个突出特点是带有浓厚的政治色彩，意识形态话语常常试图主导学术走向，革命、反抗、讽刺是频繁出现的关键词。拜伦从进入中国的第一天起，就与中国的历史变迁紧紧相连。从清末民初到解放时期，乃至现在，拜伦很多时候都被视为是一个争取民族独立、反抗封建阶级、讽刺资产阶级贵族的斗士，他的这些抗争赢得了中国不同时期知识分子的好感。然而，马克思一句

"拜伦要是活得再久一些，就会成为一个反动资产者"，使他在社会主义的中国被误读成了有可能站到社会主义阵营对立面的假设，其革命浪漫主义诗人代表的地位也被雪莱替代。[29]文化过滤与文学误读如影随形地贯穿了拜伦在中国的百年接受史。此外，有学者注意到一个值得学界思考的现象："总的来看，中国的拜伦研究者大致可分为中文系和英文系两派。中文系学者的治学方式大多是'六经注我'式（以个人见解见长，但不太重视作品原文阅读和对国外文献的跟踪），而英文系学者则更多是'我注六经'式（比较重视原文阅读和对国外文献的跟踪，但个人见解相对较少）……这两种方式本无所谓高低对错，但如果中国的拜伦学（包括所有外国文学研究）有一天能够真正全面走向世界，'六经注我'与'我注六经'两种治学方式的结合必然是关键。"[30]

第三节　英语世界的拜伦研究述略

英语世界的拜伦研究从拜伦在世时期就已开始，换句话说，英语世界的拜伦研究在初始阶段与他的创作是同起同步的；在过去的逾200年间，伴随着时代的变迁，意识形态与文学理论话语的变更，对拜伦的关注虽有所起伏，但总体保持着往全面化和纵深化的趋势。英语世界的拜伦研究的长盛态势映证着拜伦作为一位重要的浪漫主义作家，他的个人传奇和经典作品有着深广的阐释空间。整体上来说，可以约略地将英语世界的拜伦研究状况划分为以下几个时区。

一、聚焦生平的时代：19世纪

拜伦的生平是短暂而丰富的，从他出身的世家、复杂的性格、传奇的经历来看，无疑都是不寻常的。继承而来的勋爵身份证明他的祖上曾经有过光辉的历史，留给拜伦以一生都值得引以为豪的荣光，他的特殊身份也让他在受到公众关注方面具有了先天的优势。不幸的是，与生俱来的残疾对他整个一生都造成了巨大的身体和精神困扰，催生他远超常人的敏感的同时，也带来了深藏于心的痛苦。在他非同寻常的经历中，经历过名声的大起大落，可以说，他人生

29　参见张静：《革命浪漫主义话语下的诗歌译介——"十七年"文学翻译中拜伦与雪莱地位的转换》，载《中国现代文学研究丛刊》，2022年第3期。

30　张旭春：《新中国60年拜伦诗歌研究之考察与分析》，载《外国文学研究》，2013年第1期，第142页。

最重要的时段大部分都是在流浪中度过，最终令人意外和叹惋地殒命于希腊独立战争中。

在整个 19 世纪，大量与拜伦有关的传记、通信、回忆录、谈话录类型的书籍不断涌现。1812 年《游记》前两章的大获成功让拜伦名满天下，而那时他才 24 岁，从那时起，他几乎每一个举动都是贵族圈和普通读者圈的焦点。大概是当时英国社会对名声的敏锐感知，人们很早便意识到拜伦的与众不同：他日常生活的习惯，有他周围的亲朋记录着；他与别人的通信，别人都会当珍宝一样来收藏；他与别人的谈话，别人要么现场执笔记录，要么熟记在心，回头及时录下。他的名声在生前之大，传播速度之快，无不出人意外，就连比拜伦年长，更早出名的瓦尔特·司各特也为了避开与拜伦在诗歌上的直接竞争而转向小说创作；托马斯·穆尔同样比拜伦先获名声，他也赞慕拜伦的才华，甘愿为他奔走，广泛搜集拜伦生平的相关材料，并在后来成为第一个撰写拜伦生平传记的人。这本传记即是厚重的《拜伦勋爵的书信与日记：以生平为导论》，该书集他的通信和回忆录于一体，并历时性地嵌入拜伦的生平叙述中，成为后人了解和研究拜伦不可多得的重要资料。

其他传记主要有 R. C. 达拉斯（R. C. Dallas）的《拜伦勋爵的生平回忆：1808-1814》（*Recollections of the Life of Lord Byron, from the Year 1908 to the End of 1814*, 1824）、卡斯摩·戈登（Cosmo Gordon）的《拜伦勋爵的生平与天分》（*The Life and Genius of Lord Byron*, 1824）、约翰·高尔特（John Galt）的《拜伦勋爵的生平》（*The Life of Lord Byron*, 1833）、特瑞萨·归齐奥利（Teresa Guiccioli）的《我记忆中的拜伦勋爵》（*My Recollections of Lord Byron*, 1869）、卡尔·埃尔策（Karl Elze）的《拜伦勋爵：传记与文学评论》（*Lord Byron: A Biography, with a Critical Essay on His Place in Literature*, 1872）、罗登·诺尔（Roden Noel）的《拜伦勋爵的生平》（*Life of Lord Byron*, 1890）等等。谈话录和回忆录则有托马斯·梅德温（Thomas Medwin）的《拜伦勋爵在比萨的谈话录》（*Journal of the Conversations of Lord Byron: Noted during a Residence with His Lordship at Pisa, in the Years 1821 and 1822*, 1824）、威廉·帕里（William Parry）的《拜伦勋爵的最后时光》（*The Last Days of Lord Byron: With His Lordship Opinions on Various Subjects, Particularly on the State and Prospects of Greece*, 1825）、利·亨特（Leigh Hunt）的《拜伦勋爵与他的同代人》（*Lord Byron and Some of His Contemporaries*, London: S. and R. Bentley, 1828）、乔治·麦凯

（George E. Mackay）的《拜伦勋爵在亚美尼亚修道院》（*Lord Byron at the Armenian Convent*, 1876）等。撰写这些传记、回忆录和谈话录的作者身份各异，有拜伦生前的挚友，如穆尔、利·亨特；有情人，如归齐奥利；也有一些是专门的传记作家，如卡尔·埃尔策和罗登·诺尔。

这一时期还有一个重要现象是拜伦作品的收集和整理。第一部拜伦全集出现于 1832 年，在穆尔的悉心准备下，由他编纂的《拜伦作品集（含书信、回忆录和生平）》（*The Works of Lord Byron: With His Letters and Journals, and His Life*）分为六大卷，由拜伦生前最主要的出版商约翰·默里（John Murray）出版，该作品集资料详实、准确，其后多次再版，至今仍是学界最主要、最权威的拜伦作品参照之一。三年后，由穆尔、司各特、约翰·卡姆·霍布豪斯（John Cam Hobhouse）、达拉斯、亨特、玛丽·雪莱（Mary Shelley）等十几位当时的重要作家和拜伦的亲友组成的团队经过严密搜寻和整理，最终汇集出版了《拜伦全集》（*The Complete Works of Lord Byron*）。该作品集不仅囊括了拜伦生前创作的几乎所有的长诗、诗剧及数百首短诗作品，而且在每一部作品对应的页面均有记录该作品的创作时间、发表时间、创作背景，乃至还有作品的出版信息和接受情况，资料价值很高、可参考性强。此外，1824 年，拜伦分别在 1812 年 2 月 27 日、4 月 21 日和 1813 年 1 月 1 日的议会演说也被汇集成《拜伦勋爵的议会演说》（*The Parliamentary Speeches of Lord Byron*）一书出版。

涉及拜伦生平和思想的学术性著作在 19 世纪也已出现，最早在 1826 年的时候，即有 J. W. 西蒙斯（J. W. Simmons）的《拜伦勋爵的品性探析》（An Inquiry into the Moral Character of Lord Byron）一书，着重探讨了拜伦的哲学思想，虽然西蒙斯的论述通篇均将拜伦的性格和伦理道德联系在一起，但他已把拜伦当成一位重要的思想家来看待，并给予了正面的肯定。这一时期尤为值得一提的是格奥尔格·勃兰兑斯（Georg Brandes）约完成于 1875 年的《十九世纪文学主流》（*Main Currents in Nineteenth-Century Literature*）第四卷"英国的自然主义"（Naturalism in England），其中的主要篇幅都聚集在了拜伦的生平、创作和思想上，观点独到而深刻，不论是在当时还是现在，它都是一部在批评界具有举足轻重作用的论著。其他关于拜伦的学术性论文很少，能在期刊上找到的文章通常都是传记类书籍中被忽略的一些内容补充，或者就是针对一些已经出版的书籍作的评论性的文章。总之这一时期的出版物最关注的当属拜伦的生平，即便有不少涉及到具体的作品，那也是生平叙述中作为附带而提及的材料。

二、异彩纷呈的百年：20世纪

20世纪的文学界对拜伦生平研究的热情依旧不减，读者群不满足于以往的叙述，受到好奇心的驱使，总是试图挖掘更多详细的信息。有读者阅读，那么传记类作品就有市场。约翰·尼克尔（John Nichol）的《拜伦》（*Byron*, 1902）和理查德·埃奇库姆（Richard Edgcumbe）的《拜伦：最后的时光》（*Byron: The Last Phase*, 1910）仍是对拜伦生平的评述性著作；厄尔·史密斯（Earl C. Smith）的《拜伦与归齐奥利女爵》（*Byron and the Countess Guiccioli*）、欧内斯特·西蒙斯（Ernest J. Simmons）的《拜伦与他的希腊女仆》（*Byron and a Greek Maid*）、莱尔·肯德尔（Lyle H. Kendall, Jr.）的《拜伦：一封写给雪莱的未公开的信》（*Byron: An Unpublished Letter to Shelley*）等类似的文章多为充实拜伦生平的材料。而实际上从拜伦生前到维多利时代结束，伦理道德因素对拜伦的接受和解读都有不可忽视的影响，因为拜伦的言行举止不符合传统的宗教和伦理规范，特别是他闹得满城风雨的分居事件和与奥古斯塔的乱伦绯闻让他遍遭不道德的坏名声。当人们每每提及拜伦，首先脑海中蹦出的意识就是他是个风流成性的诗人，以至于带着这样一种先见，人们阅读他的作品的时候不自觉地就拿他的作品与他的生平进行对应，试图来寻找某种相似的关联。更何况拜伦的作品自传性如此之强，每一个主人公都可以反映拜伦性格中某一方面的特性，乃至影射生平中真实发生过的一些事情，所以读者，包括批评界，总是习惯于期待获悉关于他生平的更多细节。

就拜伦研究而言，二十世纪最突出的特征之一就是影响研究范式运用的普遍性。实证性的文学研究方法在这一时期得到了最充分的发挥，且这种方法在用于文学渊源的追溯和文学流传的论证上颇具实用性和说服力。拜伦从英国文学史上的重要作家蒲伯、莎士比亚，以及意大利的浦尔契、但丁、荷马等人那里获得的创作灵感，还有从卢梭和亚里士多德那里获得的思想启迪都有学者作过专门论述。性情孤傲的拜伦对他同时代的作家鲜有赞赏，所以很难从他的作品中看到其他同时代作家对他的影响，从这些研究中也可以证明此点。至于华兹华斯控诉拜伦《游记》第三章是对他的剽窃一案，詹姆斯·希尔（James L. Hill）的文章《意识叙述的实验：拜伦、华兹华斯与〈游记〉的第三、四章》（Experiments in the Narrative of Consciousness: Byron, Wordsworth, and Childe Harold, Cantos 3 and 4）做过专门的推测。拜伦对其他作家的影响相对于他所受到的影响来说要大得多，"拜伦与____"是最常见的标题组合模式，透过数十篇拜伦的文学影响研究的论文可以发现，普希金、莱蒙托夫、梅尔维尔、斯丹达尔、艾米丽·勃朗特、T. S. 艾略特，以及南斯拉夫、捷克、克罗地亚等国家诗人的作品中都或多或少可以看到拜伦的影子。此外，这种实证方法还被用于论证拜伦对音乐、绘画和雕塑等艺术的影响，足见拜伦的影响之宽广。不论是专业的比较文学学者，如雷内·韦勒克（René Wellek），还是普通学者都曾热衷于拜伦的影响研究，从一些容易被人忽视的细节和新发掘的事实材料，外加作者通过作品和思想的比照，这种文学关系就被编织起来了。

拜伦的作品研究在这一时期有了新的面貌。盖伊·斯蒂芬（Guy Steffan）就拜伦对《唐璜》第一章的写作及其后的修订和打磨曾撰写过数篇文章集中讨论；玛利亚·巴特勒（Maria H. Butler）的《探析拜伦对〈曼弗雷德〉第三幕的修正》（An Examination of Byron's Revision of *Manfred*, Act III）一文指出起初拜伦的戏剧试验并不使他自己满意，后来修改的对人类寻找出路的折衷方法成就了一种"艺术整体"感；托马斯·阿仕顿（Thomas L. Ashton）的《拜伦给大卫的竖琴填词：希伯来旋律》（Byronic Lyrics or David's Harp: The Hebrew Melodies）交代了一些拜伦为艾萨克·内森（Isaac Nathan）作词的经过，类似的文章呈现和还原了拜伦的创作过程。

围绕作品的解读是作品研究中最常见的类型。就《唐璜》的语言风格，威廉·马绍尔（William H. Marshall）的著作《拜伦主要作品的结构》（*The Structure of Byron's Major Poems*）、乔治·里德诺（George M. Ridenour）的文章《拜伦〈唐璜〉的模式》（The Mode of Byron's *Don Juan*）、约翰·埃兹（John I Ades）的文章《拜伦〈唐璜〉中独创性的嬉笑风格》（An Ingenious Jest in Byron's *Don Juan*）均有讨论。休·卢克（Hugh J. Luke）的文章《拜伦〈唐璜〉的出版》（The Publishing of Byron's *Don Juan*）、塞缪尔·丘（Samuel Chew）的文章《〈唐璜〉的百年纪念》（The Centenary of *Don Juan*），以及众多聚焦《唐璜》研究的书籍和文章都会专门提及它在发行之初的接受情况，该作品的接受史反映了当时英国社会伦理道德话语对文学销售市场和文学评论的重要影响。而它之所以会在当时遭到批评界的责难，其作品本身的原因就是《唐璜》的"不道德"倾向，爱德华·约翰逊（Edward D. H. Johnson）的《〈唐璜〉在英国》（*Don Juan* in England）指出拜伦的同时代人将唐璜视为残忍、堕落的魔鬼形象，作者则试图为拜伦辩解，他认为在当时严苛的道德标准下，人们误解了拜伦；西尔维娅·厄特巴克（Sylvia Walsh Utterback）在文章《唐璜与心灵感应的表征》

（Don Juan and the Representation of Spiritual Sensuousness）中也同情《唐璜》的接受遭遇，并把唐璜看成是被引诱的精神性欲形象，这部作品以艺术形式呈献给读者一个的宗教生活中的感应特征。拜伦的另外一部重要长诗作品《游记》也受到较多关注，它的叙事结构、前两章结尾处的互文关系、前两章与后两章之间的脱节、第三章的忏悔模式，尤其让拜伦收获世界性名声的前两章与让拜伦饱受非议的后两章的结构和风格差异引起了较多讨论。值得一提的是19 世纪的批评界对《游记》前两章和后两章的不同评判，这种巨大的反差也证明西方对拜伦作品的解读同样受到意识形态的影响，拜伦的私人生活影响到了批评界对他作品的判断。

　　《唐璜》和《游记》是拜伦最重要的大部头作品，而他的东方故事诗（土耳其故事）是他生前所有作品当中销量最好的。《异教徒》《海盗》《莱拉》《阿比多斯的新娘》《科林斯围攻》《帕里西娜》，尤其是前两部广受读者欢迎，《海盗》在一周的时间里就售出一万多本，这种火爆现象在当时的英国文学市场前所未有。华莱士·布朗（Wallace C. Brown）的论文《拜伦与英国人的近东兴趣》（Byron and English Interest in the Near East）就分析了拜伦是如何利用当时英国人对近东的兴趣而使他的作品获得接受；约翰·欧文（John W. Irwin）完成于 1910 年的硕士论文《拜伦与东方》（Byron and the Orient）梳理了拜伦东方故事的作品内容及其与生平的关联，并适时与其他英国浪漫主义作家的东方书写进行了比较；待到 20 世纪末，随着后殖民主义视域下东方学的兴盛，逐渐出现了对拜伦东方书写的重新解读，九十年代费米达·苏丹娜（Fehmida Sultana）、苏珊·泰勒（Susan Beth Taylor）、阿卜杜·基德瓦伊（Abdur Raheem Kidwai）等撰写的多篇博士论文已有自觉的理论批评意识。

　　透过对拜伦诗剧的解读，西方学者还发掘了拜伦的精神思想。《曼弗雷德》《该隐》集中反映了拜伦的宗教怀疑主义和反叛精神，且曼弗雷德、该隐及卢西弗都被视为典型的拜伦式英雄。诸如丹尼尔·麦克维（Daniel M. McVeigh）的《曼弗雷德的诅咒》（Manfred's Curse）、伦纳德·迈克尔斯（Leonard Michaels）的《拜伦的该隐》（Byron's Cain）、斯蒂芬·鲍尔（Stephen Bauer）的《令人疑窦丛生的〈该隐〉》（Byron's Doubting Cain）等文章都试图从思想深度上对这些人物进行了解析。根据西方学界普遍认同的观点，拜伦创作的包括《曼弗雷德》《该隐》在内的九部诗剧有部分被搬上了舞台，《福斯卡里父子》和《统领华立罗》遭到了失败，《维尔纳》获得了成功，不过其他作品没有搬上舞台或没有取得成功主要是因为拜伦的诗剧不是为了舞台演出而作，他的"精神戏剧"实验更多地是为了启人哲思，而不是娱乐大众。

作家间的对比研究可以凸显不同作家的独特性，拜伦被拿来与雪莱、华兹华斯、弥尔顿、巴尔扎克、乔伊斯、歌德、尼采等一大批作家进行过对比，比如歌德和尼采在精神上与拜伦有许多契合，与华兹华斯尽管同为浪漫主义重要作家，却因为经典浪漫主义的标准不一致，以及阐释方法的差异而被严格区分开来。先前勃兰兑斯的《十九世纪文学主流》中讲到英国的自然主义，把大部分笔墨倾注在了拜伦身上，罗素的《西方哲学史》（*A History of Western Philosophy*）也把拜伦视为一位思想巨匠；而艾布拉姆斯的《自然的超自然主义：浪漫主义文学的传统与革新》（*Natural Supernaturalism: Tradition and Revolution in Romantic Literature*）则把拜伦排除在经典浪漫主义作家行列之外，托马斯·艾略特（T. S. Elliot）的《拜伦》一文（收录于艾布拉姆斯编辑的 *English Romantic Poets: Modern Essays in Criticism*（1975）一书中）指出拜伦的诗经不起新批评方法的细读；其后，杰罗姆·麦甘通过一系列的核心著作和文章，力图纠正以艾布拉姆斯、布鲁姆和韦勒克为代表的批评家的浪漫主义标准，并成功在上世纪八十年代重新扭转了西方学界拜伦研究的势头。

三、纵深的延展：近 20 年

当拜伦的生平已广为人知，那些人们感兴趣的拜伦情史、他的残疾病理、与其他作家的交往、欧洲大陆与近东之旅、支援希腊独立战争等信息已挖掘殆尽；当拜伦作品中的情节、技法、思想受到其他作家影响的线索，以及拜伦在其他主要作家作品中的体现已经被可以搜罗到的蛛丝马迹所证实，唯有从近似话题的延展中觅得新的突破口和论点。譬如保罗·艾丽奇（Paul Elledge）的《拜伦在哈罗公学》（*Byron at Harrow School*）一书详细分成五章分别就拜伦曾经在哈罗公学读书期间接触过的不同的人（包含教师、同学、热恋过的女性）展开分析，述说拜伦的学习和生活，以及这些人和经历对他的性格塑造和文学才情形成的影响。与以往的传记不同的是，该书仅以一个被学界长期忽视的拜伦童年的时段入手，生平仅仅是作为论述的一条线索而被引入。还有拜伦的影响研究已不再反复讨论浦尔契如何影响拜伦以及拜伦如何影响普希金这样"众所周知"的文学关系，而就拜伦与他最熟悉、最亲切的朋友兼知名作家的文学关系形成了长篇论著，如杰弗里·W. 维尔（Jeffery W. Vail）的专著《拜伦勋爵与托马斯·穆尔的文学关系》(*The Literary Relationship of Lord Byron and Thomas Moore*)，还有拜伦与雪莱的文学关系在哈罗德·布鲁姆编辑的《乔治·戈登·拜伦勋爵》(*Bloom's Classic Critical Views: George Gordon, Lord Byron*) 一书的序言部分，以及爱德华·莱利希（Edward Larrissy）的《浪漫主义时期文学中的盲人与盲点》(*The Blind and Blindness in Literature of the Romantic Period*) 一书中亦有专章涉及。再一种影响研究的关注点是拜伦与女性作家，例如拜伦对简·奥斯汀的影响在萨拉·伍顿（Sarah Wootton）的《简·奥斯汀的〈劝导〉和〈傲慢与偏见〉中的拜伦主义》(The Byronic in Jane Austen's *Persuasion* and *Pride and Prejudice*) 一文即有论述；就拜伦与他曾经的情人卡罗琳·兰姆之间的文学关联，保罗·道格拉斯（Paul Douglass）、罗斯玛丽·马奇（Rosemary March）、琳赛·艾克特（Lindsey Eckert）也曾有文章进行论述。

　　还有一个老话题新谈是"拜伦与名声"，其中"出版商"、"浪漫主义名声"、"谣言"、"广告宣传"等关键词是出现频率较高的词。哈德利·莫泽尔（Hadley J. Mozer）的《〈唐璜〉的营销与被营销的拜伦》(Don Juan and the Advertising and Advertised Lord Byron)、杰·杨·帕克（Jae Young Park）的《拜伦的〈唐璜〉：出版形式、意义与金钱》(Byron's *Don Juan*: Forms of Publication, Meanings, and Money)、埃里克·艾斯纳（Eric M. Eisner）的《善诱的作者与好奇的读者：英国浪漫主义诗歌的文学名声》(Seductive Writers, Curious Readers: Literary Celebrity in British Romantic Poetry) 三篇博士论文专门就拜伦的作品（主要是《唐璜》）的出版、营销和接受的情况进行了探究。汤姆·摩尔（Tom Mole）对此话题也怀有较大兴趣，他的专著《拜伦的浪漫主义名声》(*Byron's Romantic Celebrity*)，以及文章《拜伦死后的经理人》(Impresarios of Byron's Afterlife)、《拜伦与约翰·默里：诗人与出版商》(Byron and John Murray: A Poet and His Publisher) 均围绕拜伦作品在浪漫主义时期的接受与他的出版商之间的重要联系而展开论述。此外，克拉拉·图特（Clara Tuite）的专著《拜伦勋爵与丑闻》(*Byron and Scandalous Celebrity*) 集中讨论了英国摄政时期和后拿破仑时代拜伦作品的接受状况，克莱尔·诺尔斯（Claire Knowles）的文章《诗歌、名声和谣言：以拜伦与兰德勒为例》(Poetry, Fame and Scandal: The Cases of Byron and Landon) 论述了性别、创作和谣传对诗人名声的影响。所有这些文章几乎无一例外地都重视将拜伦在英国浪漫主义时期的接受与当时的社会历史因素联系起来，从这些成果中可以发现：拜伦富有争议性的作品、漫天飞舞的绯闻和他"不道德"的品性、社会伦理道德标准、出版商的积极运作、读者群体的偏好等因素全部交织在一起，共同构筑了拜伦在 19 世纪上半叶的接受史。

新的理论视角和新方法的引入大大将拜伦的作品和思想研究深化。在上世纪七十年代以前，西方学界对拜伦的东方书写大多停留在它们的情节、结构和接受等方面进行探究，且成果并不多，而当 1978 年爱德华·赛义德（Edward Said）的《东方学》（*Orientalism*）从后殖民主义理论视角将拜伦的东方书写界定为东方主义的典型代表后，西方学界掀起了一股围绕拜伦东方书写中的东方主义的热潮，尤其是就拜伦的东方故事是否属于东方主义的范畴，以及拜伦的东方书写与其他浪漫主义作家的东方书写的差异有热烈讨论。通过这些论著的研读，大致可知，尽管赛义德在《东方学》中多次提及拜伦，并认定拜伦笔下的东方书写是典型的东方主义文本，但这种看法遭到一些批评家的质疑，他们认为拜伦的东方书写因为有较多正面的东方描绘，所以他们倾向于将拜伦的"东方书写"与其他浪漫主义作家的"东方想象"相区分开来。不过总体上来说，透过拜伦的笔墨依旧可以看到拜伦对东方政治体制和部分习俗的偏见，西方传统的东方学影响在他的书写中依然随处可见。可以说，拜伦相对来说是一位客观的东方描绘者，但他的东方书写仍然没有离开东方主义的支配。另外一个常见的理论视角是女性主义理论的介入。拜伦的生平是由多段情史构成的世界，他离不开女性的爱抚，却又对女性时常表现出憎恶之感，他蔑视女性，极少与母亲和奥古斯塔外的其他女性有通信往来。与此对应的矛盾之处是，他在作品中塑造的拜伦式英雄对女性则异常绅士，女性常常被用来衬托男性主人公的男性气质。基于此，有相当一部分女性主义者对拜伦的女性观予以严厉批判。不过更多的学者则冷静地分析他作品中出现的各式各样的女性形象，从作品中解析拜伦对女性的态度，尤其是《海盗》中的加尔奈尔（Gulnare）因为颠覆了其他作品中常见的女性被"失语"的状况而受到特别关注，所以被看成了超越海盗康拉德（Conrad）的拜伦式女英雄。理论视角的引入不仅大大扩展了原有研究的范围，更产生了丰富且有新意的结论。

跨学科研究的方法也给拜伦研究带来更大的操作空间。艾米丽·罗尔巴赫（Emily Rohrbach）的博士论文《奥斯汀、济慈和拜伦的主体历史》（*Historiography of the Subject in Austen, Keats, and Byron*）讨论了拜伦的历史观；提摩西·鲁珀特（Timothy Ruppert）的博士论文《"过往岂不皆为云烟"：

拜伦、雪莱夫妇和济慈的历史与幻景》（"Is not the Past All Shadows?": History and Vision in Byron, the Shelleys, and Keats）探讨了拜伦在《审判的幻景》中如何结合文学的预言传统和想象之力来重塑当下的历史。迪诺·费鲁加（Dino Felluga）的文章《"最无声的思想"：拜伦与文本文化的激进主义》（"With a Most Voiceless Thought": Byron and the Radicalism of Textual Culture）论述了拜伦的写作对十九世纪政治经济学的破坏性影响；斯蒂芬·契克（Stephen Cheeke）的文章《地理史学：拜伦的开端》（Geo-History: Byron's Beginnings）将文学理论与社会科学结合来解读拜伦。从这些文章可以看到，随着文学研究的文化转向成为一种必然趋势，跨学科研究方法在这一阶段已经成为拜伦研究一个新的学术增长点。值得一提的是，这一时期还出现了数篇专论拜伦残疾的文章，安德鲁·埃尔芬贝因（Andrew Elfenbein）、克里斯汀·琼斯（Christine K. Jones）、斯图亚特·彼特弗洛恩德（Stuart Peterfreund）、马杰恩·普林顿（Marjean D. Purinton）、罗斯玛丽·汤普森（Rosemarie G. Thompson）等人的"新残疾研究"（the new disability studies）与传统的残疾研究重在探讨拜伦的残疾如何影响拜伦的性格和创作不同，将残疾看成是一种在历史中生成的社会身份，并在拜伦论及残疾的文本（如《畸人变形记》）中解析拜伦对残疾的定义和反思。

综上，拜伦生前的时候，同时代的文学评论家的评价为我们今天了解拜伦在当时文学界的接受提供了参照（部分具有代表性的评论已收录于布鲁姆编辑的《乔治·戈登·拜伦勋爵》一书中）；其后整个十九世纪拜伦的生平和作品整理成了主要的方面。二十世纪的异彩纷呈在于拜伦的主要作品和诗剧均受到了较多的关注，影响研究也构成了主要研究范式之一。近二十年的拜伦研究得到了纵深的延展，新的理论视角和切入点带来了新的学术气象。纵观过去约两百年间英语世界的拜伦学术史，《拜伦学刊》（The Byron Journal）、《欧洲浪漫主义评论》（European Romantic Review）、《英国文学研究（1500-1900）》（Studies of English Literature, 1500-1900）、《英国文学史》（ELH（English Literary History））、《现代语言笔记》（Modern Language notes）、《现代语言评论》（Modern Language Review）、《现代哲学》（Modern Philosophy）、《哲学研究》（Studies in Philosophy）等刊物是拜伦研究的主要学术阵地。杰罗姆·麦甘、杰罗姆·克里斯坦森（Jerome Christensen）、彼得·科克伦（Peter Cochran）、卡罗琳·富兰克林（Caroline Franklin）、纳吉·裴以安（Naji. B. Queijan）等一大批拜伦研究学者为当代拜伦研究作出了重要贡献。

第一章 作为传奇的形象与遍布争议的生平

第一节 中西关于拜伦生平的接受态势

梁启超在 1902 年简要介绍拜伦时用了一张拜伦支援希腊时的画像，并在画像背面对他的身份和英雄事迹作了简介，他称拜伦为"英国近世第一诗家"，为文家之余，还"慨然投身"以助希腊独立，"实为一大豪侠者"。[1]继梁启超初次介绍拜伦之后，王国维发表于 1907 年的《英国大诗人白衣龙小传》则更加详细地述说了拜伦的同年经历，包括父母的婚姻、母亲的性格、继承勋爵等内容，还按照创作的时间顺序列举多部拜伦的主要作品，最后在评价部分他称赞了拜伦创作的高效和多产。王国维对拜伦的评价融合了自己的诗学观和马修·阿诺德的见解，如谈到拜伦的厌世和怨世，他将拜伦归类为主观之诗人，且拜伦的情是"无智之情"，"彼与世之冲突非理想与实在之冲突，乃己意与世习之冲突"；"其多情不过为情欲之情，毫无高尚之审美情及宗教情"[2]。其后，鲁迅发表于 1908 年的《摩罗诗力说》同样也用了大段笔墨讲述拜伦的生平，涉及到他的出身和创作，尤其是对他的"率真"、"极诚"的性情和反抗的精神给予高度赞扬。《摩罗诗力说》相对于《英国大诗人白衣龙小传》而言，对拜伦的性格和作品分析更加具体，对他的精神气质评价也带有明显的偏向性。

---

1 梁启超对拜伦的介绍刊登在 1902 年 11 月 15 日《新小说》第 2 期插页。
2 （清）王国维著，佛雏校辑：《王国维哲学美学论文辑佚》，上海：华东师范大学出版社，1993 年，第 289 页。

以上三位重要人物对拜伦在中国的引介对于中国知识分子认识他起了不可或缺的导向作用，而详细的拜伦生平则来源于对拜伦传记作品的译介。流传于国内大陆的拜伦传记译本有以下四部：

1. 丹麦学者勃兰兑斯著、侍桁译的《拜伦评传》（国际文化服务社，1948 年）[3]；

2. 日本学者鹤见祐辅著、陈秋帆译的《明月中天：拜伦传》（湖南文艺出版社，1981 年）[4]；

3. 法国传记作家安德烈·莫洛亚著、裘小龙和王人力合译的《拜伦传》（浙江文艺出版社，1985 年）；

4. 苏联学者叶利斯特拉托娃著、周其勋译的《拜伦》（上海译文出版社，1985 年）。

这四部传记作品各有侧重，例如勃兰兑斯讲英国的自然主义，把三分之一的篇幅焦点都给了拜伦，足见其对拜伦的喜爱，所以在叙述拜伦生平的过程中，他基本上全篇都是一面渲染拜伦的优点，一面又为他的瑕疵作辩解；鹤见祐辅大抵也对拜伦深有好感，所以在他的抒情笔触下，拜伦也被美化成一个大文豪和自由斗士，拜伦许多遭人诟病的事迹要么避而不谈，要么将他置于一个无辜的角度；莫洛亚作为一个传记作家，对拜伦的书写更加真实可信，因为他在撰写的过程中掌握了许多事实材料，他赞赏拜伦的同时也不回避拜伦同性恋和与奥古斯塔乱伦的污点；叶利斯特拉托娃的传记重分析拜伦生平的主要事件而轻叙事，全书带有明显的政治意识形态色彩，因而分析的也主要是彰显拜伦反叛性和崇尚自由的内容。

国内涉及拜伦生平的著作则有宇钟的《拜伦的女性情感世界》（中国致公出版社，2005 年），主要讲述了拜伦的成长经历、爱情生活，以及部分相关的作品；晏小萍和谢伟民合著的《英国诗坛的两位巨人——拜伦和雪莱》（海南出版社，1993 年），比较详尽地介绍了拜伦和雪莱的生平和创作情况，并重点分析了他们的代表性作品；杨嘉利的《拜伦与雪莱》（中国少年儿童出版社，2006 年）也是简介拜伦和雪莱生平经历的作品。不过这些多为拜伦生平的一种约略描绘，以拜伦的生平经历中的故事、人物、创作为结点而串联起来的，

---

3 《拜伦评传》译自勃兰兑斯《十九世纪文学主流》第四卷涉及拜伦的部分。

4 陈秋帆早在 1943 年即已译出此书，当时书名为《拜伦传》，由桂林远方书店出版，1981 年版为修订后的再版。

且主要信息均来源于译自莫洛亚和鹤见祐辅等的传记书籍。

有关拜伦生平的国内期刊文章大致可以分为以下几个小类：一是闲谈式，如《比诗更伟大的壮举——纪念拜伦逝世 159 周年》（周锡生，《世界知识》1983 年第 8 期）、《纽斯特德寺》（刘须明，《世界文化》1999 年第 4 期）、《拜伦的运动休闲》（倪正芳，《世界文化》2002 年第 2 期）、《英国诗人拜伦与茶文化》（刘章才，《农业考古》2017 年第 5 期）；二是作品中的拜伦印象式，如《浪漫主义诗人再评》（林学锦，《广西民族学院学报（哲学社会科学版）》1983 年第 1 期）、《试论拜伦的忧郁》（杨德华，《文学评论》1961 年第 6 期）、《其人虽已殁 千载有余情——纪念拜伦诞生 200 周年》（王化学、王建琦，《山东师大学报（社会科学版）》1988 年第 3 期）；三是性情对创作的影响式，主要运用精神分析理论解释两方面的关系，如《拜伦与俄狄浦斯情结》（解心，《九江师专学报》1993 年第 2 期）、《童年精神创伤对拜伦人格的影响》（杜学霞，《成都教育学院学报》2003 年第 4 期）；四是拜伦与雪莱关系对比式，如《拜伦和雪莱》（胡文华，《上海师范大学学报（哲学社会科学版）》1984 年第 1 期）、《情谊深笃还是一厢情愿——论拜伦和雪莱的友谊》（盛红梅，《黄冈师范学院学报》2006 年第 4 期）。

从以上国内拜伦生平研究成果的简略呈现可以看出，国外学者撰写的拜伦传记只被少部分地译介到国内，且九十年代以后这些译介工作便已经停滞；已经译介过来的著作中没有一本是用英语原文写的，不免缺乏代表性。国内有部分学者留意到了拜伦情史中的乱伦和同性恋话题，且也有学者对此作过比较详细的探讨[5]，但是这些是远远不够的，要想更深入地审视拜伦及其创作，我们有必要从拜伦的生平中挖掘更多的信息。毕竟伟大的人物常常有不凡的生平经历，拜伦虽然只有 36 岁的短暂生命，但他作为一个浪漫主义时期的诗人，不仅有饱受争议的性情、充满传奇色彩的欧洲大陆和近东之旅、援助希腊独立战争的壮举，更有丰硕的文学创作成果，这些方面的研究与他的生平材料本身密不可分。

且看英语世界，在拜伦生前就已经有许多接触过他的学者和作家留心收集一切与拜伦有关的书信、日记、随笔、谈话录等，有的在他生前就已经出版，例如约翰·沃特金斯（John Watkins）的《尊贵的拜伦勋爵的生平和写作回忆

---

5 余廷明的文章《同一金币的另一面——真实的拜伦》（《茂名学院学报》2006 年第 2 期）对此问题有提出和探讨。

录》（*Memoirs of the Life and Writings of the Right Honorable Lord Byron*, 1822）；绝大部分在拜伦死后也都迅速出版，并产生了深远的影响，这些关于拜伦的生平介绍和书信集共同构筑了拜伦死后的名誉世界。

据不完全统计，英语世界的拜伦传记专著就有约二十部，这些传记大致可以分为以下几类：

1. 完整的生平介绍。比较知名的有卡斯摩·戈登的《拜伦勋爵的生平与天分》、乔治·克林顿（George Clinton）的《拜伦勋爵的生平和写作回忆录》（*Memoirs of the Life and Writings of Lord Byron*, 1825）、约翰·高尔特的《拜伦勋爵的生平》、卡尔·埃尔策的《拜伦勋爵：一部传记随附一篇关于他在文学史上地位的论文》、罗登·诺尔的《拜伦勋爵的生平》。

2. 某个阶段的记述。如从《彼特·甘巴伯爵回忆录》（*Journal of Peter Gamba*）上摘录下来的《拜伦勋爵的最后一次希腊之旅》（*A Narrative of Lord Byron's Last Journey to Greece*, 1825）、爱德华·布拉基埃（Edward Blaquiere）的《拜伦勋爵的第二次希腊之旅（含拜伦勋爵最后的光阴实记）》（*Narrative of a Second Visit to Greece, Including Facts Connected with the Last Days of Lord Byron*, 1825）、威廉·帕里的《拜伦勋爵的最后时光》、乔治·麦凯的《拜伦勋爵在亚美尼亚修道院》、克里斯蒂娜·安·帕特南（Christina Ann Putnam）的硕士论文《暴风的遗产：拜伦勋爵的早年时代》（*Inheritance of Storms: The Early Years of Lord Byron*, 1984）。

3. 随附书信或作品集的生平略述。如托马斯·穆尔编著的《拜伦勋爵的书信与日记：以生平为导线》历时地梳理了拜伦的书信和日记，其间穿插有他的主要生平经历；由司各特等多人参与编注的《拜伦勋爵全集（单卷本）》（The Complete Works of Lord Byron, 1835）该作品集第一部分也是一个拜伦生平的简述；还有菲茨·格林·哈勒克（Fitz Green Halleck）编著的《拜伦作品集》（六卷本）（The Works of Lord Byron）在第六卷末尾也对拜伦生平有略述。

此外，托马斯·梅德温的《拜伦勋爵在比萨的谈话录》、詹姆斯·肯尼迪（James Kennedy）的《与拜伦勋爵关于宗教的谈话录》（*Conversations on religion, with Lord Byron*, 1975）欧内斯特·洛弗尔（Ernest J. Lovell）的《最真实的自我和声音：拜伦勋爵的谈话集》（*His Very Self and Voice: Collected Conversations of Lord Byron*, 1954）对了解拜伦生平有不可或缺的参照作用，

勃兰兑斯的《十九世纪文学主流》第四卷也用了大篇幅比较详细地介绍了拜伦的生平和创作，其他一些专著和文章同样或多或少地涉及到了他生平的某些方面。

从这些英语世界的拜伦传记出版的年份大抵可以看出，拜伦的传记著述在十九世纪就已经大量出现，而且记述都比较详尽，这说明拜伦在死后短时间内即引起了传记作家的广泛重视，不论是传记的书写还是谈话和书信、日志等的搜集工作均细致入微。其后非英语世界出现的拜伦传记多是从这些已有的英文传记和书信等集子中提取材料、进而加工。结合这些丰富的材料，与其他的一些零散的专著论述和文章探究，有关英语世界拜伦的生平研究可以大致地从拜伦的性情与道德观察、情史研究、两次欧洲大陆和近东之旅研究，以及拜伦的社会交际研究四个方面进行总括。

第二节　拜伦的性情与道德观察

一、被"遗传"的拜伦与脆弱的虚荣

人们通常认为一个人性情的形成与他所生长的环境相关，这种生长的环境，既有出生前就已经形成的条件，如家庭出身，也有后天的各种遭际。几乎每一本专门的拜伦传记都会以拜伦家族的历史为开端，这样做的目的，一方面是便于读者理解拜伦"勋爵"头衔的来源，另一方面，约略地讲述每一代拜伦勋爵的故事，让叙述自然而然地过度到第六代拜伦勋爵，即传记所要集中讲述的拜伦，前代拜伦的性情似乎可以为我们看待作为讨论对象的拜伦提供某种暗示或解释。拜伦性情的成因，从拜伦家族的叙述可以找到一些思路和参照系——"遗传"的力量。

从"遗传"的角度来开启拜伦的性情与道德观察，就如同许多传记作家习惯性地从讲述拜伦的家世开始一样，让一切都似乎显得自然而然、合情合理。虽然主流的观点一般强调后天的发展对性格影响的决定性作用，但是在拜伦身上，天生的因素明显有更重要、更深远的影响。托马斯·穆尔编著的《拜伦勋爵的书信与日记：随附他的个人生平》是了解拜伦生平必读的重要材料之一。开篇的第一句话，穆尔这样写道：

　　关于拜伦勋爵，据说"他因为自己是跟着征服者威廉进入英国的
拜伦家族的后代而感到骄傲，而不是作为《恰尔德·哈洛尔德游记》

和《曼弗雷德》的作者"。这种说法不是完全没有事实依据的。在这位高贵的诗人性情里，以祖先为荣毫无疑问是最明显的特征之一；就血统中自古就有的高贵而言，他完全有资格去夸耀他的家世。[6]

第一代拜伦勋爵因为战功而受到封赐，祖先的荣耀带给了拜伦极强的自豪感，通过立战功而光宗耀祖是这个家族所推崇的东西，"相信拜伦"的信条在拜伦的心中永远都没有淡化过，强大的自信是拜伦继承自他祖先的重要精神气质。没有任何畏惧可以带来伤害的精神力量，这是一个好的品质，不过拜伦也遗传了一些莽撞的品质。第五代拜伦勋爵因为在决斗中杀死对方而被人称作"残酷老爷"，他的弟弟，也就是拜伦的祖父，被海员们叫做"暴风杰克"，因为他每当出航便要起暴风，拜伦的父亲是个风流成性的赌徒，落得一个"疯子杰克"的绰号。拜伦从小也争强好胜，在学校常常与同学打斗，及至后来他的经历和表现都常常成为人们茶余饭后的谈资。穆尔说："带着好奇心去回顾拜伦勋爵早一点的和近一点的祖先，会惊奇地发现他的本性中融合了那些散布在他祖先当中的各种各样最好的，也许还有最坏的品质——慷慨大方、热衷事业、意志崇高，以及捉摸不定的激情、行为怪癖、鲁莽轻率。"[7]他的想法总是冲动又单纯，所以在司各特和歌德眼里，拜伦常常表现得像个孩子。

祖先的遗产让拜伦产生了荣耀感，随之一起的还有不明显的虚荣，虚荣心受到威胁的时候，心理就会愈加敏感。得益于第一代拜伦勋爵的功绩，他继承了勋爵的头衔，成为了英国贵族阶级的一员。"拜伦夫人（拜伦的母亲）和小拜伦都对他们的地位特别敏感，不管怎样，拜伦家族属于贵族阶级的最低一档，这种尴尬的地位处境由于拜伦家族在十八世纪已经声名狼藉而变得更令他们母子敏感。因此年轻的拜伦若不是因为在文学上为自己树立了名气，他是不会在上层圈子里受到欢迎的。"[8]地位的相对普通还使家族的收入较为一般，祖辈传下来的遗产——纽斯台德古堡最初是一座设计、建造优良的古堡，传到拜伦手上的时候已经荒废破败，而政府补贴家庭的钱还不够古堡的维护。为了维持上层贵族式的生活，拜伦出手阔绰，不懂节约，以致不

6　Thomas Moore. *Letters and Journals of Lord Byron: With Notice of His Life.* Paris: J. Smith, 1831. p.1.

7　Thomas Moore. *Letters and Journals of Lord Byron: With Notice of His Life.* Paris: J. Smith, 1831, p.2.

8　Caroline Franklin. *Byron.* Abingdon: Routledge, 2007. p.2.

得不把古堡租出去，后又变卖，这是拜伦从学生时代起就一直受到财政危机困扰的原因。就像他的父亲约翰·拜伦当初那样，为了还债，在第一任夫人死后，就娶了拜伦的母亲凯瑟琳·戈登，拜伦冲动地与米尔班克订婚也有觊觎她的潜在财产的原因在其中。包括拜伦母亲送拜伦去就读的哈罗公学和剑桥大学在当时都是贵族学校，目的是为了让拜伦作为贵族成员的虚荣心获得满足。

拜伦极度敏感和好强除了祖先的性格遗传和身份地位的特殊外，还有一个非常重要的原因——他的天生残疾。拜伦天生的跛足让他从小在家里遭到母亲的嫌弃、医生的折磨，在外还有同学和玩伴的嘲笑，这让敏感的拜伦对自己的残疾有非常清醒的自我意识。另外，由于残疾导致他行动不便，小时候因为缺乏运动，身体发胖，他对自己的外貌形象不自信，这是他许多悲观情绪的源头。他平常温和的母亲面对拜伦的时候经常想起自己的丈夫，看到一瘸一拐的他，她会突然变得喜怒无常，高兴的时候就把他拥入怀中，抚摩他的头发，心情不好的时候就打骂他。于是少年拜伦讨厌他的母亲，常常在家里和她对着干，这样一个在家被惯坏的孩子到了学校也不是一个令人省心的孩子，"他被他的母亲惯坏了，且对老师制定的纪律也不遵守，不过他却是个阅读广泛、记忆力好的孩子"[9]。

以上关于拜伦性情中的"遗传"部分，多少带有遗传学的推测意味，但是这些性格特征确乎在拜伦身上存在，关于跛足问题对他的困扰和性情乃至创作的影响，本书后续会另辟专章进行探讨。当然，关于拜伦的性情就像他生前的故事那样，丰富却同样有很大的争议性。拜伦的性情究竟是什么样的？除了上述人们说的轻率鲁莽、单纯、争强好胜、悲观之外，从普通英国民众到拜伦身边的朋友，他们的说法结合拜伦在作品中表现的自我，这些线索共同绘制了拜伦的性情世界。

二、口述的性情世界

关于拜伦是不是一个容易相处的人，大多数接触过他的人的回忆总体是持肯定态度的。只有与他有过交谈、一起相处过的人，才有资格来对他的这个方面发表看法。拜伦的好友爱德华·特里洛尼（Edward John Trelawny）认为当你和另一个人坐在同一条船上的时候，你才可以了解一个人的性情，说的正

9　Caroline Franklin. *Byron*. Abingdon: Routledge, 2007. pp.1-2.

是此理。谈及拜伦，他说，"我从来没有遇到一个比拜伦更好的同船伴侣；他一般情况下都是神情愉悦、不闹事、不摆架子、不抱怨、不对船上工作颐指气使的；当你有什么事情征求他意见的时候，他总是回答'随你喜欢就行'"[10]。司各特作为一个曾经被拜伦在作品中攻击过的作家，也丝毫不记恨拜伦，当1815年他见到拜伦之后非常吃惊，他这样描绘到，"我从来没有见过拜伦是如此风趣、愉悦、有智慧、富于想象"[11]。类似的肯定的说法可以从雪莱、布莱辛顿女爵（the Countess of Blessington）等很多人那里得到证实。但是意见也并不都是一致的，卡罗琳·兰姆在认识拜伦之前纯粹是出于好奇心而想见到他，可当她见到拜伦之后，回到家就在日记本上说拜伦"疯狂、恶劣、危险"。还有特里洛尼虽然认为拜伦很好相处，但是对比他对雪莱的回忆，很明显他对雪莱充满了敬意，雪莱的品性在他看来是纯洁、崇高的；但是对拜伦，他虽然以肯定为主，但是却很少流露出对他的尊敬和欣赏。[12]

此外，从当时英国上流社会对拜伦的看法，也可以很明显察觉到一些群体对他的排斥，包括骚塞在内的一些作家也对拜伦缺乏好感。据此，霍华德·布罗根（Howard O. Brogan）的文章《拜伦是如此风趣、愉悦、有智慧、富于想象》（"Byron So Full of Fun, Frolic, Wit, and Whim"），直接引用了司各特对拜伦的一句评价作为标题，很明显地是要为拜伦的品性作辩护。布罗根认为拜伦被许多人批评行端恶劣，因为他道德败坏，他的诗也受性情影响。但是也有大量证据证明拜伦其实是个很好相处的人，这给他的诗带来了魅力。布罗根分析了拜伦之所以被认为道德败坏的几个原因，它们包括：一、作品的误导。拜伦早期在《英格兰诗人与苏格兰评论家》中鲁莽地得罪了很多诗人，他的愤世嫉俗尽显无疑，还有他的东方故事诗里很多主人公都目中无人、罪恶深重，而他的作品又常常被认为有自传性质，所以这在一定程度上被读者所扭曲为是拜伦自身品性败坏的写照。二、分居的影响。他与米尔班克的分居事件闹得沸沸扬扬，当时的舆论普遍认为拜伦抛弃了米尔班克和一个初生的女儿，他们分居的原因主要是拜伦公开的通奸、乱伦、甚至谋杀，包括他对兰姆和克莱尔蒙特这两位曾经的情人也很残忍、绝情。三、对待朋友不真诚。尤其是对待雪莱

---

10 Anonymous. "Trelawny on Byron", *Cosmopolitan Art Journal*, Vol. 2, No. 2/3 (1858): 113-115, p.113.

11 David Douglas, ed. *The Journal of Sir Walter Scott: from the Original Manuscript at Abbotsford*. New York: Cambridge University Press, 1891. p.39.

12 参见 Anonymous. "Trelawny on Byron", *Cosmopolitan Art Journal*, Vol. 2, No. 2/3 (1858), pp.113-115.

和他的妻子玛丽·雪莱，拜伦在雪莱生前极力表现得在文学上要高雪莱一等，雪莱死后拜伦也没有将以前欠雪莱的 1000 英镑归还给玛丽，因此二人关系闹僵。[13]布罗根将可能引起社会对拜伦品性产生扭曲的原因逐一进行还原，在叙述事情原委的同时搜寻了很多材料来说明事情并不是传言的那样，力图证明拜伦是被误解的。其后，文章的大部分笔墨均用到了拜伦生前所接触到的主要人物的拜伦印象上，作者没有片面地仅仅去援引那些对拜伦名声有利的正面评论，而是很客观地将各种言论产生的语境和真实情况呈现在文章中，读来令人信服。

除了上述一些有争议的话题外，还有一个让接触过拜伦的人印象深刻、令学者惊奇的就是拜伦的"迷信"。在洛弗尔的《他最真实的自我和声音：拜伦勋爵的谈话集》、罗兰·普罗瑟罗（Rowland E. Prothero）编纂的《拜伦勋爵的作品、书信和日志》（*The Works of Lord Byron, Letters and Journals*）等书籍中，记录了 150 位左右接触过拜伦的人关于他的点滴回忆，其中有很多人对拜伦的"迷信"（superstitious）特征印象深刻。亚瑟·帕尔默·哈德逊（Arthur Palmer Hudson）曾撰写"'迷信的'拜伦勋爵"（The "Superstitious" Lord Byron）一文专门论述拜伦的这一特征。哈德逊从多种拜伦的谈话录、书信集中搜集了大量相关的记载，像梅德温、穆尔、利·亨特、特里洛尼、威廉·帕里、布莱辛顿女爵都是证人。在这些故事中，比如说他听到路边小屋里传出一声妇女的嚎啕大哭，都会让他一整天心神不宁，认为必定有与自己相关的不幸的事情发生了；[14]有一次他想与布莱辛顿伯爵去参加一次晚宴，临上船的时候他突然说有一种不祥的预感，于是不想去了；[15]1824 年 4 月 10 日，拜伦把他的两个医生叫过来给他们讲述了他小时候的一件怪异的事情，其中一个医生回忆道：

> 他告诉我们说他一整天脑子里都萦绕着一个预言，当他还小的时候，一个苏格兰有名的占卜者给他算了一卦。他的母亲非常迷信手相术和占星术，她找到这个占卜者，希望他可以告知她儿子未来

---

13 参见 Howard O. Brogan. "Byron So Full of Fun, Frolic, Wit, and Whim", *Huntington Library Quarterly*, Vol. 37, No. 2 (1974), pp.171-189.

14 参见 Thomas Medwin. *Journal of the Conversations of Lord Byron: Noted during a Residence with His Lordship at Pisa, in the Years 1821 and 1822*, 1824. pp.65-66.

15 参见 Ernest J. Lovell. *His Very Self and Voice: Collected Conversations of Lord Byron*, 1954. p.365.

的命运。这个占卜者认真地看过拜伦的手后，定睛看了他一会儿，然后严肃地说道："你要在你第三十七个年头谨慎些，我的勋爵，你要小心。"[16]

而不到两个月前，拜伦刚度过他的 36 岁生日，病情加重的他本身又非常迷信，这个多年前的预言不想竟真的正在应验！他的一些迷信事情听起来令人感到蹊跷，却也可以用来解释他对这个世界、生活，乃至他本身的一些神秘感，哈德逊在他的文章结尾说道："拜伦好像说过这么一句话——'我从小就有一种信念回荡在脑海，即我的头脑被赋予了超自然的力量'——这可以部分地解释他的'迷信倾向'，迷信是诗性想象的近亲。"[17]

三、作品中的"拜伦式"和真实拜伦的契合与偏差

要想把一个与我们同时代的作家自身的性格与他在作品中塑造的性格分离开来向来就是一件难事。倘若放到拜伦这里，这种分离则更显不可能。因为无需赘言，拜伦从来就不会在创作中直接或间接地不去参照一些他自身的东西。他人生中经历过的事件唤起他的创作兴趣，这些兴趣又将其自身渗入我们的思想中，乃至可能渗入所有的读者思想中。权且仅把拜伦的作品当作书来考量，在对这些书可能将要形成一个公正的评判之前，一个时代必定会消逝。在当下，那些书不仅仅是书，它们还是遗产。[18]

言为心声，作品中的人物原型通常都是现实中的存在。拜伦作品中的主人公有鲜明的个性，而且这些特性之间不仅没有冲突，还相互补充，具有连贯性，他们后来被归纳为"拜伦式"（Byronic），那些人物也就成了"拜伦式英雄"，这种英雄模型已经被学界一致认定基本上是拜伦主观世界的真实反映。尽管拜伦在《恰尔德·哈洛尔德游记》序言中强调是"为了让这部作品多少有点连贯性，就放进了一个虚构的人物"，但是细心的读者总是可以在很多地方找到某些相似，这种相似在其他诗剧和长诗作品中都有不同程度的体现。

---

16 Ernest J. Lovell. *His Very Self and Voice: Collected Conversations of Lord Byron*, 1954. p.572.

17 Arthur Palmer Hudson, "The 'Superstitious' Lord Byron", *Studies in Philosophy*, Vol. 63, No. 5 (1966): 708-721, p.721.

18 Jerome Christensen. "Byron's Career: The Speculative Stage", *ELH*, Vol. 52, No. 1 (1985): 59-84, p.59.

诺思洛普·弗莱（Northrop Frye）曾在《乔治·戈登·拜伦》一文中说，"撇去他的自哀、自我中心、胡扯和打油诗一样的成分"，拜伦是"令人惊奇的可读"（readable）。[19]弗莱欣赏拜伦的诗歌天赋，但是他可能并不很喜欢拜伦时而严肃时而戏谑的风格，过多地在作品中显现作者的影子，穿插作者的声音，且那种孤独的身影和常常不知及时止住的自我表述声音，在不断地反复之后可能会引起读者的反感。重复的语调和自我叙述是作者强化所要表达的感情和渴望被倾听的诉求，这是拜伦不被时人理解的孤独和理想不得实现的失落。然而，这种体现在作品中的极端自我中心主义和对主观情感抒发的强烈愿望又是拜伦区别于同时代诗人的地方。"拜伦式"就是基于他的作品系列中一以贯之的风格、情感、表意方式的总结，是一个带有明显拜伦特色的专门术语。这是真实的拜伦与从作品中过滤出的"拜伦式"的契合之处。

作品中的"拜伦式"和真实拜伦的偏差表现为拜伦的理想与现实中的表现的悖离。在过去相当长时间内，拜伦在很多英国民众心中被认为是一个"虚伪的人"（poseur），乔治·罗斯（George B. Rose）从拜伦曾经遭遇的这种诟病出发去审视拜伦的作品，也同样发现拜伦的确有"虚伪"的时候。罗斯认为"真诚是任何一部文学或艺术作品的第一本质属性"，尽管拜伦在诗中抒发他的痛苦，表达他对理想爱情的寻觅，但是他在实际生活中的表现却很难博到人们对他作品中所流露出的痛苦的一丝同情。"他对查沃思的少年式的爱恋、与卡罗琳·兰姆的绯闻、与米尔班克之间无爱的婚姻和快速的分居，这一系列的爱恋都是出于欢愉的需要，他对理想爱情求之不得后的苦楚到头来都是一场矫揉造作。"[20]

此外，从许多熟悉拜伦的人看来，拜伦是随和、善良的，一条养了多年的狗的去世会让他伤心欲绝；一条本来用来宰杀的鹅因为养了一段时间而心生恻隐，最后不忍心杀死；一个随身的仆役在航行中生病，他也会把自己唯一的毛毯拿给他。可就是这样一个常常令人感动的人物在很多人看来却是个"恶魔"的化身，同时代的桂冠诗人罗伯特·骚塞将他归属为"恶魔派"。这种"恶魔"的特征，托马斯·艾略特（T. S. Elliot）在《拜伦》一文中把这些原因归结为拜伦的苏格兰诗人身份，因为拜伦似乎在很多方面继承了苏格兰的

---

19 Northrop Frye. "George Gordon, Lord Byron", in *Major English Writers*, Vol. I, G. B. Harrison ed. New York: Harcourt, Brace, 1954. p.152.
20 George B. Rose. "The New Byron", *The Sewanee Review*, Vol. 19, No. 3 (1911): 363-369, p.363.

传统，其中一个方面就是他的"恶魔性"（diabolism）。拜伦作品中出现的一些令人惊悚的形象可能取材于一些苏格兰前辈，这些恶魔形象可能是加尔文主义宗教神学的产物。在艾略特看来，拜伦的"恶魔性"是多种形象的杂糅，在一定程度上，它包含有"雪莱的普罗米修斯的姿态和浪漫主义对自由的激情，并且这种激情激发了他更多的政治抱负，使他将自己的形象与希腊独立的事业联结起来。此外，他的普罗米修斯姿态还融入了撒旦式的（弥尔顿式的）姿态。弥尔顿的撒旦在浪漫主义概念中是半普罗米修斯式的，这些形象视傲慢为一种美德"[21]。拜伦的"恶魔性"是非理性、不真实的，"因为他的罪恶，他把自己看作是被孤立的个体，凌驾于他人之上，他自认为他的本性是好的，只是他人把他所犯的罪恶扭曲了"[22]，这些带有"恶魔性"的形象出现在了很多拜伦的作品中，像异教徒、海盗、莱拉、曼弗雷德和该隐都是代表，唐璜的形象相对更接近于事实，是因为这部作品有很强的自传性质，唐璜带有拜伦自身的很多影子。

从艾略特的分析来看，拜伦的"恶魔性"很有可能来源于世人对他的误解，当时的读者可能从他所塑造的"拜伦式英雄"系列发现这些角色中有很多都犯有罪孽，反复表现这样的"反面"人物让读者产生了拜伦是邪恶的化身的错觉。即便是他相对接近于真实的《唐璜》，在英国更是不受待见。爱德华·约翰逊（Edward D. H. Johnson）在文章《唐璜在英国》（Don Juan in England）说拜伦的作品中受到非难最多的就数《唐璜》。在英国，他的同时代人对唐璜更多的是贬斥，比如说从这个作品可以看出拜伦是一个冷漠的魔鬼，在令人咬牙切齿地冷笑，是一个残冷、堕落的代表等，但是随着时间的流逝、人们思想观念的转变，对待同样的这部讽刺史诗，可能会看到拜伦的另一面。文章指出《唐璜》一个明显的特征就是辛辣的讽刺，拜伦不加掩饰地对英国上流社会进行无情的揭露，而这恰恰并不招当时崇尚"遮掩"和"含蓄"的英国民众喜欢，但是这也是拜伦直率个性的体现，他成了十九世纪唯一一个敢于这样做的诗人。[23]

可以肯定的是，拜伦在生活中不顾世人眼光的公开的私生活，在当时的英

---

21 T. S. Elliot: "Byron", in *English Romantic Poets: Modern Essays in Criticism*, ed. M. H. Abrams. London, Oxford, New York: Oxford University Press. p.263.

22 T. S. Elliot: "Byron", in *English Romantic Poets: Modern Essays in Criticism*, ed. M. H. Abrams. London, Oxford, New York: Oxford University Press. p.263.

23 参见 Edward D. H. Johnson. "Don Juan in England", *ELH*, Vol. 11, No. 20 (1944). pp.135-153.

国人看来是淫乱的；他以反传统的姿态反复刻画身背罪恶的形象，被读者误读为他的作品反映的是他内心世界的疯狂和邪恶。这种理解的偏差源于当时的社会历史语境下人们的误读，同样的拜伦、同样的作品，随着时间的沉淀，人们反思之后正逐渐发现，拜伦的世界其实是简单、纯粹的，他以一种表面上看似"不讨喜"的方式表达了他对整个世界的深切的人文关怀。

第三节　繁杂跌宕的情史

拜伦的婚姻爱情之路坎坷、丰富，跌宕起伏的情路增添了他的传奇色彩，且吸引了很多普通读者和学者的兴趣。卡罗琳·富兰克林说，"在过去，拜伦是属于那种生平中的风流韵事和传奇经历盖过他是英国文学史上最伟大的诗人之一的事实的作家"[24]。这并不是一个没有依凭的说法，就像人们不经意提到拜伦，总是会第一反应想到他的"风流"一样，不仅仅是英国人自己这样认为，世界很多其他国家的读者都有类似的印象。例如曾经有些西班牙学者指出：拜伦的生平是由不同的女人串联起来的。从最开始的玛丽·达夫和玛丽·查沃思，然后爱情受挫的拜伦转向卡罗琳·兰姆；因为兰姆的纠缠与《格伦那翁》对拜伦的隐射式控诉，促使拜伦冲动地娶了米尔班克，婚姻的不幸最终又导致他的流浪。[25]拜伦的每一段经历总是有不同的女人在其中起着程度不等的作用。当然以女人为主线去概述拜伦的生平显得过于笼统，但是他的情史确为他生平的一个重要组成部分。

一、从查沃思、兰姆到米尔班克

八岁的时候，少年拜伦第一次体会到了暗恋的苦涩滋味。1796 年他见到自己的表姐玛丽·达夫（Mary Duff），结果一见倾心，多年以后（1813 年）拜伦回忆起这段往事的时候还依然清晰地记得自己的反应："我最近想起很多关于玛丽·达夫的东西，很奇怪，在那样一个既不能感受到激情，又不能领会世界意义的年龄，我竟然会如此迫切、如此执迷地喜欢那个女孩"[26]，他对达夫的爱是如此热烈，乃至后来当母亲告诉他达夫结婚的消息时，他表现得"像

---

24 Caroline Franklin. *Byron*. Abingdon: Routledge, 2007. p.XIV.

25 参见 Daniel G. Samuels. "Critical Appreciations of Byron in Spain", *Hispanic Review*, Vol. 18, No. 4 (1950): 302-318. p.302.

26 Thomas Moore. *Letters and Journals of Lord Byron: With Notice of His Life*. Paris: J. Smith, 1831. p.7.

遭遇雷劈了一样"震惊。[27]四年后,他又对大他大约一岁的表姐玛格丽特·帕克(Margaret Parker)产生了少年式的爱恋,他第一次写诗就是受到帕克的激发,表达对她的思恋,[28]可惜一年后她就因病去世了。

1803年9月,十五岁的拜伦在纽斯台德见到比他大两岁的玛丽·查沃思(Mary Chaworth),并对她产生了热烈的爱,第一次体味到了失恋的痛苦。故事讲到这部分的时候,穆尔是这样开始的:"我们接下来要讲到的这个事件,据拜伦自己审慎思虑后的说法,对他后来的性格和生涯有着挥之不去的最主要影响。"[29]查沃思是第五代拜伦勋爵在一次决斗中杀死的查沃思先生的侄孙女,两家互不往来多年,可是恰巧到了拜伦这一代,两个十几岁的少年经常无忧无虑地一起谈天说地,并产生了感情。但是这段感情不是"罗密欧与朱丽叶"式的两情相悦,而是拜伦一方多情的单相思。查沃思认识拜伦的时候早已心有所属,但是她并不排斥拜伦,而且似乎在很明显地感觉到拜伦对自己的疯狂爱恋的情况下,还是常常与拜伦腻在一起,她很享受在爱情上征服拜伦的成就感。然而,一边对于当时情感单纯的拜伦来说,查沃思是自己无比喜欢的少女,甚至想着以后要娶她;另一边的查沃思却有玩弄拜伦感情之嫌,有一次她反问自己的女仆一句"你觉得我会爱上一个跛足的男孩子么?",这正好被楼下的拜伦听见,心灵受到巨大伤害的拜伦一路狂奔回家,第二天因为想见到心上人,他竟然装得像什么都没有发生过一样照常去找查沃思。一年多过去后,当别人告诉他查沃思结婚的消息时,"一种无法形容的奇怪表情浮现在他惨白的脸上,然后他匆忙地把手帕塞回口袋,用带着一种淡漠的、冷冰冰的语调回了一句'就这样?'——(他人惊奇地说道:)'怎么会这样?我原以为你会表现得很痛苦!'——他没有就此再说什么,然后很快转移到其他话题上去了"[30]。

很难想象曾经如此多情的拜伦在疯狂爱慕一个曾经自认为是心中理想型的女孩的时候,竟能如此隐忍,如此冷静地控制住了自己的情绪。可就是

---

27 参见 Thomas Moore. *Letters and Journals of Lord Byron: With Notice of His Life*. Paris: J. Smith, 1831. p.7.

28 参见 Thomas Moore. *Letters and Journals of Lord Byron: With Notice of His Life*. Paris: J. Smith, 1831. p.13.

29 Thomas Moore. *Letters and Journals of Lord Byron: With Notice of His Life*. Paris: J. Smith, 1831. p.19.

30 Thomas Moore. *Letters and Journals of Lord Byron: With Notice of His Life*. Paris: J. Smith, 1831. p.21.

这样一段恋情彻底改变了拜伦的爱情观，准确地来说，是查沃思的自私让年轻的拜伦的自尊心受到了侮辱，本来就敏感脆弱的诗人从此走向了爱情的悲观方向。这种心态的急剧转变，从他不久后写给奥古斯塔（Leigh Augusta）的信足以说明问题。那是拜伦得知奥古斯塔因为爱情而感到痛苦的时候，他这样劝诫他姐姐：

> 亲爱的姐姐，您心里难过，让我也不好受。不过请您原谅，亲爱的姐姐，说到底，我实际上觉得您有些可笑。因为，依敝人拙见，爱情是件地地道道的蠢事，全在献媚奉承，矫揉造作，搞浪漫把戏。至于我，倘若我有五十个情妇，定会在两个星期内把她们忘个精光。万一偶然想起其中之一，则会视其为一场春梦，庆幸自己吉星高照，拜托了盲目神童丘比特的恶作剧。[31]

法国传记大师莫洛亚据此说，"拜伦由失恋而变得玩世不恭，此乃病态之自然进程。"[32]这种病态心理催生拜伦对女性的报复心理，第一个受害的，也是学界关注点最多的就是卡罗琳·兰姆（Caroline Lamb）了。兰姆出生在一个英国贵族家庭，从小生活富庶、无忧无虑，还有家人的关爱迁就，她接受过良好的教育，在认识拜伦之前就已经用她不俗的文笔震惊了当时伦敦的社交界。关于兰姆的写作天赋，保罗·道格拉斯（Paul Douglass）是唯一一个把她视为一个浪漫主义女作家，并为之著书的学者[33]，他曾在文章《"充满活力的天才火花"：卡罗琳·兰姆女士在结识拜伦之前的写作》（That "Vital Spark of Genius": Lady Carloline Lamb's Writing before Byron）对她的天分进行过专门论述，他说，"与拜伦的绯闻事件让世界对她的印象定格了。尤其是从拜伦视角出发的一系列文学批评中，她一直都是按照那个模样被定义的"[34]。兰姆与拜伦的相遇始于 1812 年三月，当时她从拜伦的好友塞缪尔·罗杰斯（Samuel Rogers）处获得了尚未出版的《恰尔德·哈洛尔德游记》，她按捺不住激动的心情到处宣扬说这是一部伟大的作品，并很想会会这个作者。在整个绯闻事件中，兰姆一直处于主动贴近拜伦的位置，而拜伦并不欣赏兰姆的行事风格和对他的疯

---

31 [法]安德烈·莫洛亚著，沈大力、董纯译：《拜伦情史》，北京：中国文联出版社，2001，第 19-20 页。

32 [法]安德烈·莫洛亚著，沈大力、董纯译：《拜伦情史》，北京：中国文联出版社，2001，第 19-20 页。

33 道格拉斯写过 Lady Caroline Lamb: A Biography (New York: Palgrave, 2004)。

34 Paul Douglass and Rosemary March. "That 'Vital Spark of Genius': Lady Caroline Lamb's Writing before Byron". *Pacific Coast Philosophy*, Vol. 41(2006): 43-62. p.43.

狂追求，但他也不拒绝，并且同当初查沃思对他的态度一样以征服异性为荣。按照英国贵族圈中众人心知肚明的习惯，只要背着丈夫或妻子找情人的一方能顾全大局，不过分明显地出格，那是能够受到接受和理解的。然而，兰姆任性地引荐拜伦进入上层贵族圈，并公开两人的情人关系招致了多方不满。同时，她高调、紧逼式的追求方式逐渐让拜伦产生反感，加上后者对她本来就缺少足够的热情，当对异性的征服感淡化之后，拜伦已经开始尝试有意无意地躲避她了。可他越是躲避，越是引来兰姆的猜忌和纠缠。

这看似寻常的一段爱情绯闻，但是因为两人的特殊身份——一个上层贵族千金，一个炙手可热的作家兼勋爵，这段绯闻酝酿成了"臭名昭著"的丑闻。从另一个角度看，正是因为两人的绯闻闹得满城风雨，拜伦的浪漫主义名声得到扩大，"拜伦勋爵与卡罗琳·兰姆的爱情故事惯性地起到了证实拜伦富有魅力的宿命与兰姆的平庸的作用。这更进一步说明，拜伦成为了兰姆生平的中心线，同时又不至于使她成为从拜伦视角出发来看的这个事件的附庸，因而这个事件就在不存在从属关系的情况下巩固了拜伦的文学名声"[35]。克拉拉·图特（Clara Tuite）认为，从兰姆写给拜伦的第一封带有挑逗性的信看来，这就掀开了一个扩大"浪漫主义名声"（romantic celebrity）的帷幕，两个人本来就特殊的身份，外加两人张扬的行事风格让这场绯闻持续发酵，兰姆的一系列令拜伦反感的行径实际上已经有意无意地使事件由私人性质变得公开化。而拜伦在缺少爱情必要的好感的情况下，与兰姆的互动实际上已经越过了作为作者的他与作为读者的兰姆的关系，拜伦阅读兰姆的情书再到回信，使他"从作者直接转变成了（兰姆的）读者"。图特引用卢曼关于"作为媒介的爱本身不是一种感觉，它更是一种交际的符码"的说法，认为兰姆把她与拜伦之间的浪漫主义爱情演变成了"一个复杂的多媒体事件"（a complex multi-media event）。[36]

但是，在这种情况下，兰姆扮演了拜伦浪荡的"浪漫主义名声"光环下一个初期的配角，而拜伦则成了影响兰姆生平名声的中心。乃至后来兰姆创作了诸如《格雷汉姆·汉密尔顿》（*Graham Hamilton*, 1822）等小说，也是"希望她为世人所知是因为她有文学创造能力，而不是凭借与拜伦的绯闻关系"，她

---

35 Clara Tuite. *Lord Byron and Scandalous Celebrity*, Cambridge: Cambridge University Press, 2015. p.20-21.

36 参见 Clara Tuite. *Lord Byron and Scandalous Celebrity*, Cambridge: Cambridge University Press, 2015. p.19-29.

开始担忧起她的作品发行，这说明"她对自己的文学名声和作品接受的未知心理"[37]。只是在当时女性创作受到压抑，作品接受受到偏见的历史背景下，她已经很难通过这条路径摆脱拜伦的影响了。她后来创作的小说中，《格伦那翁》（Glenarvon, 1816）从艺术性上看，要逊色于后来发表的《格雷汉姆·汉密尔顿》，但是前者出版后"很快销售一空"[38]，原因是这部作品带有明显的模仿拜伦的痕迹，兰姆借作品中的男主人公来隐射拜伦、斥责拜伦，读者对它感兴趣也是出于对两人绯闻事件后续发酵的好奇。兰姆发表这部作品的目的很明确，因为她与拜伦的绯闻已经造成她与多位亲友发生矛盾，所以她希望获得经济上的独立，以及（在作品中）创设一个卷入"性丑闻"的拜伦形象。[39]兰姆对拜伦的模仿"主要集中在利用拜伦式英雄和拜伦作品中的拜伦式政治（Byronic politics），为的是嘲笑、模仿和讽刺这位诗人。通过兰姆的作品表明，拜伦的影响贯穿其始终"[40]。然而这部作品虽然获得了营销上的成功，却没有获得艺术上的肯定，人们对它的印象基本上停留在兰姆与拜伦的牵连，即《格伦那翁》如兰姆所愿地让这段绯闻持续发酵，一定程度上困扰了拜伦的同时也让自己的创作打上了拜伦式的烙印。

兰姆的纠缠不清令拜伦疲倦，为了摆脱她，拜伦对兰姆的婆婆墨尔本夫人（lady Melbourne）说他想迎娶她的侄女安娜贝拉·米尔班克（Annabelle Milbanke），这又是一个冲动的决定。米尔班克相貌并不出众，虔诚地信仰宗教、理性且冷静、喜爱数学，拜伦把她叫做"平行四边形公主"。米尔班克在收到拜伦第一次求婚信后果断拒绝了他，但随后经不住拜伦充满甜蜜爱意的信件和英俊面庞的诱惑，在拜伦第二次求婚的时候她充满期待地接受了。两个性格迥异的人凑合到一起为日后的矛盾埋下了伏笔，拜伦对米尔班克没有什么爱情可言，而后者则希冀"拯救"拜伦。婚后拜伦很快就受不了妻子的絮絮叨叨，他对妻子开玩笑说他第二次向她求婚实际上是为了报复她第一次的拒

37　Lindsey Eckert. "Lady Caroline Lamb Beyond Byron: Graham Hamilton, Female Authorship, and the Politics of Public Reputation", *European Romantic Review*, Vol. 26, No. 2 (2015): 149-163, p.154.

38　Paul Douglass. "Playing Byron: Lady Carloline Lamb's *Glenarvon* and the Music of Isaac Nathan". *European Romantic Review*, Vol. 8, No. 1 (1997): 1-24. p.3.

39　参见 James Soderholm. "Lady Caroline Lamb: Byron's Miniature Writ Large".*The Keats-Shelley Journal*. 40 (1991):24-46. p.26.

40　Rosemary March. "'Wild Originality': the Romantic Writings of Lady Caroline Lamb", *Literature Compass* 2 (2005): 1-4, p.3. 关于拜伦对兰姆的文学创作影响，本书在第三章第四节亦有详述。

绝，而这句不经意的玩笑话似乎也是拜伦的心声。[41]根据穆尔的描述，拜伦并没有什么坏心眼，他对婚姻依然保有幸福的期待，只是后来两人相处的日子对夫妇二人来说都是昏暗的，他继续他的报复计划："他用各种各样的残酷方法来折磨他的妻子，如当她躺在床上的时候，他开枪去吓唬她，以及其他类似的怪事。"[42]从1815年2月2日两人结婚到1816年1月15日，米尔班克带着刚满月的女儿离开，夫妻二人开始分居生活，前后大约一年时间，拜伦的婚姻生活就宣告结束。分居之后，夫妇二人再也没有见过面了。

二、被公开化的乱伦绯闻

米尔班克起初以为拜伦有精神疾病，后经确诊不存在后，她便断了"拯救"丈夫的念想，提出分居，分居而不离婚意味着米尔班克将其中的责任归咎于拜伦。拜伦对她的虐待和冷淡是两人性格不合并最终分居的原因之一，但这似乎只是表面上的，也是文学史上人们通常理解成"是这样"的原因，而事实可能并非如此。最根本的原因是作为一个虔诚的基督徒，米尔班克发现拜伦与他的同父异母的姐姐奥古斯塔近亲通奸！而且这并不是米尔班克的猜想，而是有充分依据的事实！根据美国著名小说家比切·斯托夫人（Harriet Beecher Stowe）的回忆，在1853年她第一次去英国的时候结识了米尔班克，两人成为知心朋友；三年后第二次去英国的时候两人再次见面，米尔班克将拜伦与奥古斯塔乱伦的事告诉了她，在之后的几年间，两人一直保持联系，米尔班克给斯托夫人提供了一些证实这件事情的材料。审慎地思虑之后，斯托夫人本着还原事情真相、为米尔班克澄清和正名的目的，1869年9月，她在美国重要的刊物《亚特兰大月刊》（*Atlantic Monthly*）上发表文章《拜伦女士生平中的真实故事》（The True Story of Lady Byron）。[43]文章以引入特瑞萨·归齐奥利的《我记忆中的拜伦勋爵》（1869）中讲述的拜伦与米尔班克之间的瓜葛为开端，斯托

---

41 穆尔在《拜伦勋爵的书信与日记：以生平为导线》一书中对此有所提及："这是有所依据的，且是普遍认同的，即尊贵的勋爵（拜伦）第二次向米尔班克小姐的求婚是为了报复她第一次拒绝他的求婚给他带来的些许伤害，并且在他们从教堂回来的路上，他已经向她坦承了这点。"（Thomas Moore. *Letters and Journals of Lord Byron: With Notice of His Life*. Paris: J. Smith, 1831. p.221.）

42 Thomas Moore. *Letters and Journals of Lord Byron: With Notice of His Life*. Paris: J. Smith, 1831. p.222.

43 关于斯托夫人与米尔班克之间的联系，可详细参见 Forrest Wilson, *Crusader in Crinoline: The Life of Harriet Beecher Stowe*. Philadelphia: J. B. Lippincott Company, 1941.

夫人甚至连这本书的名字都没明说，且多次称归齐奥利为"拜伦的情妇"，寓意她的回忆录缺乏可信度。她认为归齐奥利只是为了勾起读者对拜伦的同情而颠倒黑白，天真的（artless）穆尔和司各特对这件事情浑然不觉。接着她倾倒出拜伦与奥古斯塔乱伦的事实："站在身为一个尊贵的女士丈夫的高度，他（拜伦）本来是可以幸福的，但他堕入了与一个有血缘关系的人发生乱伦私通的深渊。这种血亲是如此相近，以至于这件事要是被发现一定会被文明社会所完全唾弃和驱逐。"[44]虽然她没有说出奥古斯塔的名字，但读者心领神会。文章剩下部分回顾了她认为接近于事实的拜伦与米尔班克的无爱婚姻过程，为了说明她讲述的故事的真实性，她列举了拜伦在《该隐》和《曼弗雷德》中的一些内容以说明拜伦是在作品中对自己的罪恶忏悔，并讲述了她与米尔班克之间的关系。

　　其实，拜伦与奥古斯塔乱伦的传闻早在与米尔班克的"分居事件"曝光之初就已存在，只不过因为那些可能知晓此事的拜伦亲朋始终保持缄默，所以这个传闻一直停留于坊间层面的猜测。而斯托夫人的文章毫无疑问是把整个传闻向全世界公开化了。试想，一位在英国文学史，乃至世界浪漫主义文学史上占有重要地位的诗人，一位受到世界多个国家读者喜爱、推崇、尊敬的诗人被曝出如此令世人震惊的消息，必然是会受到密切关注的。文章刊登出来后引起轩然大波，一时议论纷纷，相关讨论占领了英美两国各大重要报纸的头条。很快，这样一篇文章文章引发了一场论战，拥护拜伦并赞成归齐奥利的学者站在为拜伦辟谣的一边，认为斯托夫人是在恶意中伤拜伦。拜伦的拥护者以英国学者居多，他们并不希望、更不愿相信一个富有声誉的本民族著名作家身上曾经发生过这种事件。《亚特兰大月刊》因为最先卷入这一事件，引起了重大争议而遭受质疑，截至1870年，该刊物的订阅者急剧减少了一万五千左右，读者的流失很可能与这篇文章有关。[45]论战的另一方则站在斯托夫人与拜伦夫人的一边，他们选择相信拜伦犯下过乱伦之罪。而且这些学者数量也并不在少数，美国著名作家马克·吐温（Mark Twain）就是其中的代表。根据保罗·班德（Paul Baender）的文章《马克·吐温与拜伦绯闻》（Mark Twain and the Byron Scandal）推测，马克·吐温曾在水牛城《快报》

44　Harriet B. Stowe. "The True Story of Lady Byron's Life", in *Atlantic Monthly*, XXIV (September, 1869), p.302.

45　参见 James C. Austin. *Fields of the Atlantic Monthly: Letters to an Editor 1861-1870*, San Marino: The Huntington Library, 1953. p.161.

（the Buffalo *Express*）上接连发表了六篇匿名社论，每一篇社论都风格类似、观点一致地站在支持斯托夫人的立场，且吐温在第一篇社论发表之前的十天刚刚担任该刊物的主编，作者班德在文章中将六篇社论全部摘抄并作了详细解析，比较肯定地定论文章就是出自吐温之笔。从吐温第一篇社论文章可以明显看出他的观点：

> 拜伦女士透露给斯托夫人的那个可怕的秘密让后者正遭受来自各方的谴责和严厉批评。对于那些随处可听见的愤怒的声音，我们感到惊讶。他们急急忙忙表达对责难拜伦回忆录的怨恨情感，却无视他人谴责拜伦时候的客观公正和理性判断……拜伦是个坏人（a bad man）；他的败坏，可能就像他既是一个才华横溢的人，同时也是一个易触发动物本性的人、极端的自我中心主义者，他自私、很少甚至缺乏约束或管控这些本性的道德原则……他是一个优秀的诗人，但这并不能掩盖他有一个堕落的卑鄙本性的事实。[46]

马克·吐温言辞稍显激烈、观点明了，而且从他的论述看，他是坚信斯托夫人和米尔班克没有欺骗大众的。以米尔班克的理性头脑及与拜伦一起生活一年的体验和观察，她没有理由为了让世人相信她在做出与拜伦分居的决定时并不是冷淡无情的；斯托夫人作为米尔班克的异国朋友，以自己的影响力撰写那样一篇文章一方面是斥责拜伦堕落、为米尔班克澄清，另一方面，也有她更大的目的，即与她先前反对奴隶制的思想呼应，进一步为美国及其他地方女性的地位和状况发声。[47]米尔班克给斯托夫人坦承，拜伦在与她结婚前一年多就已经与奥古斯塔发生乱伦（约发生在 1813 年 7 月），更骇人的是，1813 年 8 月，奥古斯塔与拜伦住在一起已有相当长的一段时间，当他们分离的时候，她已经有了身孕！奥古斯塔的丈夫成天出入于赌场，无暇顾及妻子和三个孩子，奥古斯塔到英国的时候，她已经很久没有见过自己的丈夫了。拜伦喜欢与奥古斯塔在一起的"感觉"，这种感觉是一种阴暗、可怕的欲念冲动，姐姐很了解拜伦、两人相处心有灵犀，他们之间的爱情，萌动中掺杂着罪恶，幸福中掺杂着悔恨，斯托夫人与其他学者注意到的拜伦的《该隐》《曼弗雷德》等作品中流露出的罪恶感并不完全是纯粹的假设。或许这正如莫洛亚的感知："拜

46　Paul Baender. "Mark Twain and the Byron Scandal", *American Literature*, Vol. 30, No. 4 (1959): 467-485. pp.468-469.

47　参见 T. Austin Graham. "The Slaveries of Sex, Race, and Mind: Harriet Beecher Stowe's Lady Byron Vindicated". *New Literary History*, Vol. 41, No. 1 (2010): 173-190, p.173.

伦在奥古斯塔身上寻找的，依然是他自我的影子。在对她的兴趣里，想必夹杂着拜伦那种奇特的孤芳自赏"。[48]

三、"色性"的诱惑和悖论

分居事件让拜伦在英国的名声跌到了谷底，他不得不流放自己。尽管在爱情的道路上尝尽冷暖苦甘，自我流放即是忘却过往的尝试，然而拜伦始终未能抑制"色性"的诱惑。从伦敦出发前，他的又一个崇拜者克莱尔·克莱尔蒙特（Claire Clairmonte）要求见见拜伦，拜伦答应了她并与之发生一夜情。后在1816年5月，正是在克莱尔蒙特的介绍下，拜伦与雪莱相识于日内瓦。克莱尔蒙特随雪莱夫妇返回英国的时候也已经怀上了拜伦的孩子，次年初，他们的私生女阿莱格拉[49]出生，但1822年阿莱格拉就因病去世了。拜伦与克莱尔蒙特的关系很微妙，骚塞曾攻击拜伦和雪莱与雪莱的妻子和克莱尔蒙特四个人滥交，后来拜伦厌恶克莱尔蒙特也是因为从她的丈夫和一个女仆散布的消息听说她与雪莱和雪莱夫人三人之间的性生活紊乱，她还把阿莱格拉送到一个育婴院照料，这与孩子夭折有一些关系。[50]从拜伦与穆尔、默里、司各特、奥古斯塔后来的书信中可以发现，拜伦在意大利和希腊的时候经历过多个情人，但时间都不长。例如，1816年他在威尼斯认识房东布匹商人的妻子玛丽安娜·塞加蒂（Marianna Segati），两人迅速发展成为情人关系，他在给穆尔的信中用了一大段描述玛丽安娜之美："玛丽安娜（就是她的名字）整体看起来就像一只羚羊，她有双大大的黑色东方眼睛……我无法穷尽这种眼睛的美，至少对我来说是的……她的身形很匀称，小嘴巴、皮肤清亮而柔软……"。[51]然而次年8月，她在罗马郊外的拉米拉骑马时，遇见面包商的妻子玛格丽达，觉得她很好看，遂又很快忘记了玛丽安娜。1819年初赶走玛格丽达后，重获宁静和自由的拜伦开始撰写《唐璜》第二章，其后就是为人熟知的又一段恋爱经历。1819年4月，他认识了拉文纳贵族甘巴伯爵的女儿特瑞萨·归齐奥利。上文提及归齐奥利撰写回忆录为拜伦乱伦辩护，她确为拜伦在意大利认识的众多女性中身份最为尊贵、最有教养的一个。对于拜伦自身而言，归齐奥利给了他许多写

48　[法]安德烈·莫洛亚著，沈大力、董纯译：《拜伦情史》，北京：中国文联出版社，2001，第55页。

49　也有传闻说阿莱格拉有可能是雪莱和克莱尔蒙特的私生女。

50　参见 Roden Noel. *Life of Lord Byron*, London: Walter Scott, 1890, p.119-125.

51　Thomas Moore. *Letters and Journals of Lord Byron: With Notice of His Life*. Paris: J. Smith, 1831. p.246.

作和生活上的支撑，他的家族对拜伦后来在意大利和希腊的事业有比较重要
的影响。归齐奥利与米尔班克不一样的地方在于，她从不刻意支配拜伦，不会
在他身边过多絮叨。厄尔·史密斯指出，"令人惊奇的是，拜伦与归齐奥利从
来没有分手，可能是因为特瑞萨与卡罗琳·兰姆和克莱尔·克莱尔蒙特不一
样，她从不会让拜伦觉得她厌烦，也可能是因为她更具教养的习惯和气质让拜
伦难以摆脱她"[52]。史密斯认为拜伦拥有强烈的虚荣心，他毕竟依然在乎自己
的名声，他认为拜伦给司各特等人的信件中反复强调他很爱归齐奥利，实际上
是"拜伦式的伪装"（Byronic pose），他不忍心抛弃她是因为"他确实是被她
为自己的奉献所感动，并且为她（怀有拜伦孩子身孕之苦）所焦虑"[53]。

在拜伦游历欧洲大陆期间还有大量不知名的普通女子与拜伦发生过交
集，拜伦的情人名录早已长长一串。即便如此，学界对拜伦已经形成了一种认
为他是"风流成性"的共识，而真正为学者们所重视的大多集中在诸如查沃
思、兰姆、奥古斯塔、米尔班克、克莱尔蒙特、归齐奥利等女性身上。原因很
明显，这些女性或因为社会地位的特殊性而使她们拥有更大的社会关注度，或
因为她们对拜伦的整个生平中的性格形成和创作均有不可或缺的影响。

拜伦在1819年发表的叙事诗《马泽帕》（Mazeppa）中把爱情形容为"一
条紧缚在身的燃烧铁链"。有感于自身曲折的爱情经历，他把爱情说成是
"一条燃烧的铁链"，幻想美好是生活中人人皆有的危险倾向，但是到头来
期望越大，失望越多。约翰·梅利韦瑟（John A. Merewether）认为，"他（拜
伦）一边将爱情呈现为一种孜孜追寻的理想，一边又强调这种理想经验在充
满贪欲、战争和暴政的真实世界中表现出自相矛盾、令人失落的本质。爱不
是永恒的，他的开始和结束都出于原始的欲望，不过对理想爱情的寻觅给人
留下了对于男人和女人来说最美好的时刻。""拜伦在诗歌、叙事和戏剧中
的女性形象刻画常常引出他对这个失落世界的咒骂和拯救意图。"[54]拜伦对
女性既痛恨又依恋的矛盾让他的生平始终穿梭在不同女性构筑成的绯闻世
界中，"现代世界的唐璜"是对他情感世界的恰当总结。他的作品与他的情
史一样被冠以"色性"（erotic）之名，由此，不论是他的生平还是作品都平

52 Earl C. Smith. "Byron and the Countess Guiccioli", *PMLA*, Vol. 46, No. 4 (1931): 1221-1227. p.1227.
53 Earl C. Smith. "Byron and the Countess Guiccioli", *PMLA*, Vol. 46, No. 4 (1931): 1221-1227. p.1226.
54 John A. Merewether . "The Burning Chain" - The Paradoxical Nature of Love and Women in Byron's Poetry, Ph. D Thesis, Wayne State University, 1969. pp.5-6

添了许多传奇和浪漫的色彩。就像一向对拜伦没有多少好感的哈罗德·布鲁姆（Harold Bloom）所说的那样，"他（拜伦）用明显的色性成功地让他的同时代人痴迷于他，这种色性融合了自恋、势利、施虐受虐心理、乱伦、异性鸡奸、同性恋等你能想象到的成分"[55]。不论这种色性为人接受与否，它确乎吸引了读者、吸引了批评家，它是拜伦在文学史上"标新立异"、不算光彩却也令人印象深刻的特征。

第四节　两次欧洲大陆和近东之旅

抛开早期创作的《闲散的时光》与《英格兰诗人与苏格兰评论家》等诗集，拜伦的绝大部分创作均诞生于他的两次欧洲大陆和近东之旅期间：他的大部头作品《恰尔德·哈洛尔德游记》《唐璜》完成于旅途中，其他有些长诗如《莱拉》《海盗》《异教徒》《阿比多斯的新娘》虽然完成于英国，但它们创作的灵感和取材多来源于他第一次毕业大旅行中的见闻和想象。就像很多西方人所调侃的那样，英国只是欧洲边缘的一个小岛，所以走出那样一个空间，张望属于同一文明圈的另一个世界，在感受到文化和文明亲和力的时候，能够获得很多情感认同和思想共鸣。而当进入到作为"他者"的东方世界，已有的知识与所见所闻或一一对应，或有所差异，但那些对于当时的拜伦读者来说都是异域风情，因此拥有独特的吸引力。第二次旅行是拜伦创作最为丰硕的时期，他把大部分的光阴都留在了意大利，意大利也回馈了他源源不断的灵感；最后的时光与宝贵的生命，拜伦献给了希腊的独立战争，他以实际行动去完成了自己的夙愿，为他饱受争议的一生留下了最令人敬佩的结尾。

一、第一次欧洲大陆和近东之旅

1807 年 7 月，《闲散的时光》发表之后，除了次年亨利·布鲁厄姆（Henry Brougham）在《爱丁堡评论》上发表的匿名书评外，大多数对这本诗集发表的评论文章其实都对年轻的拜伦赞赏有加，拜伦对布鲁厄姆的评论悲愤有加，经过酝酿之后，他在次年三月底发表《英格兰诗人与苏格兰评论家》，作为对他人批评的反击，一时之间，拜伦有失公允的反击既让他的名声得到进一步扩散，另一方面这样一位初出茅庐的诗人就已经因为妄加评判其他牵连进来的

---

55 Harold Bloom ed. *Bloom's Classic Critical Views: George Goegon*, Lord Byron. New York: Infobase Publishing, 2009. p.xi.

作家而饱受非议。恰逢毕业时节，他与霍布豪斯商榷之后决定筹划一次毕业大旅行。1809 年 6 月，当准备离开伦敦的时候，拜伦因为在上议院受挫，原想着很多以前认识的朋友会让他感觉依依不舍，但这些都让他感到沮丧，临行前唯一让他不舍的也就是他的母亲和纽斯台德古堡。他与母亲的这一次分别，也成了他与母亲的永别。[56]

　　起初拜伦的旅行计划要比他们实际的行程范围更大一些[57]，但因为物质条件方面的原因，思量之后不得不放弃了一些其他的计划。在整个旅行中，他先后游历了塞维利亚、加的斯城、直布罗陀，航行至马耳他岛，在阿尔巴尼亚的时候（1809 年 9 月），阿尔巴尼亚著名的军事家默罕默德·阿里帕夏听闻有一位英国贵族路过，便免费为拜伦提供食宿，阿里帕夏对拜伦的祖先充满尊敬，并视拜伦如亲子一般。[58]其后拜伦又造访了迈索隆吉翁（11 月）和雅典（12月）。在土耳其和阿尔巴尼亚的经历让他亲身感受到东方世界的异域风情，那些遭遇和见闻后来成了他的东方故事的原始素材。1809 年 12 月 30 日，《恰尔德·哈洛尔德游记》第一章完成，其中很多诗组都是他的即兴描写，反映了他在当时的真实心境。旅途上的见闻让他心情愉悦，像《游记》第一章中的"第16-30 的美丽诗组是他经过景点时脑海中即时浮现的确切回音"[59]。1810 年 3月，在前往土耳其西部的土麦那旅途中，拜伦完成了《游记》的第二章；同年7 月，在君士坦丁堡逗留了近三个月后，霍布豪斯返回英国，拜伦享受一个人的孤独并回到雅典逗留了 10 个月。根据达拉斯的描述，拜伦待在雅典期间，一度打算回到英国之后不再涉入政治，不再发表任何作品，但是不知为何后来又转变了想法。此外，他在整个旅途中，一直严格保持着素食习惯，未曾吃过任何鱼肉、滴酒不沾。[60]

---

56 1811 年 7 月 14 日，拜伦就已经结束旅行回到了伦敦，但是因为和母亲的关系闹僵，他没有及时回去看望母亲。8 月 1 日，母亲就去世了。

57 拜伦起初一直很想去波斯，后来又计划过去印度，他甚至还准备咨询剑桥大学的阿拉伯研究教授关于旅行要注意的问题，以及让母亲帮忙向已经在印度居住的一位朋友打听相关事宜。（参见 R. C. Dallas. *Recollections of the Life of Lord Byron, from the Year 1908 to the End of 1814*, London: William Clowes, 1824. p.72.）

58 参见 R. C. Dallas. *Recollections of the Life of Lord Byron, from the Year 1908 to the End of 1814*, London: William Clowes, 1824. p.80.

59 参见 R. C. Dallas. *Recollections of the Life of Lord Byron, from the Year 1908 to the End of 1814*, London: William Clowes, 1824. p.76.

60 参见 R. C. Dallas. *Recollections of the Life of Lord Byron, from the Year 1908 to the End of 1814*, London: William Clowes, 1824. pp.88-90.

拜伦的第一次欧洲大陆和近东之旅时间不长，限于他的诗名与身份，他的这次旅行记录得相对较少，除了他的相关传记作品中有所涉及之外，C. W. J. 艾略特（C. W. J. Eliot）曾在上世纪有三篇文章——《拜伦勋爵、早期旅行者与特尔斐修道院》（Lord Byron, Early Travelers, and the Monastery at Delphi, *American Journal of Archaeology*, Vol. 71, No. 3, 1967）、《拜伦时期的雅典》（Athens in the Time of Lord Byron, *The Journal of the American School of Classical Studies at Athens*, Vol. 37, No. 2, 1968）、《拜伦勋爵、保罗神父与艺术家威廉·佩奇》（Lord Byron, Father Paul, and the Artist William Page, *The Journal of the American School of Classical Studies at Athens*, Vol. 44, No. 4, 1975），均是拜伦在希腊时期的回忆式笔记，内容详细，对了解拜伦第一次在希腊逗留时的行径有参考资料的价值。

二、第二次欧洲大陆和近东之旅

与第一次欧洲大陆之旅不同，拜伦再次选择踏上那片土地的直接原因是"分居事件"，顶着整个民族的谩骂，带着沉重的心灵枷锁，拜伦于 1816 年 4 月 25 日启程，他先到比利时参观了滑铁卢战场，后经过德国的莱茵河抵达日内瓦。五月底，拜伦在日内瓦结识人生中一位重要的诗人朋友雪莱，两人在一起相处了整整有三个月，培养了深厚的友谊。11 月，到达威尼斯，并在那里迎来了《游记》第三章的出版；次年 4 月和 5 月，拜伦与霍布豪斯往返于罗马和威尼斯之间，《游记》中咏颂意大利的优美的第四章就创作于这期间。1819 年 4 月，在拉文纳，拜伦认识了甘巴伯爵的女儿归齐奥利并很快发展成情人关系。从 1816 年 11 月一直到 1823 年 7 月，拜伦一直待在意大利，主要行走于威尼斯、罗马、拉文纳、博洛尼亚几个城市间。在这七年时间里，是拜伦文学创作最高产的时段，也是创作的最后时段，[61] 他开始了《唐璜》的写作，陆续完成了《游记》《曼弗雷德》《锡雍的囚徒》《塔索的哀歌》《别波》《统领华立罗》《萨丹那帕露丝》《该隐》《审判的幻景》《畸人变形记》等的写作，意大利迷人的自然和人文风景、相对宽松的社会环境，外加归齐奥利和霍布豪斯等友人的鼓励，拜伦的诗才得到充分的激发和释放，甚至可以说该时段是拜伦的天才到达顶峰的时段。

---

61 在这之后，拜伦前往希腊，全身心地投入到希腊的民族解放事业，日益繁忙的事物与每况愈下的身体已经耗尽了拜伦的心神，他在那期间除了一些小诗外，再无其他的作品诞生。

按照上述拜伦的活动轨迹，我们可以把拜伦的第二次欧洲大陆和近东之旅分成创作的巅峰期与投身希腊独立战争两个部分。前一阶段随着拜伦诗才的释放，拜伦的名声继续席卷英国和欧洲大陆，作品的不断出版为他带来了源源不断的金钱收入和日益扩大的名声。他的英国同胞阅读着他的作品，在感慨他的才情之余，兴许也夹杂着对这位漂泊异乡的游子的想念。许多英国人追踪着他的脚步，甚至故意和他住到一家或附近的旅店，日日翘首观望他的行动。一时之间，欧洲大陆出现了许多跟踪他的作品描述或本人足迹的英国人。以《游记》为例，这部作品好比一首《神奇的九寨》将九寨沟的名声唱响，让它成了无数人向往的天堂，一首《成都》唱得很多听众都想到"成都的街头走一走"，拜伦在欧洲大陆和近东旅行期间写的很多诗也引诱着很多英国人跟随哈洛尔德和唐璜的脚步去那些他们走过的地方看看。《游记》第四章第26诗组这样形容到意大利之美：

> 都像国王似的公民，罗马的好汉！
>
> 从那时起直到如今，美丽的意大利！
>
> 你是世界的花园，是艺术和大自然
>
> 所能产生的一切集大成之地；
>
> 纵使你成了废墟，有什么可与你相比？
>
> 你的荒地比其他地方的沃野还富庶，
>
> 即使你的莠草和蒺藜也无不美丽；
>
> 你破碎的残迹就是光荣，你的废墟
>
> 披着一层纯洁的妩媚，那是永远不可能被抹去。[62]

　　如同刘勰在《文心雕龙·物色》篇中论述的那样："诗人感物，联类不穷。流连万象之际，沉吟视听之区；写气图貌，既随物以宛转；属采附声，亦与心而徘徊。"[63]1817年4月，拜伦游历到意大利罗马，看着罗马的废墟，诗人感慨万千，借着物色的召唤，文思泉涌，写出了拜伦游记作品中最精彩的一章。诗人的文笔是最有效的一种旅游诱惑力。因此，詹姆斯·布扎德（James Buzard）认为，拜伦带来的这种欧洲大陆旅行的引诱，结果就是英国人的旅游"入侵"，它堪比拿破仑对欧洲的扫荡的一样。而且拜伦在他的回忆录和游记作品

---

62 [英]拜伦著：《恰尔德·哈洛尔德游记》，杨熙龄译，上海：上海译文出版社，1990年，第211页。

63 郭绍虞主编：《中国历代文论选（第一册）》，上海：上海古籍出版社，1979年，第241页。

中呈现出的"拜伦形象"（Byronic Image）有作秀的嫌疑，"他好像时时都将自己暴露在舞台上一样"，"他的兴高采烈都是做给观众看的"，因而他的"戏剧风格成了拜伦名声的主要特征，成了这位诗人引诱欧洲大陆旅行者的关键因素"；他的文本（作品）成为了欧洲大陆旅行者的最佳导游手册之一，不仅引领了一种新式的旅游风尚，还催生了一些其他的"带有诗意的旅行手册"，其中最为人所知的就是塞缪尔·罗杰斯（Samuel Rogers）的《意大利》（*Italy*, 1822）。[64]布扎德客观地评价了拜伦的游记作品是如何利用诗性的浪漫风格来吸引读者、引诱读者的，他认为拜伦的"作秀"风格一方面会引来有些评论家的反感，认为他写作动机不够真诚，另一方面也说明了拜伦作品在打动人心方面的特有魅惑力，诗性的魅惑对旅游习惯的形成有不可估量的效力。

关于拜伦在前往希腊之前的记述和研究，除了一些拜伦传记的叙述外，其他主要见于利·亨特（Leigh Hunt）的《拜伦勋爵与一些他的同代人》（*Lord Byron and Some of His Contemporaries*, London: S. and R. Bentley, 1828），书中有专门一部分记述了他在意大利的活动；M. C. 季林顿（M. C. Gillington）的《与拜伦勋爵在一起的一天》（*A Day with Lord Byron*, London: Hodder & Stoughton, 1828）讲述了1822年2月的一天，拜伦从下午两点钟起床后如何开始一天的生活和创作的故事，[65]这对了解拜伦在意大利的起居生活有一定的参照意义。还有一些期刊论文围绕他与霍布豪斯、雪莱、归齐奥利等人的交往，通过这些研究同样提供了拜伦在意大利的见闻资料，可以看到他人在拜伦的创作过程中所产生的刺激作用。

后一阶段，也即投身希腊独立战争的部分，始于1823年7月，拜伦乘坐"大力士"号双桅杆船前往希腊，至1824年4月他在迈索隆吉翁病逝。在这不到七个月的时间里，拜伦全身心地投入到了为他国争取自由的事业。他在阿戈斯托里的时候，就已经显示出了他无与伦比的诗才之外的另一面——对时局卓越的洞察力。他在希腊扮演了英国驻希腊使者的身份，在那里，他签署了为希腊政府贷款4000英镑的协议，并将自己几乎所有的积蓄都无偿投入到他的事业中。很快他的声名在希腊远扬，当1824年1月5日，他抵达迈索隆吉

---

64 参见 James Buzard, "The Uses of Romanticism: Byron and the Victorian Continental Tour", *Victorian Studies*, , Vol. 35, No. 1 (1991): 29-49.

65 拜伦习惯性地在下午两点钟起床，然后吃"早餐"，与朋友出行或在家讨论问题；待夜深人静以后，他才开始在深夜的静谧中开始创作，直到后半夜黎明的曙光即将出现的时候才停止写作去睡觉。

翁的时候，受到了当地民众的热烈欢迎。但是很不幸的是，他从在意大利时就已经开始恶化的身体状况在迈索隆吉翁变得更加反复，整个三月和四月，他都在与疾病作抗争，终于在 4 月 19 日黄昏死于因流血而恶化的热病。

在度过 36 岁生日后不到两个月的时间，"人间拜伦"宣告完成。"出师未捷身先死，长使英雄泪满襟"这句诗也适用于拜伦。这段时间他基本停止了创作，更像是一个自由斗士，因此这个阶段在他的生平中该如何定义，就成了一个值得探讨的问题。从他的整个生平来看，这半年多的时间，对于作为诗人的拜伦，他没有什么重要作品和重要思想诞生；但是作为一个奋斗的个体，这为他的生平留下了浓重的一笔。迈索隆吉翁可以说正是因为拜伦才广为世人所知，因为一位具有世界影响力的诗人在那里结束了人生旅途。在希腊人眼里，这座城市被誉为"希腊自由的诞生地"，在英语世界，提到迈索隆吉翁，人们必然想到诗人拜伦。英国学者斯蒂芬·明达（Stephen Minta）认为，因为拜伦生平最后时段的经历，他在英国人眼中和希腊人眼中，具有不一样的意义："在英国人看来，拜伦的最后几个月除了拉开一个戏剧性的事件之外，不存在多少意义。各种各样的佐证材料还限于个人的立场，因而相对来说视域较窄。另一方面，从希腊这边的档案材料来看，那可以让我们从战略上的语境来看待拜伦的意义，而这在英国人的论述中是缺失的。"[66]对于迈索隆吉翁来说，拜伦在这里的痕迹让这座城市在整个希腊史上具有不同寻常的意义，明达意图说明的是英国的传记作家们都忽略了重要的一点：拜伦乃是在自己的祖国之外的地方争取独立，是在一个国际化的语境下为自由而奋斗。就像拜伦在1820 年 11 月给穆尔写的一封信上所意识到的那样：

> 当一个人在自己的祖国不能为自由而斗争，
>
> 那就让他为他的邻国去争取；
>
> 让他去关心希腊和罗马的荣光，
>
> 并为之不顾一切、专心致志[67]

拜伦的第一次欧洲大陆之旅因为大多数时候有霍布豪斯的陪伴，他的经历有霍布豪斯在记录，而第二次旅行中，霍布豪斯没有一同前行，除了他的个别仆人和陪伴过他一段时间的人之外，没有比较完整的记录，所以整个经历都是拼凑

---

66 Stephen Minta. "Byron and Mesolongi", *Literature Compass*, Vol. 4, No.4 (2007): 1092-1108, p.1093.

67 Stephen Minta. "Byron and Mesolongi", *Literature Compass*, Vol. 4, No.4 (2007): 1092-1108, p.1105.

起来。前面提及归齐奥利的回忆录，那是她在与拜伦在一起的时光总结出来的，在希腊那七个月的时间，这项回忆录的记载任务落到了她的弟弟彼特·甘巴（Peter Gamba）的身上。《拜伦勋爵的最后一次希腊之旅》（*A Narrative of Lord Byron's Last Journey to Greece*, Paris: A. and W. Galignani, 1825）一书就是从彼得·甘巴的回忆录中选取出来的。书的开头是彼得致霍布豪斯的一段话，他表达了自己对做这件事情（记回忆录）的荣幸，并证实书中记载的都是客观、可靠的事实。全书按照时间顺序分成六章，详细记述了拜伦从离开日内瓦到迈索隆吉翁的拜伦之死这段时间的经历。除了这本书之外，爱德华·布莱奎尔（Edward Blaquiere）的《拜伦勋爵的第二次希腊之旅，含他最后时光的事实》（*Narrative of a Second Visit to Greece, Including Facts Connected from Correspondence, Official Documents*, John Murray, 1825）则是从一些口述资料、零碎的记载及通信中提取的内容。该书分成两个部分，前一部分为关于拜伦抵达迈索隆吉翁的那天开始到他去世这段时间的相关口述和文字记载，后一部分是从与拜伦在希腊的事业相关的通信中摘抄的内容，一共有五十余条。编辑者布莱奎尔同样也是怀着一颗崇敬的心，真实细心地编写出这样一部有重要史料价值的文献。

第五节　拜伦的朋友圈

如果说拜伦的生平之不凡是由许多不同的女性连缀成的情史组成的，那么同样也可以说是由与一些长期交往的朋友构筑的友谊串联起来的。如同往事成过眼云烟，情史中的女性在不断变更；但是友谊如美酒佳酿，弥久弥香。穆尔、雪莱以及司各特本身即为知名的作家，与拜伦的交集让彼此交相辉映，他们的故事在文学史上已化为美谈；霍布豪斯是拜伦的大学同窗，被后者戏称为斗牛犬，他是拜伦最忠实和亲密的朋友；穆尔与拜伦既是朋友又是商业上的合作伙伴，纵然在后期产生隔阂，但是曾经的默契依然不可多得。

一、情同手足——穆尔

托马斯·穆尔（Thomas Moore）（1779-1852）出生于都柏林一个食品商家庭，从小也有卓越的诗才，他在认识拜伦之前就已经声名远扬。具有讽刺意味的是，穆尔与拜伦最早的关联始于拜伦的《英格兰诗人与苏格兰评论家》第二版，在这一版中，拜伦直接点名嘲笑了穆尔与杰弗里（Messrs Jeffery）的一场不了了之的"无血决斗"(bloodless duel)[68]。感觉受到冒犯的穆尔于 1810 年 1 月 1 日从都柏林向拜伦发出了一封决斗书。而此时拜伦已经出发前往欧洲旅行了，这封决斗书落到霍奇森手上，但是他一直故意不交给拜伦。一年之后，已经有了家室的穆尔也冷静了下来，决斗的念头渐渐淡化。待拜伦旅行归来，为了给即将出版的《游记》做宣传，这本书需要一些当时有名气的评论家写书评。在默里的引荐下，拜伦第一次见到了穆尔，而且在两人沟通之后，穆尔主动邀请拜伦到塞缪尔·罗杰斯家里吃晚饭，两人抛弃前嫌、握手言和。"从那一刻起，拜伦与穆尔之间的惺惺相惜迅速变成亲密无间，然后就是我们所熟知的——一生的友谊"。[69]

之后两人时常保持着书信联系，拜伦把穆尔当做一位可以倾诉心声的挚友，他在英国乃至第二次旅行中的许多点滴均与他分享，因此穆尔对拜伦的行踪和心之所想有比较好的把握。这些往来使得穆尔成为拜伦死后最有资格和权威来当第一个完整叙述拜伦生平、编纂他的书信集的人。穆尔的《拜伦勋爵的书信与日记：以生平为导线》出版于 1830 年，这本书是两人友谊最重要的结晶，是后来的任何一个拜伦学者必备的书目之一；当然，它也是引发围绕两人关系讨论最为密集的一本书。

"一部好的传记需要有一手资料；且因为知道得最多的那个人也可能是隐瞒最多的那个人，所以对传记主人公生平熟悉的那个人要克服沉默寡言，而这并非一件易事。"[70]为了筹备这本书的出版，在准备的过程中，穆尔广泛搜集资料，还曾咨询和寻求与拜伦关系破裂了的玛丽·雪莱的意见，后者将拜伦与雪莱的友谊以及后来雪莱死后与拜伦相关的事迹一一陈述与穆尔听。玛丽·雪莱还答应穆尔不再帮助其他要出版拜伦生平书籍的人，表现出了作为一个目击者的负责任态度。[71]穆尔的贡献是毋庸置疑的，不过这本书毕竟是作为挚友的穆尔撰写的一本构筑拜伦死后声誉的重要书籍，任何一本传记都不可避免地会或有所保留、或隐瞒、或纰漏，这本书同样如此。首先这本书信和回忆

68　参见 Moore, Walter Scott etc. ed.*The Complete Works of Lord Byron*, Paris: A and W. Galignani and Co., 1835. pp.56-65.

69　Karl Elze. *Lord Byron: A Biography, with a Critical Essay on His Place in Literature*, London: John Murray, 1872. p.121.

70　Paupla R. Feldman. "Mary Shelley and the Genesis of Moore's *Life* of Byron", *Studies in English Literature*, Vol. 20, No. 4 (1980): 611-620, p.611.

71　Paupla R. Feldman. "Mary Shelley and the Genesis of Moore's *Life* of Byron", *Studies in English Literature*, Vol. 20, No. 4 (1980): 611-620, p.611.

录集的出版本身就不是拜伦的原意，"拜伦勋爵他自己并不希望这本回忆录出版，它们（那些书信和回忆录）是如何落到穆尔和出版商的手中？出版它们是出于什么目的？这值得思考"[72]。这是瓦尔特·司各特根据他所知道的信息提出的质疑，他还认为这本书存在穆尔自己的调适和改写，但是没有详细说具体是在哪些地方。归齐奥利在她的《我记忆中的拜伦勋爵》也指责穆尔和梅德温等传记作家在塑造拜伦性格方面仅凭他的一些行为表现和书信来判断他的性格，而没有兼顾他的作品，这是不大站得住脚的。她这样严厉地批评穆尔道："恢复拜伦勋爵名声的尝试是更有必要的，穆尔作为拜伦勋爵最好的传记作家，不仅没能尽到一个朋友应尽的责任，而且作为拜伦勋爵的历史学家，他同样不合格：因为他知道事实，却又不敢说出来。比如说，谁可以更好地告知我们是什么促使拜伦与他的妻子分居？然而穆尔选择缄口不言。"[73]归齐奥利的指责显然是过于苛刻的，毕竟穆尔根据自己当时能够搜集到的资料主要集中于拜伦的部分通信和回忆录，而且这些材料均是出自英国人之手，这难免会有顾及不到的方面。归齐奥利认为拜伦当初与拜伦夫人分居的主要原因是后者性格偏执、冷淡、多变，是拜伦夫人迫使拜伦不得不放逐自己，并且她认定穆尔知道拜伦不仅是无辜的，而且还是个受害者的"事实"，因而她批评穆尔不愿意在这件关键的事情上站出来为拜伦澄清。关于分居事件，在拜伦的情史部分已有论述，学界已经基本认同拜伦犯有乱伦之罪，归齐奥利一口咬定拜伦是高尚的，米尔班克才是最该被声讨的人，这是出于知情不多，同时又急切为自己心爱的情人辩解的需要而埋怨穆尔。

不论如何，穆尔不仅是拜伦生前最重要的朋友之一，而且是拜伦死后名声和影响的重要建构者之一。就像杰弗里·韦尔（Jeffery W. Vail）所说的那样："对于拜伦，当世界的伪善令人无法忍受之时，穆尔就是那个不论是文学上还是想象上都可以倚靠的人。"[74]韦尔认为两个人虽然有很多共同话语，且在文学上都取得了一定成就，但是两个人不论出生还是后来的社会名声都有很大的差异。最能见证两个人友谊的正是相互间大量往来的书信，"拜伦对穆尔的感情之深最能从他们的信件中体现，拜伦写给穆尔的信充满了对这

72 Cosmo Gordon. *The Life and Genius of Lord Byron*, Paris: Del'impreimerie de Rignoux, 1824. pp.9-10.
73 Teresa Guiccioli. *My Recollections of Lord Byron; and Those of Eye-witness of His Life*, Hubert Edward Henry Jerningham Trans. New York: Harper & Brothers, 1869. p.38.
74 Jeffery W. Vail, *The Literary Relationship of Lord Byron and Thomas Moore*, Baltimore and London: The John Hopkins University Press, 2001. p1.

个爱尔兰诗人的亲密之情"，两个人的文学关系也是非常和谐的相互映照，相互激发。[75]

二、天才精灵——雪莱

珀西·比希·雪莱（Percy Bysshe Shelley）（1792-1822）是拜伦所有的朋友中除司各特之外名气最大的一位。雪莱出生于富豪和贵族世家，比拜伦小将近四岁，长相英俊、天生诗才、善于哲思；同样是英年早逝，却在短暂的文学生涯留下了许多不朽的名作。两人通过克莱尔蒙特的介绍相识于日内瓦，相识之前两人都对对方的文才有所了解，且读过一些对方的作品，不过那时候的雪莱还未像拜伦那样已经让整个欧洲大陆震惊。两人相见，拜伦已经预感到雪莱同样是一位天才，两人相互之间都尊重对方，暗自佩服对方的才华。从1816年5月底两人相识直到同年8月底分别，他们临近居住，常常往来进行思想交流，还一起泛舟莱蒙湖畔。在一起的这三个月时间里，他们相互学习，尤其是拜伦，他在与雪莱的交流中激发了他很多思想的灵感，改变了一些他对"湖畔派"的看法。

即便如此，两个人的性格却又有很大的差别：拜伦玩世不恭，内心阴暗悲观、轻视女性却又沉迷于色性的世界。雪莱拥有良好的家庭教养，内心单纯向善，且歌赞女性；尽管两人都被骚塞攻击为"恶魔派"，那是因为两人常常在作品中表现反抗神的一面，赞颂普罗米修斯、撒旦和该隐的反抗精神，但是在哲思方面，拜伦确实不如雪莱深邃；在情史方面，拜伦复杂、堕落、不道德，而雪莱虽然也有绯闻，但是在公众的接受范围内，所以提及雪莱，人们更多的是崇敬。

关于两个人在日内瓦的那段时间以及后来拜伦第二次欧洲大陆和近东之旅在意大利的见面，雪莱的妻子玛丽·雪莱后来向穆尔讲述了一些她的回忆，除此之外，相关的集中记载最知名的当属特里洛尼的《雪莱与拜伦的最后时光》（*Recollections of the Last Days of Shelley and Byron*, 1858），该书记载了自1822年至拜伦之死这段时间发生在两位诗人身上的事情，出版发行后拥有非常好的销量，其后一版再版，是了解两位伟大诗人最后几个月时光的关键材料。还有罗登·诺尔（Roden Noel）的《拜伦勋爵的生平》（*Life of Lord Byron*, 1890）在讲述两人的交往史部分着墨最多，作者以拜伦为中心，简略

---

75 参见 Jeffery W. Vail, *The Literary Relationship of Lord Byron and Thomas Moore*, Baltimore and London: The John Hopkins University Press, 2001. pp..2-13.

叙述两人在一起的行径，而尤为集中叙述了两人在日内瓦认识后的绯闻事件，即雪莱夫妇与拜伦和克莱尔蒙特四人之间的滥交事迹；作者还根据两人的交往表现发表对两人的评价，例如他认为雪莱"在他写给拜伦的信件中表达了对拜伦热情、恳切、仁慈的性格、对话中的雄辩、甚至诗歌方面最大的钦佩和尊重"，而拜伦则相反，在公开的场合，他不像雪莱对他那样给予对方更多的称赞，而常常开玩笑地将雪莱比喻为"蛇"（snake）。因此"拜伦对雪莱的诗究竟有多推崇是存疑的"。"雪莱要比拜伦更加宽容，他的品质更为亲和、优雅、谦逊。"[76]

当然，拜伦虽然没有对雪莱的诗表现出明显的赞赏，但对他的品性却是极为肯定的。在雪莱死后，拜伦写给穆尔的信中说道："又一个人走了，他曾被这个世界恶意地、无知地、残忍地误解，当他入土为安后，他会被公平对待的"，"大家都误解了雪莱，他是我所认识的人中最善良最无私的一个"。[77]雪莱虽然对拜伦的诗才推崇备至，但是对他的厌世情绪是持批判态度的。关于雪莱创作于 1818 年秋的长诗《尤利安和马达洛：一场对话》（*Julian and Maddalo: A Conversation*），西方学界普遍认为雪莱设置的两个主人公——尤利安和马达洛分别隐射的是自己和拜伦，"尤利安视意大利为'放逐的天堂'；以拜伦为模板的马达洛则视威尼斯为人间地狱和人类败坏的明证。……尤利安更像是雪莱自己，他与马达洛的对比反衬出雪莱自身的理想化愿望"；"有证据证明雪莱写这首诗的最初目的是要指责拜伦的消沉意志"[78]。

作为朋友，拜伦对雪莱的友谊不如霍布豪斯和穆尔那样亲密；同是天赋异禀的诗才，雪莱的心胸与教养赢得世人赞许，拜伦的孤傲与放荡落得遍地指责。他们两人在对方短暂的生平传记和创作生涯中都是一个非常重要的存在，或许因为他们相似的高贵出身，加上旷世的才华，又逢创作喷发期的偶然相遇，一段文学界的佳话就此形成。又可能是因为世界观和处世方式的差异，两人的相互认可仅仅停留在认为对方"很好相处"，是思想探讨的好谈友，却没有形成对对方文学创作的真正认同，因而他们的内在共鸣不多，文学上深层的相互影响也不明显。

76　Roden Noel. *Life of Lord Byron*, London: Walter Scott, 1890. pp.142-143.

77　Thomas Moore. *Letters and Journals of Lord Byron: With Notice of His Life*. Paris: J. Smith, 1831. p.435.

78　Ralph Pite. "Shelley in Italy", *The Year Book of English Studies*, Vol. 34, Nineteenth-Century Travel Writing (2004): 46-60, p.53.

三、忠实故交——霍布豪斯

约翰·卡姆·霍布豪斯（John Cam Hobhouse）（1786-1869）是拜伦在剑桥大学读书时候认识的好友，富有政治头脑，是一个优良的日记作者。不论是在拜伦的生平还是创作历程里，霍布豪斯都是一个经常陪伴着出现的存在，与拜伦其他的朋友不一样，霍布豪斯可能是除了拜伦母亲之外，陪伴在拜伦身边时间最长的人。从大学时候相识，然后结伴去毕业大旅行，第二次欧洲大陆和近东之旅的时候霍布豪斯也曾经数次抽空去看望拜伦，二人之间同样有大量书信流传下来。

拜伦将霍布豪斯视为自己最好的朋友、最值得信任的人，他邀请霍布豪斯作为他结婚时的男傧和遗嘱执行人，他常常习惯地说霍布豪斯是那个"曾经让我走出困境的人"，在1814年的一段回忆录中，拜伦说道："他（霍布豪斯）是我最好的朋友，他是那种最好相处、最为风趣的人，并且他学识渊博、知识面广。他曾给我讲过上万个拿破仑的绯闻，并且每个都真实可信。他是旅途中最有趣的伴侣，非常优秀。"[79]两人之间的友谊非常稳固，不过令人感到非常意外的是，他和穆尔一样作为拜伦一生中最好的两个朋友，竟然在相识之初，都曾想与对方来一场决斗。"拜伦自己坦诚说霍布豪斯恨了他两年，就因为他戴一顶白色的帽子、穿着一件灰色的外套、骑着一匹灰色的马"[80]，后来不知道为什么两人走到了一起，变得无话不谈。拜伦喜欢与他分析自己的创作和思想感悟，霍布豪斯会认真倾听，帮他记录下来；尽管霍布豪斯喜欢给拜伦讲一些赤裸裸的风流韵事，这常让拜伦尴尬，但也不排斥。第一次欧洲大陆和近东之旅期间，霍布豪斯除了长时间同游之外，他还充当了给拜伦记录日常言行的日记作家角色。为了表达对霍布豪斯的感激，拜伦将《柯林斯的围攻》与《游记》第四章都献给了霍布豪斯。尤其是《游记》的第四章是拜伦长诗中写得最为优美的颂词，在给霍布豪斯的致辞中，他深情地表达道："我知道，当我病了的时候，他衣不解带；在我悲伤的时候，他温和而仁慈；在我顺利的时候，他高兴；在我碰到灾难的时候，他坚定不移。他的忠言句句真实；在困境中，他足以信任。我想到这位久经考验而从不抛弃我的朋友——想到你。"[81]

79 Teresa Guiccioli.*My Recollections of Lord Byron; and Those of Eye-witness of His Life*, Hubert Edward Henry Jerningham Trans. New York: Harper & Brothers, 1869. p.217.

80 Karl Elze. *Lord Byron: A Biography, with a Critical Essay on His Place in Literature*, London: John Murray, 1872. p.55.

81 [英]拜伦著，杨德豫译：《恰尔德·哈洛尔德游记》，上海：上海译文出版社，1990年，第194页。

　　得益于与拜伦的友谊，霍布豪斯在拜伦的生平中作为一个忠实的伴侣而为世人所知。几乎所有有关拜伦生平经历的文献都要涉及到两人的往来，且通常都要称赞两人的长久友谊。不过也偶尔能看到关于两人性格差异的叙述，例如 C. W. 艾略特的笔记《拜伦时期的雅典》就以故事形式记述了两人开启第一次欧洲大陆之旅后到达第一站——里斯本的一幕，笔记开头就说尽管两人在年龄、教育、出身、潜力方面都有相似性，但也有很多差异性。"那个年轻点的，刚刚成年，外表英俊、情绪高昂、富于想象和激情，是一颗冉冉升起的诗坛新星；另外一个要年长两岁，外貌平庸，细心谨慎、脸色暗淡、值得尊敬，是一个未来的政治家。一个身上带有令英国人最为惧怕的糟糕品质；另一个则是英国礼仪的代表，值得一个民族去托付。"[82]两个人的外表、性情和潜质通过简短的一段对比为下文的叙述作了铺垫，整篇笔记，艾略特以洞察的笔调通过叙述两人在旅途中的遭遇和言行表现，时隐时现地刻画了两个人的性情。霍布豪斯虽然没有拜伦的诗才，但是对文学依然有敏锐的感知和必要的热情，这对鼓励和刺激拜伦创作有一定的作用。比特丽思·科里根（Beatrice Corrigan）在文章《拜伦与霍布豪斯对佩利科的"弗朗西斯卡"的翻译》（The Byron-Hobhouse Translation of Pellico's "Francesca"）中就讲述了两人曾经计划合译佩利科的作品，但是拜伦选择放弃，最终霍布豪斯单独完成了翻译，且他还准备写一篇比较英国和意大利的悲剧的论文。可惜后来这些译本可能都被霍布豪斯自己销毁，他愿望成为戏剧家和翻译家的尝试最后无果而终。[83]这不经意的一次尝试可以看出霍布豪斯同样有文学创作的冲动和梦想，那么两人既然同为大学同学，一起学习充实，只是天分不一样，拜伦通过《游记》一举成名天下知，而霍布豪斯却只是作为一片陪衬在拜伦身旁的绿叶，默默地留下自身的足迹。可能作为挚友关系的他们之间也并不会像外面看起来的那般和谐，"羡慕和嫉妒一定也搅混了这片水"[84]，同为大学同窗的好友，原来看似未来可能一事无成的拜伦反而释放了天才，而霍布豪斯被关注是依托拜伦的影响，后者不免会有失落。西方批评家虽然也喜欢从两个人身上发现不同点，且往往喜欢

82　C. W. J. Elliot. "Gennadeion Notes, III: Athens in the Time of Lord Byron", *The Journal of the American School of Classical Studies at Athens*, Vol. 37, No. 2 (1968): 134-158, p.134.

83　参见 Beatrice Corrigan. "The Byron-Hobhouse Translation of Pellico's 'Francesca'", *Italica*, Vol. 35, No. 4 (1958): 235-241.

84　Peter W. Graham ed. *Byron's Bulldog: The Letters of John Cam Hobhouse to Lord Byron*, Columbus: Ohio State University Press, 1984. p.4.

把他们区别为一个诗人和一个书呆子，一个性行为放荡者和一个道德家，哈姆雷特和波洛尼厄斯，但"拜伦和霍布豪斯被放到一起不是拿来对比，而是因为他们有很多共性"[85]。

四、默契搭档——默里

约翰·默里（John Murray）（1778-1843）出身于一个苏格兰出版商家庭，在他15岁的时候，父亲去世，他继承家庭产业并很快熟悉出版业务。默里是在拜伦第一次欧洲大陆和近东之旅回来后认识他的，当时拜伦需要为他即将引起轰动的《游记》第一章和第二章寻找一个合适的出版商。默里看过这部作品之后，立即就答应出版，他以商人特有的敏锐嗅觉感知到这会是一次成功的合作。从此开始，一个诗人和一个出版商的朋友兼合作关系持续下来，直到1821年《唐璜》第五章出版。在浪漫主义文学史上，约翰·默里的名字总是和拜伦联系在一起，没有任何一个作家像拜伦那样与一个出版商维持了如此长久、如此相得益彰的合作关系。得益于两人之间"本质性的兼容个性"[86]，两人才能保持这种关系；一般来说，站在辉格党立场的拜伦应该与站在托利党立场的默里很难有共同语言，可能也正是因为相互利益的缘故而能包容彼此，在合作中，他们都很懂得小心翼翼地避开政治观点上的冲突。

他们之所以能长期兼容是因为作为出版商的默里尊重且喜爱拜伦的作品，作为诗人的拜伦理解默里营销的动机，他们合作的过程就是一个相互协调的过程。同样地，他们最后分手也是协调中出现分歧的结果。"拜伦的出版商默里通过标记星号的形式删减《唐璜》的前两章，让它们匿名出版，且不愿在封面上印上出版商的名字，以此就向其他激进的书商释放他对这部作品合法性的恐惧的信号。这样做的直接后果是：默里使得《唐璜》被其他书商以零点几的价格不断盗版，拜伦在第五章出版后与默里决裂了。"[87]默里不敢在《唐璜》前两章上署拜伦和自己出版社的名字是因为这部作品在当时的语境下有明显的道德沦丧和淫秽色彩，他在印刷第一版的时候用的是四开本，价格极其昂贵，导致当时只有少数富人才买得起。但是这部作品又是读

---

85 Peter W. Graham ed. *Byron's Bulldog: The Letters of John Cam Hobhouse to Lord Byron*, Columbus: Ohio State University Press, 1984. p.5.

86 Mary O'Connell. *Byron and John Murray: A Poet and His Publisher*, Liverpool: Liverpool University Press, 2014. p.201.

87 Michelle Levy. "Book History and the Consumer", *Huntington Library Quarterly*, Vol. 69, No. 3 (2006): 477-486, p.483.

者期待已久的，许多出版商看到了商机，于是都想在《唐璜》的销售市场上分得一杯羹，"他们发行了大量的盗版和有谬误的版本，这极大地扰乱了英国浪漫主义和维多利亚时期对这部作品的出版发行史"[88]。在考虑到这部作品可能带来的社会影响和利益分摊问题上，两人第一次出现了大的分歧，并导致了合作的中断。

从拜伦死后由默里出版的一些与拜伦有重要关联的文献也可以看到，尽管拜伦生前拒绝将《唐璜》的后十一章与其他一些作品交给默里出版，但是默里依然对许多作品留有版权且愿意在拜伦死后不遗余力地搜集并集中出版与他相关的书籍。他们最后的分手不能掩盖先前他们合作的巨大成就以及两人长久保持的友谊。阅读拜伦的书信作品，可以发现在留存下来的拜伦书信中，大约有四分之一是写给默里的，比拜伦写给其他任何一个人的都要多。"默里写给拜伦的信口吻通常是毕恭毕敬的、漫谈式的，拜伦在意大利的时候需要从默里这里获得英国的消息。而拜伦的信正好相反，语调轻松惬意、亲密有加，他不管（也有可能是因为他知道）默里会把他的信读给造访他阿尔伯马尔街公寓的人听。拜伦的朋友和经理人霍布豪斯和金奈尔德向来视默里为一个商人，而拜伦给他写的信就像给朋友写的信一样。"[89]这或许就是两个人形成的默契：出版商在自己最大的财源面前尽力讨好、获得信任，作家面对自己的赞助者表现得亲切自然、令人放心。两人就这样各取所需，相得益彰。

总体上来说，以前默里与拜伦的关系均会在拜伦传记和一些评述性的著作中被提及，但是专门围绕两人关系讨论的并不多。塞缪尔·斯迈尔斯（Samuel Smiles）的《一个出版商与他的朋友：约翰·默里二世的回忆录和书信，随附默里出版社的建立和发展史，1768-1843》（*A Publisher and His Friends: Memoir and Correspondence of the Late John Murray, with an Account of the Origin and Progress of the House, 1768-1843*）出版于1891年，分上下两卷，以默里为中心线，主要叙述了第二代默里对这个出版社的经营。拜伦作为默里最重要的合作伙伴，在书中占了比较大的篇幅，故事的串联基本上全部基于默里的回忆录和他与拜伦的书信。还有玛丽·奥康奈尔（Mary O'Connell）著的《拜伦与约

88　Jae Young Park. "Byron's Don Juan: Forms of Publication, Meanings, and Money", Ph. D. diss., Texas A&M University, 2011. p.8.

89　Tom Mole. "Byron and John Murray: A Poet and His Publisher", *European Romantic Review*, Vol. 27, No. 4 (2016): 524-526, p.526.

翰·默里：一个诗人与他的出版商》（*Byron and John Murray: A Poet and His Publisher*, Liverpool: Liverpool University Press, 2014）是迄今唯一一部讲述拜伦与默里之间故事的著作。该书同样建基于两人之间的通信材料，以评述的形式再现了他们的合作史，作者对一些问题也提出了自己的看法，例如她认为两人关系的破裂对双方都是损伤，拜伦需要对此负主要责任，因为他不能更好地体谅默里，偏执地走自己的创作理路。毕竟一个作者和他的出版商需要就读者的偏好进行调适，一意孤行的后果就是与读者作对。该书对读者熟悉这段关系，找寻具体材料均有帮助。

　　上述四位是拜伦生平中经常出现的几个形象，是与拜伦通信往来比较频繁的朋友，当然拜伦还与多位作家和其他身份的朋友有往来，诸如瓦尔特·司各特、托马斯·梅德温、利·亨特、奥克斯福夫人、布莱辛顿伯爵、施泰尔夫人等，限于篇幅和他们与拜伦的关联度，本书兹不详述。

第二章　主要作品的典型方面聚焦

第一节　国内拜伦作品研究的成果及特点

国内对拜伦作品的译介工作主要集中于上世纪中后期，新世纪除了曹元勇重译的《曼弗雷德》和《该隐》外，几乎没有新的拜伦作品被新译成中文，其余书籍市场上出现的拜伦诗选类的作品均为上世纪一些译本的集结再版。[1]尽管条件有限，拜伦的作品研究却在新世纪进入了一个相对异彩纷呈的时期。总体上来看，国内拜伦作品研究可以归类为以下几个热点方面：

1. 《唐璜》研究。国内对《唐璜》的研究，除了杨莉的博士论文和数篇期刊论文专注拜伦的叙事策略外，主要集中在对它的讽刺艺术、起源和发展，以及西方理论观照下的解读几个层面。苏卓兴的《从〈唐璜〉看拜伦的讽刺艺术》（《广西民族学院学报（社会科学版）》，1980 年第 3 期）比较详细地陈述了拜伦对封建君主制、英国上流社会、俄国宫廷生活、土耳其皇室内幕、奴隶市场的肮脏交易等的描写即为对这些制度和现象的讽刺。关于拜伦《唐璜》的历史，可以分为它的渊源和他的影响两部分。唐璜这一人物形象不是拜伦的原创，他的传说最初发源于哪里呢？在国内，早在 1962 年《世界文学》杂志第 Z2 期第 139 页有一篇没有署名的小文章《唐·璜的历史》用几段文字简略地叙说了唐璜其人其事的起源和发展。文章中提到唐璜"出身自 14 世纪西班牙塞维尔的贵族；他引诱了一个司令官的女儿，又将司令官杀死……这以后，把唐·璜写成作品主人公的有莫里哀、高乃依、西德维尔（英国）、哥尔多尼、莫差特、

1　关于拜伦作品的中译情况，可参见本书附录二：拜伦作品与中译情况对照表。

拜伦、格拉贝（德国）、大仲马、罗斯当和肖伯纳"。其后，周钰良在《读书》（1981 年第 06 期）的《读查译本〈唐璜〉》说"唐璜的故事是西欧一个古老传说"[2]，这应当是一个错误的说法，因为根据事实材料，唐璜确有更大可能是来自于南欧的西班牙。关于堂璜传说的起源，刘久明发表文章《唐璜传说与〈赛维亚的荡子〉》（《外国文学研究》，2006 年第 3 期，62-69）详细地用比较文学渊源学的方法找出这个传说的文字渊源是西班牙作家蒂尔索写于 17 世纪上半叶、根据 14 世纪西班牙的一个口头传说而写的剧本《赛维亚的荡子》，拜伦的讽刺长诗《唐璜》的渊源应该来源于此。还有文章从一些新近的理论视域观照这部作品，比如曾虹和邹涛的《鬼斧神工的第十五章——《唐璜》后现代主义解读一例》（《外国文学》，2009 年第 6 期）围绕作品中出现的"鬼"的形象使用，认为鬼是拜伦诗歌灵感、反讽与情爱、叙事者的显性和隐性人格分裂等的隐喻；左金梅则从"怪异"理论看拜伦的《唐璜》，她认为这部作品充分体现了"怪异"理论消解性别身份的基本主张，具体表现在拜伦塑造的女性角色如朱丽亚、海蒂、苏丹王妃等女性都"有传统定义里的某些男性特质"，"唐璜着女装、做奴婢这一事件不仅表现了诗人拜伦对男性和女性这种传统两分法和男性权威的质疑，还揭示、反映了在以男性为中心的经济社会里，女性被奴役为商品的社会地位"[3]。

2.《恰尔德·哈洛尔德游记》研究。除了一部分评点赏析该作品的内容编排和语言特点的文章外，有国内学者留意到作为作者的拜伦与作为作品主人公的恰尔德·哈洛尔德之间的关系，例如王纪明指出这样一个界定模糊的人物形象有助于联贯整部作品，还可以为拜伦的主观抒情服务；[4]有学者注意到了该作品前后两章之间的"脱节"，如祝远德曾分析了后两章创作的特殊背景，以及这两章中拜伦的情感流动与他的心境之间的关系；[5]还有学者对整部作品精细阅读后进行思想内容和艺术手法总结，典型的如王化学的文章《时代的最强音——拜伦之〈恰尔德·哈洛尔德游记〉》认为该作品充沛的思想内容表现

2 周钰良：《读查译本〈唐璜〉》，载《读书》，1981 年第 06 期，第 44 页。

3 左金梅：《从"怪异"理论看拜伦的〈唐璜〉》，载《四川外语学院学报》，2007 年第 1 期，第 33、35 页。

4 参见王纪明：《〈恰尔德·哈洛尔德游记〉中的人物与作者》，载《临沂师专学报》，1990 年第 1 期。

5 参见祝远德：《滑铁卢、威尼斯的沉思 自觉创作的新起点——读拜伦〈恰尔德·哈洛尔德游记〉第三、四章》，载《广西师范大学学报（哲学社会科学版）》，1988 年第 1 期。

在对英国政府和欧洲反动势力的批判和讽刺，和"对各国人民争取自由、独立和解放的斗争热烈赞扬，并寄予同情和声援"，哲理广度则表现对"世事流变、兴衰轮回"的无奈，以及对人、事和爱情的认识和态度的矛盾性；它的一大艺术手法就是第三人称叙述体系的运用，这打破了时空序列，给作者以较大的自由发挥空间。[6]《游记》和《唐璜》一样都是属于叙事长诗，所以它的叙事策略也是部分学者关注的一个点，例如杨莉把"叙述声音"、"叙述时间"、"真实作者与隐含作者"等视角的观照引入亦是一种创新。其他尤为值得提及的是张德明的文章《诗性的游记与诗人的成长——重读〈恰尔德·哈洛尔德游记〉》（《宁波大学学报（人文科学版）》，2011 年第 5 期），该文重点讨论了《游记》的两个中心人物——"以第三人称出面的旅行—朝圣者哈洛尔德"和"以第一人称出面抒情—叙事的是人本人"，这两个人物表现出两种互相矛盾的人格，作者认为这是一种"自我分列式的抒情—叙事策略"，两个人物之间的分合是由诗歌和游记两种不同文体的特征结合造成的；此外，作者还指出"旅行—写作"是一种特殊的"身体—话语实践"，拜伦在书信和作品中描述内容的不一致还反映了拜伦面临的身份认同困境。新术语在分析中的运用和作者独立观点的呈现都让该文章在众多同类文章中脱颖而出。还有张鑫的文章《浪漫主义的游记文学观与拜伦的"剽窃"案》（《国外文学》，2010 年第 1 期）谈到了拜伦的游记第三章发表后遭到华兹华斯指责该章有明显剽窃《丁登寺》的嫌疑问题，作者站在支援华兹华斯的立场，引证了多位西方学者认同拜伦确实有"剽窃"做法的观点，并指出拜伦对华兹华斯的"剽窃"是一种"失败的剽窃"，存在明显的"审美缺陷"，是一次"不成功的挪用"。尽管张鑫和所提及西方学者的这种论述有诸多破绽，但对这个问题的讨论足以证明国内学界在《游记》研究中的深广度已经在不断提升。

3. 作品中的"拜伦式英雄"、"东方书写"（"异国情调"）、拜伦的"女性观"。

拜伦的作品中塑造了一系列的"拜伦式英雄"形象，这种英雄角色承载了拜伦的理想，是管窥拜伦性情和价值观的重要线索。"拜伦式英雄"是拜伦在一系列作品中塑造的主人公形象的特征概括，他们包括唐璜、恰尔德·哈洛尔德、曼弗雷德、该隐、海盗康拉德、异教徒等等。这些人物形象有的是根据

6　参见王化学：《时代的最强音——拜伦之〈恰尔德·哈洛尔德游记〉》，载《山东师范大学学报（人文社会科学版）》，2009 年第 6 期。

拜伦自身为原型塑造的，如哈洛尔德和异教徒，其他的多为拜伦的想象或虚构，但他们的"英雄"气质是一以贯通的。从拜伦在中国传播以来，他在知识分子心中多是以一个反抗的形象被称赞和论说的，且这在总体上已经成为主流或比较统一的认知。对它详细的解剖主要也是在上世纪 80 年代后才有系统性的深刻阐释。1985 年汪剑鸣发表文章《论"拜伦式英雄"》（《零陵学院学报》，1985 年第 1 期）重点谈论了"拜伦式英雄"的两面性，即有无畏反抗的一面，也有突出的贵族个人主义者一面，他认为拜伦脱离人民群众，"拜伦式英雄"的消极因素不容忽视。文章对"拜伦式英雄"阶级属性的强调，稍显笼统和牵强。其后，王化学从曼弗雷德入手，结合西方古希腊和《圣经》文明中的悲剧意识，发现了拜伦身上忧郁的根源。他说："拜伦的诗剧《曼弗雷德》就是对人类所面临的这种悲剧式劫难的深刻展示。对它深沉的诗意，或可说那拜伦式的忧郁、痛苦与绝望，人们找到了一个很形象的词来标志，这就是'世界悲哀'。"[7]这是对拜伦性情中时常表现出的悲观主义性情从文明根源上找到了一种有说服力的解释。另外值得注意的是蒋承勇的文章《"拜伦式英雄"与"超人"原型——拜伦文化价值论》（《外国文学研究》，2010 年第 6 期），作者呈列了拜伦的三种秉性：激情、放纵、狂暴：家族气质与个人心理秉性；自卑、自尊、仇恨、反抗：先天跛足与个人心理秉性；放纵情欲与"自然人"心理秉性。然后从尼采的"超人"学说中获得启发，他指出拜伦的厌世和反传统、反道德实际上并不是极端的叛逆，他的本意也即他的本性是对人类深沉的爱，是对西方文明与文化的整体性怀疑和反思，所以恰恰是一种常人无法理解的深切的人文关怀。作者最后得出结论："拜伦是尼采的精神先导，'拜伦式英雄'是'超人'的原型！"[8]文章论述深刻、见解独到，是难得的一篇关于"拜伦式英雄"的深度剖析论文。其他也有很多期刊文章与硕士学位论文大多围绕"拜伦式英雄"的特征，在具体的作品中寻找支撑观点的依据，为这种英雄的全面呈现提供了更加完整的描绘。还有一些论文则拿"拜伦式英雄"与其他的英雄作对比，分析他们的异同；也有学者质疑哈洛尔德是否能够代表这种英雄，比如王纪明的文章《〈恰尔德·哈洛尔德游记〉中的人物与作者》

7　王化学：《〈曼弗雷德〉与"世界悲哀"》，载《外国文学评论》，1989 年第 3 期，第 101 页。

8　蒋承勇：《"拜伦式英雄"与"超人"原型——拜伦文化价值论》，载《外国文学研究》，2010 年第 6 期，第 63 页。

（《临沂师专学报（社会科学版）》，1990 年第 1 期）陈述拜伦自己否认这部作品是传记性质的，那么哈洛尔德也就和真实的拜伦有差别。由此看，哈洛尔德也就不能代表真实的"拜伦式英雄"。文章论说参照了拜伦的口吻，至少是值得引起学界关注的，但是哈洛尔德总体还是布满了拜伦的影子，即便是一个用来使长诗连贯的"道具"，那也是拜伦精心设计的、能反映作者思想和性情的一个存在，把哈洛尔德作为"拜伦式英雄"进行参照和解读依旧是必不可少的一个步骤。

拜伦的两次大旅行都与东方有关，土耳其是他作品中经常出现的国度；他作品中的异域风情对当时没有到过东方，并且对东方表示好奇的西方人来说有一种别样的吸引力。与西方学界一样，拜伦在中国的传播也让很多中国学者注意到了拜伦的东方描写。张佚的硕士学位论文《试论拜伦诗歌中的东方主义思想倾向》）（东北师范大学，2009 年）和张文的硕士学位论文《拜伦诗歌中的东方想象与自我建构》（华中师范大学，2010 年）均有对拜伦笔下的东方想象描写作过概括，他们从人物和场景的角度说明拜伦对东方的描写总体而言都是用的西方人的口吻和鄙夷的笔调，所以他还是没有摆脱赛义德所讲的"东方主义"的偏见，存在文化误读，他笔下的东方实质上还是他自我建构的一个东方。任宋莎的硕士学位论文《双向的误读：拜伦的东方想象和东方改写的拜伦》（西南交通大学，2015 年）联系到清末民初时期中国的知识分子对拜伦的改写与当初拜伦对东方的误读，意在说明在不同的理论观照和文化语境下，东方改写的拜伦和拜伦的东方想象都是一种有意或无意的误读。温晓梅的《浅析拜伦诗歌中的东方想象》（《湖北经济学院学报》，2011 年第 7 期）和李爱梅的《拜伦作品中"东方情调"的思想文化根源》（《世界文学评论》，2007 年第 1 期）都从拜伦开启东方之旅的背景入手，分析拜伦产生东方想象的心理动机，如李爱梅认为拜伦之所以钟爱东方的原因在于："拜伦个人的思想或者说是社会、舆论向他施加的压力迫使他将目光转向了遥远的东方；浪漫主义者多偏好流浪。"[9]并且他所钟情的主要还是对东方的负面描写。从拜伦的东方叙事诗来看，拜伦对东方的描写很多情况下还是带着"他者"的眼光进行审视，不免会有因为不够了解而产生的误读。至于这种误读的程度究竟几何，陈彦旭则认为拜伦是浪漫主义诗人中唯一亲自游历过东方的，因此他的东方书

---

9 李爱梅：《拜伦作品中"东方情调"的思想文化根源》，载《世界文学评论》，2007 年第 1 期，第 259 页。

写属于东方学者纳吉（Quejian B. Naji）所说的"真正的东方书写"，拜伦超越他人的地方在于他"自己对东方真实的观察与感受，以自己独有的优势——带有现实主义色彩的东方叙事诗来竖起在这一领域内的大旗，其最突出的特点就是力求'准确性'与'客观性'"[10]。由此可以说明拜伦眼中的东方相对而言是有一定的效度和信度的。但是，也要意识到，拜伦虽然亲身到过一些东方国家，对当地的风土人情有一定了解，但是他在描画东方之前本身确是因为对东方从小有浓厚的兴趣，遂从历史和东方主义的著作中存有对东方的"前理解"，带着这些前人的知识储备，用自己的眼睛再去审视东方，那么他依旧是在西方的东方主义知识体系和学术传统的深刻影响下去解读西方。我们不排除拜伦对待"真实"的态度，但是凭借一些外在的符合事实的描写而认定他的书写客观性和准确性则稍显武断。

拜伦对女性的态度是复杂的，这和他的爱情经历有关，他一直渴望有理想的女性相伴，同时又对女性感到憎恶。拜伦的女性观在他的作品中有所体现，王美萍在《爱情的囚徒们——拜伦笔下的女性人物群像》（《解放军外国语学院学报》，2005 年第 5 期）就认为拜伦在作品中通过爱情来奴化女性，把她们变为肉身的、感性的和命运的囚徒。彭江浩在《拜伦的女性观》（《湖北师范学院学报（哲学社会科学版）》，2006 年第 6 期）也认为拜伦对女性持有偏见，因而他诗歌中的女性缺乏主体性和真实感。两位学者的观点均参照了拜伦的具体作品和他的生平经历而分析得出这样的结论，但是也有学者从另一个角度审视拜伦在《唐璜》中塑造的"海蒂"形象。刘春芳发现海蒂具有许多"拜伦式英雄"的特点，如个性率真、充满热情、为了理想敢于牺牲，因此她可以被视为拜伦笔下的一位拜伦式女英雄。[11]类似的研究大多以《唐璜》中的女性群体，以及海盗中的加尔奈尔、异教徒中的土耳其少女作为重点审察对象，且均把拜伦的女性观看作是一种静态的模式化偏见，所以形成了一个"统一立场"，即认为拜伦的女性观是消极的；即便有观点认为海蒂是拜伦式女英雄，那也是因为对拜伦式英雄的误读而产生的错觉。

通过以上国内拜伦作品研究的概览，可以看出国内研究具有以下几个特点：其一，国内研究基本聚焦在拜伦的两部叙事长诗——《唐璜》和《游记》、

---

10 陈彦旭：《英国浪漫主义诗人拜伦的"现实主义东方书写"》，载《湖北民族学院学报（哲学社会科学版）》，2013 年第 5 期，第 73 页。

11 参见刘春芳：《海蒂——拜伦笔下的拜伦式女英雄》，载《张家口师专学报》，2001年第 1 期，第 12-16 页。

两部诗剧——《曼弗雷德》和《该隐》、两部东方故事诗——《海盗》和《异教徒》，小诗除了从《唐璜》中抽出来的《哀希腊》和从《锡雍的囚徒》中抽出来的《咏锡雍》外，其他作品在国内鲜有学者对它们作专门论述。尽管有一些国内拜伦研究学者在他们的博士论文和专著中提及它们，却因为选题限制和论述重点的原因而缺乏对这些作品的重点关注。这其中的原因也显而易见，即因为国内关注到这些作品均已有中译本流传，作品本身不论是在西方还是中国都凭借其故事性和思想性而受到读者的广泛喜爱。其他作品被冷落的首要原因是中译本的空白，然后是作品本身的相对更低一些的文艺价值。

其二，去政治化的倾向增强。上世纪以及本世纪初的许多文章还带有明显的政治意识形态色彩，许多论述都不免与阶级斗争和反侵略斗争相掺杂。因为拜伦的反抗精神和支援希腊独立战争的事迹，让他一方面在国内赢得了关注和赞赏，另一方面又使得对他作品的解读总是掉入到变成从作品中寻找论据以支撑他的精神论证的窠臼。而随着新时期学术视野的敞开，西方理论和方法的引入，对拜伦作品的解读呈现出了焕然一新的面貌，且近年来有不断深化的趋势。

其三，西方学界的拜伦作品研究逐渐引起国内学者的重视。尽管现在中西拜伦研究的两个学术圈沟通甚少，但是已经有部分国内学者开始把目光转向西方学界，并从中汲取思路。在这方面，比较文学学者本身具备自觉的中西比较意识，他们有审察其他文化圈相关成果的专业研究习惯，因而在寻找作品研究话题和呈现观点的过程中表现出了明显的优势。

第二节　《唐璜》研究

《唐璜》是拜伦最重要的作品。拜伦从 1818 年 7 月 3 日开始动笔，断断续续直到 1823 年 5 月 8 日在完成了第十七章的几个诗组后便停止了写作。虽然这是一部不完整的作品，但组合起来依然有一部作品所需要的相对完整性。它不像《恰尔德·哈洛尔德游记》那样一出来就受到读者的广泛喜爱，让拜伦名利双收，相反，它的出版受到了很大的阻碍，它的接受毁誉参半，它的修订鲜为人知。西方学界长期以来对此有过大量的讨论，还有作品的叙事模式、讽刺技巧、即兴风格及形象塑造也均有涉及，并得出了一些启人思考的结论。

一、《唐璜》的出版、接受、营销与拜伦的修订

《唐璜》作为拜伦的代表作，是拜伦最为激进的作品之一，当拜伦把前两章的稿件送到出版商默里和朋友手中后，得到的反馈是：这是一部优秀作品的开端，但这更是一部异常危险的作品。如果直接以拜伦之名为作者，由默里出版，那么毫无疑问可能会给作者和出版商都带来毁灭性的后果。鉴于此，这部作品在发行之前与发行之初都是在战战兢兢的试探和商讨中过来的，而一经面世，遭到了潮水般的攻击，还有就是大量的盗版，一时混乱不堪。

默里和拜伦的朋友的恐惧最明显地表现在他们对前两章内容的担忧。在第一章的献词中，拜伦就直接把矛头对准了当时颇有影响力的桂冠诗人罗伯特·骚塞和华兹华斯等"湖畔派"诗人：

> 鲍伯·骚塞呵，你总算是桂冠诗人，在诗人之列中足可称为表率；虽说你摇身一变，当上托利党员，您这种情形近来倒不算例外。头号的叛徒呵！你在作何消遣？可是和"湖畔居士"们在朝野徘徊？依我看，都是一窠里卖唱的先生，倒像"两打画眉挤进一块馅饼"。[12]

整篇包含 17 个诗组的献词对骚塞用了如"卑鄙"、"可耻"、"恶心"等词，政治攻击和诗技嘲讽的色彩极其明显。而《唐璜》的第一章介绍了主人公的西班牙贵族家庭出身，母亲有良好的教养，但是父母不和，根据描述，应当是隐射拜伦与米尔班克的分居事件。年仅十六岁的唐璜与母亲的一位朋友、嫁入贵族家庭的朱丽亚偷情，被发现后裸身逃窜回家。为了平缓事件，母亲让唐璜出门远游。第二章接续第一章，描写唐璜旅途中遭遇沉船事故，幸运的唐璜被一个海岛上的海盗之女海黛救起，两人随之又发生爱情。这不觉让读者想起拜伦与米尔班克的矛盾，必定会把话题拉回到那个最后让拜伦无所适从，不得不再次流放自己的事件中。况且在当时的英国，一部史诗这样露骨地进行政治讽刺，宣扬男女通奸，必定会被认定为极不道德。

拜伦从 1818 年 7 月 3 日开始动笔写《唐璜》第一章，9 月 19 日完成并着手写第二章，到次年 1 月 20 日写信给默里告知他已经完成第二章的写作。然而，直到 1819 年 7 月 15 日，这两章才终于出版，且是匿名出版。从写作完成至出版的这半年时间，拜伦一直与默里在洽谈出版事宜，原因很简单，就是考

---

12 [英]拜伦著，查良铮译：《唐璜（上）》，北京：人民文学出版社，2008 年，第 3-4 页。

虑到这部作品的接受问题。诗稿初到默里手中，本身就是托利党成员的默里已经习惯拜伦对托利党的嘲讽，但是这一次拜伦的言辞过于激烈，他选择删掉第一章的献词这部分再出版。这并不是出版商一方的担忧，"拜伦的伦敦朋友像霍布豪斯及默里的顾问均反对将献词与正文一起出版，因为他们害怕这部作品可能因淫秽、亵渎神明和恶意中伤而遭到起诉，甚至可能会再次激起对他的分居绯闻的讨论，这样的话拜伦的名声可能会就此毁了"[13]。

休·卢克在他的文章《拜伦〈唐璜〉的出版》详细回顾了这部作品的坎坷出版史。卢克叙述说在这种恐惧和忧虑之下，默里不断给拜伦写信，霍布豪斯也奉劝拜伦放弃出版。但是拜伦心意已决，"'在一番深思熟虑之后'，他不顾'霍布豪斯关于公众意见的该死说教'，决意要将《唐璜》出版"[14]。于是便出现了匿名出版的《唐璜》前两章，默里故意用"Thomas Davison"作为出版商的名称以避免可能要承担的法律责任，还第一次用四开本印刷，价格高昂。默里的本意是尽量避免和减少风波，结果却欲盖弥彰、适得其反。道格拉斯·金耐德（Douglas Kinnaird）给霍布豪斯写的信中宣称这部作品以这种方式出版已经失败，这种印刷和定价的方式会遭到人们的反感；约翰·威尔逊·克罗克（John Wilson Croker）给默里写信说倘若当初按照正常的方式出版，人们可能也就把它当做是一部长篇的《别波》来阅读，读者对待文字背后的讽刺要么喜欢、要么厌恶，但还不至于大声谩骂这部作品的作者和它的出版商。[15]默里的出版方式带来的另外一个后果就是盗版横行。其他一些激进的出版商嗅出了默里的恐惧和担忧，同时又看到了《唐璜》潜在的巨大市场和社会效应，于是市场上出现了大量的盗版印刷。拜伦不满于默里的做法以及市场的混乱，他称默里是"最胆怯的上帝出版商"，并把同样激进的长诗作品《审判的幻景》交给约翰·亨利出版。不久之后，默里给拜伦回信表达他的恼怒和伤心；而拜伦则淡漠地再回信宣称他不会再把《唐璜》剩余部分以及其他作品交给他出版，两人关系降至冰点。尽管默里坚持出版了《维纳》并给拜伦带来了不菲的收益，拜伦至死不愿再与默里合作。卢克在文章结尾阐述了一些自己的看法，他认为"很明显的是，要理解当时对《唐璜》的评论，须考虑到当时这部

---

13 Caroline Franklin. *Byron*. Abingdon: Routledge, 2007. p.62.

14 Hugh J. Luke, Jr. "The Publishing of Byron's *Don Juan*", *PMLA*, Vol. 80, No.3 (1965): 199-209. p.200.

15 参见 Hugh J. Luke, Jr. "The Publishing of Byron's *Don Juan*", *PMLA*, Vol. 80, No.3 (1965): 199-209. pp.200-201.

作品出版时的政治氛围，以及外在出版环境对它的影响"。政治对立的紧张与各大媒体的讨论将这部作品推上了风口浪尖，总之，"出版在1819年的夏天，是这部作品的不幸"[16]。

塞缪尔·丘的文章《〈唐璜〉的百年纪念》系统地回顾了《唐璜》从1819-1919年的接受史，作者认为这段接受史是一段"怪异的历史"（strange history）[17]，《唐璜》是英国文学史上"最成功的作品之一，同时又是所有伟大的英国诗歌中最受非议的一部"[18]。丘列举了当时几乎所有重要的评论家发表的对这部作品的评论，其中恶评主要来自骚塞、科尔顿（C. C. Colton）、威廉·莱特（William Wright）、威廉·霍恩（William Hone）等，他们主要攻击这部作品的激进政治理念和不道德倾向——"会把少女引诱到堕落的途中"，有的甚至由作品联想到作者的恶劣品质；另外还有许多诗人，也是拜伦的朋友，站出来为《唐璜》辩护，像利·亨特与杰弗里均热情地称赞作品的良好倾向，司各特考虑到拜伦在《该隐》中给他的献词，也选择对拜伦表现出宽容，还有一向对拜伦推崇备至的雪莱也称赞《唐璜》"给这个时代带来全新的东西，写得非常之美"。一言以蔽之，批评、赞扬、容忍贯穿了整个《唐璜》的百年接受史。除此之外，因为《唐璜》是一部未完成的作品，丘还列举并简要介绍了多达28部《唐璜》的续集版本以说明这部作品的魅力所在。丘总结道，《唐璜》是拜伦留在文学史上的一部伟大作品，在过去的百年间经历了风风雨雨，它在作者的名声处在风雨飘摇乃至完全没落的情况下依然经受住了时间的考验，它未来也必定能继续进入伟大作品的行列。[19]

与进入20世纪后的相对平静比，前期的接受史显然更受关注。从卢克和丘总结的《唐璜》的出版和接受史，我们可以很清晰地看到这部作品在前期比较完整的接受路线。它前两章的发行受到的主要阻碍来源于作品本身的激进内容和外部政治和社会环境的干扰，第三章至第五章的出版和前两章出版相隔接近三年时间，可以看出默里的苦衷和无奈，诗人的坚持和出版商的徘徊让

---

16 参见 Hugh J. Luke, Jr. "The Publishing of Byron's *Don Juan*", *PMLA*, Vol. 80, No.3 (1965): 199-209. p.208.

17 Samuel Chew. "The Centenary of *Don Juan*", *The American Journal of Philosophy*, Vol. 40, No. 2 (1919): 117-152, p.127.

18 Samuel Chew. "The Centenary of *Don Juan*", *The American Journal of Philosophy*, Vol. 40, No. 2 (1919): 117-152, p.117.

19 参见 Samuel Chew. "The Centenary of *Don Juan*", *The American Journal of Philosophy*, Vol. 40, No. 2 (1919): 117-152, p.150.

这部作品在期待和反对两种声音中艰难地走到了第五章的出版。剩余的十一章由约翰·亨特出版，不过这并没能避免《唐璜》被盗版、甚至他人肆意改版的势头，大量的盗版与正版在市场中鱼龙混杂。虽然不便于统计该作品发行之初的销量，但是可以肯定的是这部作品无疑是受到普通读者欢迎的，廉价的盗版书籍让更多下层社会的读者有机会阅读到这部经典作品，这为它打下扎实的读者基础有重要作用；《唐璜》中许多在当时看来不道德的行径描写也在出版行业的混乱中进入到市场，成为大众消费的产品。[20]

除了出版和接受外，还有学者就这部作品的"营销"作过讨论。哈德利.莫泽尔的博士论文《〈唐璜〉的营销与被营销的拜伦》把《唐璜》从一个诗性的文本、文学商品和文化"事件"三个维度来看待，重点探究它是如何在广告营销行业兴起的阶段取得成功的。莫泽尔主要从拜伦的写作和默里的宣传两个方面来分析，其中从拜伦方面看，他在《唐璜》第一章第一诗组的第一行就以"我有一个对英雄的需求：——一个非同寻常的需求"（I WANT a hero: --an uncommon want）这样一句话作为开端，这种以第一人称"我"表达一种"需求"在十九世纪早期是很常见的广告策略，"不清楚拜伦以这种方式开头是别有用心，还是恰巧与不久前桑普森认为很古雅的营销方式不谋而合"[21]。在当时"求……"（……wanted）是一种很普遍的广告方式，如"求商品／服务"，那么且不说拜伦究竟是有意还是无意，至少他这种在首行以无拘束的方式表达一种寻求英雄的愿望可以勾起读者的阅读兴趣和购买欲。从出版商默里方面看，也就是第二个巧合，"与其他书籍出版时在报纸内版设专栏推销书籍不一样，默里给《唐璜》打的广告直接放到首页，并和其他的商业广告放到一块"[22]。通常情况下，默里出版拜伦作品会把开篇第一个词的字母全部大写，但是《唐璜》第一章开篇的"I WANT"两个词全部大写以此来吸引注意力，莫泽尔认为这绝不是默里在印刷时出现的疏忽，而是有意为之，拜伦自己的原稿也并没有有意将"want"这个词字母大写，从后面出版的《唐璜》各种版本看，将此词大写已经形成习惯沿用至今。这样一种不经意的开篇写法、印刷时的"疏忽"和默里在报纸上的宣传，在莫泽尔看来是一种有效的广告

---

20 参见 Colette Cooligan. "The Unruly Copies of Don Juan", *Nineteenth-Century Literature*, Vol. 59, No. 4 (2005): 433-462.

21 Hadley J. Mozer. "Don Juan and the Advertising and Advertised Lord Byron." Ph. D. diss., Baylor University, 2003. p.91.

22 Hadley J. Mozer. "Don Juan and the Advertising and Advertised Lord Byron." Ph. D., Baylor University, 2003. p.95.

植入策略，在当时一定程度上吸引了读者。

上述关于《唐璜》的出版和接受的话题，除上面所提及的部分文章外，还常在多数拜伦的生平著作、《唐璜》的单行本中被提到和讨论，这是西方学界一直以来习惯关注的话题。此为《唐璜》已经上市后的现象和背后的原因探析，而实际上拜伦创作《唐璜》本身更是一个字斟句酌、精细打磨的过程。拜伦对出版有相当清醒的意识，他不会让自己的作品读起来像是粗制滥造的东西，他其实是个在乎读者的反应和对自身写作要求严格的作家。关于拜伦对《唐璜》修订过程的考究，菲利普·戴廉（Philip B. Daghlian）的《拜伦对〈布莱克伍德杂志〉上一篇文章的回应》（Byron's Observations on an Article in *Blackwood Magazine*）说拜伦经常会在通信中表达对修改手稿的痛苦，拜伦对手稿在出版前的修改是一丝不苟的；作者还通过对照《唐璜》出版后的定稿版本与起初拜伦交给出版商手上的手稿进行对比来说明这个问题。[23]但是针对此，戴廉仅列举了部分例子，并只进行了简要的论述。

另外一位学者盖伊·斯蒂芬也注意到了拜伦对《唐璜》的修订问题，他专门以该作品的第一章为例，前后发表了三篇文章《拜伦〈唐璜〉第一章的写作》（Byron at Work on Canto I of *Don Juan*, 1947）、《拜伦对〈唐璜〉第一章的打磨》（Byron Furbishing Canto I of *Don Juan*, 1949）、《〈唐璜〉第一章手稿范围内的修订》（The Extent of Ms. Revision of Canto I of *Don Juan*, 1949）集中对这一章从创作到出版那段时间的修订过程进行考察。其中《拜伦的〈唐璜〉第一章的写作》一文从三个方面来解读拜伦对第一章的写作历程，即外部反应与拜伦的坚决、手稿的分析、心理因素对写作和修订的影响。斯蒂芬再次还原了《唐璜》在出版前的事实，从伦敦传到意大利的反对出版的声音并没有动摇拜伦要出版这部作品的决心，最终他的坚持赢得了这部作品的面世；当然面对外部的反对声，拜伦也不完全是一意孤行，他针对原稿作出了一些调整，但是主体的情感基调是不变的；在创作和修订的过程中，诸如墨尔本夫人的死讯等周边发生的事情对拜伦的心理产生影响，他的情绪波动带入到了作品中。[24]在《拜伦对〈唐璜〉第一章的打磨》中，斯蒂芬通过一份由皮尔庞特·摩根捐献到图书馆的《唐璜》第一章手稿观察到，拜伦在其中的涂抹和文句增减痕迹大量存在，

---

23 参见 Philip B. Daghlian. "Byron's Observations on an Article in *Blackwood Magazine*". *The Review of English Studies*, Vol. 23, No. 90 (1947): 123-130.

24 参见 Guy Steffan. "Byron at Work on Canto I of *Don Juan*", *Modern Philosophy*, Vol. 44, No. 3 (1947): 141-164.

他将其中主要的修订痕迹大量地附于文中并逐一分析，力图说明拜伦对这一章的打磨过程本身就是一段惊人的历史："第一章的写作并不是一个快速、不间断的喷涌式过程（immediate, uninterrupted outpouring），而是一个充满了大量删减、斟酌、试验和调整的复杂过程。"[25]这些复杂的修订表现在拜伦为了让他的八行体看起来更加整齐，他争取每一个句子都尽量合韵，更重要的是他对字词的斟酌。对于那些漫谈式的内容，他写得很快，且基本不会怎么去修改，而对要表达某些特殊意义的部分，他会放慢速度，并用心琢磨字句。"他时不时地修改使得这一章由单薄变得厚重，由离散变得集中，由空洞、啰嗦、重复或过于冗长的措辞变得更加充实、更加凝练。"[26]第三篇文章《〈唐璜〉第一章手稿范围内的修订》先回顾并引用拜伦面对默里对这部作品"粗俗、不道德"的质疑，进行的回应："我可以告诉你，你上一次读到（像《唐璜》）一半这么好的诗将是很久以前……我自己已经细致地通读了一遍这部作品，我要告诉你的是，这是诗。你的那帮教堂诗人（parson-poets）想怎么说，随他们便：时间会证明我在这件事上是没有错的"；"没有哪个姑娘会因为读了《唐璜》而受到引诱"[27]。斯蒂芬认为拜伦坚持认为自己的作品能经得住时间的检验并最终成为优秀的作品，那是因为拜伦在写作的时候是以对读者负责任的态度来对待的。斯蒂芬发现拜伦写作的时候思维运转很快，但是他在执笔的时候会不断琢磨、删减、更改句子，写完一段，他会回过头自己读一遍，如果不满意，就立即再调整。虽然不大清楚他究竟会花多少时间去这样写好一个句子，但是可以肯定的是他创作这部作品的时候是费了好大一番神的。[28]从斯蒂芬对修订问题的集中讨论，我们可以明确的是，拜伦对待《唐璜》的写作和修订是细致认真的，以此有助于理解为何他在这部作品的出版和接受饱受争议的情况下依然坚持自己的立场不动摇，而这正如他自己所预见的那样，这部作品确实在历史上经受住了检验。透过文本，想象拜伦当初在深夜面对文稿思忖的场景，我们或许会为拜伦在今日收到的回报感到欣慰。

---

25 Guy Steffan. "Byron Furbishing Canto I of *Don Juan*", *Modern Philosophy*, Vol. 46, No. 4 (1949): 217-241. p.217.

26 Guy Steffan. "Byron Furbishing Canto I of *Don Juan*", *Modern Philosophy*, Vol. 46, No. 4 (1949): 217-241. p.232.

27 Guy Steffan. "The Extent of Ms. Revision of Canto I of *Don Juan*", *Studies in Philosophy*, Vol. 46, No. 3 (1949): 440-452, p.440.

28 参见 Guy Steffan. "The Extent of Ms. Revision of Canto I of *Don Juan*", *Studies in Philosophy*, Vol. 46, No. 3 (1949): 440-452, pp.445-446.

二、叙事模式、讽刺技巧与即兴风格

　　《唐璜》讲述的是一个贵族子弟的流浪故事，至少从表面上看，这部作品有一个贯穿始终的核心主人公，他的出身，他的传奇经历似乎是一部明显的史诗作品。然而，通过与 17 世纪的传统史诗对比，可以发现这部作品并不符合史诗的标准。约翰·劳伯（John Lauber）在文章《反史诗的〈唐璜〉》（*Don Juan as Anti-Epic*）指出，《唐璜》本身不是一部现代史诗，实际上它只是一部史诗的拙劣摹仿，意在抵制由新古典主义批评所倡导的史诗传统。史诗的情节一般是个体英雄的伟大冒险，而唐璜的个体经历充满偶然性，一点也称不上伟大，其中的船舶失事和抓住伊斯梅尔的情节趋近现实，悖于史诗的传奇精神；史诗的英雄必须是品德高尚的贵族，背负着伟大的使命，而唐璜却是一个凡人，随遇而安；史诗通常是不带个人色彩的，没有太多人情味，而唐璜则充满个人的喜怒哀乐情感；史诗的主要价值表现在于史诗英雄的体格健壮及其在搏斗中的勇猛，而英雄主义、战争和荣誉在《唐璜》中却被反复嘲讽和贬斥；史诗还讲究超自然的力量对人类事物的干预，而唐璜的经历则完完全全来源于世俗社会。拜伦一反史诗原则的创作方法是一个大胆、充满危险的尝试。劳伯认为"《唐璜》不是一部史诗，而是一部反史诗作品"，因为它"从头至尾都是在反对或直接攻击传统史诗的结构、语言、行为和道德观，我们很难说《唐璜》是对史诗的改编或重新定义"；"拜伦几乎在《唐璜》的每一页都在提醒读者，他无疑是了解史诗传统的，但他却把它视作是一种过时的形式，这种传统对现代社会的影响需要被隔断，因为他会干扰现代诗人处理'人类的事物'；传统史诗中的道德观、战争的荣誉感和英雄主义的错误观念都对社会有误导的危险"[29]。作为长篇叙事诗的《唐璜》虽然包含有很多史诗的元素，但更像是对史诗的一种有意的拙劣模仿，拜伦不仅反对新古典主义规定的形式上的条条框框，更主张革新一些传统的道德观念，这种革新精神使得拜伦在整个浪漫主义阵营中多少显得有些格格不入。

　　我们还可以看到，《唐璜》有一个核心的主人公——唐璜，他代表拜伦自身。而拜伦本身是一个非常熟练的经验叙述者，他在《唐璜》中同样做得非常出色。他以第三人称、过去式的叙述方式将自己的旅行经历呈现出来，总体形成了一个比较有整体性的框架。但是至于说这个框架，或者说是拜伦的叙述模

29　John Lauber. "*Don Juan as Anti-Epic*", *Studies in English Literature*, 1500-1900, Vol. 8, No. 4, Nineteenth Century (1968): 607-619, p.619.

式是否严谨，有些学者认为它是经不住推敲的。威廉·马绍尔在他的著作《拜伦主要作品的结构》中说《唐璜》的叙事结构是散漫的，"叙事者一会儿表现得天真、假正经、还可能是愚蠢的，为了不至于显得荒诞，他又表现得小心翼翼；有时候他纠缠于一些琐碎的细节，担心他所叙述的东西的隐含意义；还有的时候，他又表现得世俗、轻率、甚至愤世嫉俗"[30]。马绍尔认为拜伦这样变幻无常的叙述方法好像是有无数个叙述者在发声，随着整首诗的发展，有时候主人公唐璜被随意地置于一旁，其他的声音又蹦了出来，这样就出现了有些读者所批评的问题——"《唐璜》最主要的不足就是缺乏连贯性"[31]。

　　马绍尔的观点或许可以部分地解释为什么有些学者认为这部作品不连贯的原因，但也有的学者不赞成这种解释。乔治·里德诺在他的文章《拜伦〈唐璜〉的模式》中就不赞成马绍尔的观点，理由有三：其一，读者在阅读这部作品的时候就已经在头脑里意识到，他们读的是一个大家熟悉的诗人作品，这个诗人是要带领读者进入唐璜的冒险事件，且这段经历带有自传性质；其二，马绍尔认为的拜伦的讽刺没有很好地体现在叙述中，讽刺只是他的最终目的，而里德诺认为马绍尔显然是拿'浪漫主义讽刺'一刀切，这种切分法不适用于分析《唐璜》；其三，作品中出现的各种各样的声音之间并不矛盾，这些叙事声音都来自于一个主体，尽管它们会如马绍尔所说的那样很不一致，但那些不同的声音实际上都是幻象。因此那些不同的叙事声音都可以归入到一个首尾一致的叙事者，这是拜伦叙事作品的一个重要特征。里德诺说"《唐璜》中的叙述幻象在某种程度上是丰富多彩的"，拜伦的讽刺"不在于把所有东西都附上讽刺色彩，而是在有限的方式中创造对同一些关注点的不同表现形式，而这些方式本身就变得具有讽刺性了"[32]。

　　诚然，拜伦在撰写《唐璜》的时候确实没有一个整体性的计划，他自己在1819年8月12日写给默里的信中说道："您问我撰写《唐璜》的计划是什么样的，我现在没有什么想法，过去也没有拟定过计划，但是我有材料。"[33]没

---

30 William H. Marshall, *The Structure of Byron's Major Poems*, Philadelphia: University of Pennsylvania Press, 1974. p.176.

31 William H. Marshall, *The Structure of Byron's Major Poems*, Philadelphia: University of Pennsylvania Press, 1974. p.176.

32 参见 George M. Ridenour. "The Mode of Byron's *Don Juan*", *PMLA*, Vol. 79, No. 4 (1964): 442-446, pp.442-443.

33 Thomas Moore. *Letters and Journals of Lord Byron: With Notice of His Life*. Paris: J. Smith, 1831. p.306.

有计划就是想到哪写到哪，或者是根据手头自己掌握的材料，随性发挥，所以才会与浪漫主义主流的叙述传统不符。主流传统是什么样的呢？杰罗姆·麦甘（Jerome Mecgann）曾经根据柯勒律治的观点总结为"诗歌是源自于有组织的想象力，这种想象力可以将散碎的部分融为一体"，麦甘还认为"这种理论与形式主义的传统相对接，并从那之后统领了学界的思想"[34]。基于此，也就能很好地理解为什么《唐璜》没有被列入浪漫主义叙事诗的范畴，"尽管学界一致认为拜伦在有些方面是革新性的，但是他们还是没能找到合适的词汇来描述拜伦这部最伟大作品的个性"，最终我们现在最常见到的词便是"穿插式的"（episodic）、"传奇式的"（picaresque）。

叙事模式直接与讽刺技巧相关，前者的革新导致整部作品在浪漫主义文学传统观照下显得"不伦不类"，在学术话语层面同样苦于没有合适的表达，这种影响自然波及到作品讽刺技巧的论辩和效果分析。如上述马绍尔根据他对《唐璜》的叙事模式的分析，牵连性地得出结论："它（《唐璜》）算不上是讽刺，因为它在描述现实的荒谬性之后，最终没有隐射理想。它的讽刺是结点式的，而不是工具式的；整部作品是一个复杂的个人独白式的叙述，叙事者对全局语境没有整体性的意识，他频繁地向读者呈现超出作品语境本身所能传达给读者的内容。"[35]马绍尔的这种分析方法得到了部分学者的认同，其中最典型的当属梅耶·艾布拉姆斯（Meyer H. Abrams）——"柯勒律治传统在现代评论界的代言人"[36]，他认为拜伦是以一种讽刺式的反调来言说方式来打开一个讽刺的视角，这与浪漫主义的传统相悖，[37]因此他把拜伦排除在自然的超自然主义诗人行列之外。

由主流的浪漫主义讽刺传统来检验拜伦在《唐璜》中的讽刺技巧，得出的结论必然是消极的。既然按照这种思路无法解释拜伦的用意，那么换一个思路或许会有不同的发现。弗雷德里克·贝蒂（Frederick L. Beaty）在他的专著《作为讽刺作家的拜伦》（*Byron the Satirist*）用了四章——《〈唐璜〉发行

34　Jerome Mecgann. *Don Juan in Context*, Chicago: University of Chicago Press, 1976. p.109.

35　William H. Marshall, *The Structure of Byron's Major Poems*, Philadelphia: University of Pennsylvania Press, 1974. p.177.

36　J. Jakub Pitha. "Narrative Theory and Romantic Poetry," Ph. D.diss., University of South Carolina, 1999. p.142.

37　参见 M. H. Abrams. *Natural Supernaturalism: Tradition and Revolution in Romantic Literature*. New York and London: W. W. Norton & Company, 1971. p.13.

中的挑战与回应》（Challenge and Response in the Evolution of *Don Juan*）、《〈唐璜〉中用作讽刺工具的叙事者》（The Narrator as Satiric Device in *Don Juan*）、《〈唐璜〉的讽刺形式》（Satiric Form in *Don Juan*）、《〈唐璜〉中作为讽刺靶子的社会动物》（The Social Animal as the Buff of Satire in *Don Juan*）来专门论述《唐璜》的讽刺艺术。《〈唐璜〉发行中的挑战与回应》主要以《唐璜》前两章发行前遭遇到的挑战以及发行后受到的回应为线索，重新梳理了这段发行历史，在整理的同时，贝蒂提出了一些自己的看法，他认为《唐璜》出版发行的抗争史实质上就是拜伦的讽刺方式与传统方式的抗争史，拜伦坚持要求《唐璜》必须出版表明了他要达到讽刺目的的决心，外界反对《唐璜》的声音越大，越是说明公众迫切需要这样一部作品来揭露事实；《唐璜》的讽刺目的有二：一是创立一种反传统英雄史诗的体裁，二是批判骚塞的政治变节。[38]《〈唐璜〉中用作讽刺工具的叙事者》围绕叙事者自身与唐璜这个主人公，说明两者之间的关联。作为叙事者的拜伦需要为自己戴上一副面具，同时又要时时跟在唐璜这个主人公身边，在为主人公发声的同时还要注意保持叙事者自身的独立姿态，拜伦在这一点上经常使两者的界限显得很模糊。最主要的同时也是遭许多学者诟病的是叙事声音问题，即拜伦让很多其他的声音穿插到了叙事当中，这些声音很多甚至是互相矛盾的，而拜伦这个核心叙事者又统摄了全部这些声音，因而表面上看起来显得混乱不堪。而这在贝蒂看来，这些矛盾正说明了人类思想的复杂性，这些冲突可能是美好愿望与实际情况的偏差，一种思想设定后，其他思想又可能以不经意的方式蹦出来，这并不是说作者没有一个坚定的思想立场，而正是拜伦怀疑主义思想的体现。[39]《〈唐璜〉的讽刺形式》侧重于讨论拜伦所运用的讽刺形式。麦甘说拜伦的讽刺艺术概念不在于形式内部的整一性，而是借鉴了贺拉斯的传统，即重视讽刺的修辞和它的功用。[40]贝蒂赞成麦甘的观点并指出"拜伦的形式就是无形式，这准确地反映了拜伦的人生观和人世的混乱，以及世界的不和谐

---

38 贝蒂认为拜伦之所以攻击骚塞，是因为在两年前，也即 1816 年，骚塞散布谣言说拜伦与雪莱、克莱尔·克莱尔蒙特、玛丽·戈德温四人之间滥交，拜伦觉得有必要为自己辩护。（参见 Frederick L. Beaty. *Byron the Satirist*, Dekalb: Northern Illinois University Press, 1985. pp.104-122.）

39 参见 Frederick L. Beaty. *Byron the Satirist*, Dekalb: Northern Illinois University Press, 1985. pp.123-137.

40 参见 Jerome Mecgann. *Don Juan in Context*, Chicago: University of Chicago Press, 1976. pp.109-110.

与不可预见性"[41]。反映在具体的文本中，即是拜伦的反史诗式写法。最后一章《〈唐璜〉中作为讽刺靶子的社会动物》，贝蒂指出拜伦集中讽刺的是人性中丑陋的一面。唐璜生存在一个道德沦丧的社会，在受到喀萨琳女王引诱他自我放纵之前，他内在还一直保有纯洁的一面，这反映了人作为社会动物依然受到原始欲望的支配，人性在社会中免不了要受到污染。"拜伦将自私认定为人类的最大问题，自私最常表现为个人的喜悦建基于他人的痛苦之上。对权力、荣誉、名声的欲望可以归结为人对自身强化的渴求，即便是那些已经拥有权力的人也不例外，最初都是受到利己主义的驱使。"[42]如此，人总有各种各样的欲求需要满足，财富因为代表了终极权力，所以成为了最高的神性；即便是人间的爱也成了一种奢望，"正如拜伦所描绘的这个世界那样，真爱稀罕，婚姻的幸福转瞬即逝"[43]。

贝蒂从《唐璜》面世时候的"遭际"谈起，接着引出这部作品在叙事者和讽刺形式、讽刺意图几个方面，系统地论述拜伦的讽刺技巧，全面且颇有说服力，拜伦这种一反传统的方式让他在浪漫主义讽刺艺术上拓展了一块新的空间，贝蒂正是从不同于从柯勒律治到艾布拉姆斯的思路寻找到了另外一条阐释拜伦讽刺艺术的路径。还有其他西方学者对相关问题的讨论也基本不出这些方面，除了伊莲娜·库尔兹娃（Irena Kurzová）的《拜伦、浦尔契与阿里奥斯托：浪漫主义的讽刺技巧》（Byron, Pulci, and Ariosto: Technique of Romantic Irony）。库尔兹娃认为拜伦的讽刺技巧受到了浦尔契戏仿英雄体（mock-heroic）风格的影响，[44]"拜伦将浪漫主义的讽刺技巧推向了一个极端，并使之'变形'，……浦尔契借鉴了中世纪的正规传统，阿里奥斯托在这一传统中加入了讽刺，而拜伦则'打趣'（play with）了一番先前史诗传统中的严肃技巧"[45]。

库尔兹娃的文章还带出了《唐璜》的另一个特征——即兴风格（improvisatory style），一种半戏谑半严肃的语调风格，没有严格的韵律规范。当这部作品一出版，铺天盖地的批判声中就有很多是针对这一风格的。例如骚塞首当其冲取笑

41 Frederick L. Beaty. *Byron the Satirist*, Dekalb: Northern Illinois University Press, 1985. p.138.

42 Frederick L. Beaty. *Byron the Satirist*, Dekalb: Northern Illinois University Press, 1985. p.151.

43 Frederick L. Beaty. *Byron the Satirist*, Dekalb: Northern Illinois University Press, 1985. p.152.

44 关于拜伦的即兴风格受到意大利文学的影响，本书在后文辟专章有论述。

45 Irena Kurzová. "Byron, Pulci, and Ariosto: Technique of Romantic Irony", *Neophilologus*, Vol. 99, No. 1 (2015): 1-13, pp.11-12.

它是一部"碎碎叨叨的打油诗"（flippant doggrel）；[46]马修·阿诺德说这种风格"过于潦草、粗糙、不适"，以至整部作品看上去像是"一部粗制滥造的产品"（bad worksmanship）；[47]托马斯·艾略特也说那就像是"学童写出来的语言"（schoolboy command of the language）[48]等。有差评也有好评，著名的拜伦研究学者麦甘认为《唐璜》是一部不论是在文学还是社会术语上都带有"否定规范"（repudiates formality）[49]的风格，吉姆·可可（Jim Cocola）拉也站在为拜伦辩护的立场，认为这种表面上的拜伦式任意性"实质上是在细致地筛选和复杂的情感驱动下的结晶"[50]。或许我们可以说，拜伦这种无韵或散韵的风格，外加时而戏谑时而严肃的语调，是一种诗歌体裁上的革新尝试，他是在迂回式地表达他的思想，且隐秘地营造了一种曲折的讽刺效果。他用这种风格的用意，或许用拜伦自己的话来解释最为贴切不过了。在《唐璜》的第十五章第 19 和 20 诗组，拜伦这样坦白道：

> 我在景色万千的生命大海上，
>
> 只选择了一个卑微的海峭栖身，
>
> 我不大注意人们所谓的荣誉，
>
> 而是着眼于用什么材料填进
>
> 这篇故事里，也不管是否合辙，
>
> 我从不搜索枯肠，作半日苦吟；
>
> 我的絮叨就好像是我在骑马
>
> 或散步时，和任何人的随意谈话。
>
> 我不知道在这种乱弹的诗中（desultory rhyme）
>
> 是否能表现多少新颖的诗才；
>
> ……
>
> 无论如何，在这篇毫无规律的

46 Donald H. Reimaned., *The Romantics Reviewed: Contemporary Reviews of British Romantic Writers*, 3 parts. New York: Garland, 1972. part B, vol. 2, p.299.

47 R. H. Super ed.. *The Complete Prose Works of Matthew Arnold*, 11 vols. Ann Arbor: University of Michigan Press, 1960, Vol. 9. p.225.

48 T. S. Eliot. *On Poetry and Poets*, New York: Noonday, 1964. p.233.

49 Jim Cocola. "Renunciations of Rhyme in Byron's *Don Juan*", *Studies in English Literature, 1500-1900*, Vol. 49, No. 4, The Nineteenth Century (2009): 841-862, p.845.

50 Jim Cocola. "Renunciations of Rhyme in Byron's *Don Juan*", *Studies in English Literature, 1500-1900*, Vol. 49, No. 4, The Nineteenth Century (2009): 841-862, p.842.

韵律中，你不会看到一点媚态；

我只凭意兴之所至（just as I feel the 'Improvvisatore'），写出那浮现在我脑中的旧事或新话。[51]

三、形象的塑造

拜伦在《唐璜》中再塑了唐璜这一经典的形象，之所以说是"再塑"，是因为唐璜这一人物并不是拜伦的独创，学界普遍认为拜伦的《唐璜》受启于一个西班牙民间传说[52]，基于这个故事和借用这个主人公，拜伦又根据自己的经验塑造了一个拜伦式的人物。虽然是处于两个不同的时代，拜伦作为叙事者与主人公有很多契合的地方，可以说唐璜的声音几乎完全就是叙事者自己的声音，不同的是唐璜是在自发地用身体感知，而叙事者在反思人本意识，就像迈克尔·约瑟夫（Michael K. Joseph）说的那样，拜伦的叙事过程就是一个"自我编导（self-dramatisation）与自我消解（self-detachment）同时进行"[53]的过程。

那么拜伦再塑的唐璜是什么样的形象呢？如同拜伦的《唐璜》刚出版时引起的反应那样，唐璜的形象总是与魅惑、欺瞒、不道德、无信仰、荒诞等这些负面的词相关联，总之拜伦创造这样一个形象至少在当时看来就像是在给自己"招黑"。明知如此，拜伦依旧坚持让这个形象进入到读者群，并宣称不会误导人们的价值判断。西尔维娅·厄特巴克在文章《唐璜与心灵感应的表征》归纳了历史上几乎所有版本的唐璜的形象特征，并拿拜伦塑造的唐璜形象与先前其他作家塑造的相比较，作者认为"拜伦的英雄与早期的唐璜形象不同在于，前者对于女性具有难以抗拒之魅力，以至于唐璜是被不同的女性引诱，而不是唐璜主动去引诱她们，拜伦只不过是照着传统的方式书写了自己的唐璜的流浪生涯"[54]。

厄特巴克的观点颠覆了起初评论界对唐璜形象的反面定义，为唐璜澄清也就是在为拜伦平反。这种循着唐璜来反思拜伦的方法同样也被其他学者运用。

---

51 [英]拜伦著，查良铮译：《唐璜（下）》，北京：人民文学出版社，2008年，第747页。（英文版可参见 Lord Byron. *Don Juan*, Boston: Phillips, Sampson, and Company, 1858. p.465-466.）

52 该传说在1630年由一个叫 Tirso de Molina 的西班牙僧人改编成一部伦理剧——*El Burlador de Sevilla, y Comidada de Piedra*，拜伦一定是读过或者知道这个故事的。（参见 Caroline Franklin. *Byron*. Abingdon: Routledge, 2007. pp.65-66.）

53 Michael K. Joseph. *Byron the Poet*, London: Victor Gollancz, 1964. p.196.

54 Sylvia Walsh Utterback. "*Don Juan* and the Representation of Spiritual Sensuousness", *Journal of the American Academy of Religion*, Vol. 47, No. 4 (1979): 627-644, p.629.

乔治·里德诺在《〈唐璜〉的风格》一书中指出，"拜伦是一个声名狼藉的反叛者，而且他的反叛后来没有得到客观意义上的高度认可。但拜伦又不是一个始终如一的反叛者"[55]。里德诺的观点得到了迈克尔·罗伯特森（J. Michael Robertson）的认同，他说"拜伦显然有愧于他的不坚定，他一直谴责贵族社会是绝对的，但他与贵族社会的决裂只是部分的"[56]，他身上还留存有贵族式的痕迹，比如继承勋爵头衔，娶贵族妇女，同时他的"个人主义最终又使得他站在了社会贵族的对立面"[57]，矛盾的是他需要借助个人主义来获得反叛的力量，而他的个人主义能获得独特性又得益于他的贵族身份。换句话说，拜伦本质上没有完全抛弃他的贵族传统，不论是现实中的他还是作品中的他始终与"人民"保持着距离；偶尔地利用个人主义来暂时地脱离贵族传统有助于他更好地判断人性，他的贵族传统又能确保他的个人主义能引起足够的关注、获得发声所需要的权威。他只是很巧妙地将两者结合起来，相互促成、相互确证。

除了唐璜与拜伦两个互相映照的形象外，还有学者探究了拜伦在《唐璜》中设立的女性形象。乔安娜·拉普夫（Joanna E. Rapf）的文章《拜伦式女主角：乱伦与创造过程》（The Byronic Heroine: Incest and the Creative Process）列举了拜伦在《唐璜》中设置的三类女性——唐娜·伊内兹、喀萨琳女王、海黛，以说明"拜伦鄙视的不是所有的女性"[58]。伊内兹看似完美，但是"在这个古怪的世界却乏味而枯索"[59]；喀萨琳想要变得比男人更强大，一心追求她的光荣事业；海黛"和自然为伴"、"是激情所生"，"她生来只为了爱，为了选中了一个情人，就和他共一条心肠"[60]。"海黛就是拜伦心目中的理想女性，美丽而坚定"[61]，是他要歌赞的类型。她既不羸弱也不愚笨，还能与他的英雄一

55　George M. Ridenour. *The Style of Don Juan*, New Heaven: Yale University Press, 1960. pp.11-12.

56　J. Michael Robertson. "Aristrocratic Individualism in Byron's Don Juan", *Studies in English Literature*, 1500-1900, Vol. 17, No. 4, Nineteenth Century (1977): 639-655. p.640.

57　J. Michael Robertson. "Aristrocratic Individualism in Byron's Don Juan", *Studies in English Literature*, 1500-1900, Vol. 17, No. 4, Nineteenth Century (1977): 639-655. p.642.

58　Joanna E. Rapf. "The Byronic Heroine: Incest and the Creative Process", *Studies in English Literature*, 1500-1900, Vol. 21, No. 4, Nineteenth Century (1981): 637-645, p.638.

59　[英]拜伦著，查良铮译：《唐璜（上）》，北京：人民文学出版社，2008 年，第 23 页。

60　[英]拜伦著，查良铮译：《唐璜（上）》，北京：人民文学出版社，2008 年，第 183 页。

61　Joanna E. Rapf. "The Byronic Heroine: Incest and the Creative Process", *Studies in English Literature*, 1500-1900, Vol. 21, No. 4, Nineteenth Century (1981): 637-645, p.639.

条心。拉普夫认为拜伦式英雄是自私的，而海黛是无私的，海黛是唐璜必要的对立面。"在表面上他（唐璜）表现得坚韧，她（海黛）看起来柔软，她将他内在所感外在化，反之，他之于她亦然。他耽于冥思，她出于本性，因此在关键时刻，他趋于被动，她采取行动。……唐璜是大海的被动受害者，海黛是他的救星。"[62]因此，相对于其他普通女性，海黛才是拜伦心目中的完美女性形象。然而，作品只是作家的"白日梦"，现实中的女性总是有这样或那样的缺陷，理想的女性在现实生活中几乎不可能存在，拜伦对女性的厌倦也侧面反映了他在现实中寻求理想女性而不得的失落，于是只能在作品中自我创造，以此与自己设置的拜伦式英雄相互映照。

当然，对于《唐璜》这样一部经典的作品，学界的关注点不止于此。还有一些关于《唐璜》受到的影响渊源、对后世的影响、唐璜所代表的拜伦式英雄、东方书写、宗教哲学思想等均会在后文另辟章节进行介绍与评述。

第三节 《恰尔德·哈洛尔德游记》研究

《游记》四章的内容主要来源于拜伦两次欧洲大陆和近东之旅的见闻和精神体验，前面两章为拜伦在整个西方世界带来了极大的声誉，但是后两章的写作革新伴随着他的生平起伏，在当时没有得到客观公正的对待，在评价上也因为缺乏一套能与之相适应的标准而被批判。西方学者对这部作品，尤其是后两章的主要内容与写作动机、叙事技法与语言风格、以及由这部作品引发的与卢梭的比较成为了英语世界对《游记》研究的主要方面。

一、主要内容与写作动机

拜伦从 1809 年 10 月 31 日在阿尔巴尼亚开始动笔写《游记》，第一章写的是作者从葡萄牙到西班牙的见闻和联想，第二章则写希腊见闻以及作者对希腊的歌咏和伤感。如拜伦自己所述，"下面的这些诗（指的是第一章与第二章），大部分就在它们所描写的地点写成。作者在阿尔巴尼亚开始写这部诗，因此关于西班牙和葡萄牙的部分是后来根据他在那两国的见闻补写的"[63]。经

---

62 Joanna E. Rapf. "The Byronic Heroine: Incest and the Creative Process", *Studies in English Literature*, 1500-1900, Vol. 21, No. 4, Nineteenth Century (1981): 637-645, p.640.

63 [英]拜伦著：《恰尔德·哈洛尔德游记》，杨熙龄译，上海：上海译文出版社，1990年，第 1 页。

过无数次的修订和协调，这两章终于在 1812 年 3 月在伦敦出版，然后迅速使得拜伦成为他这个年龄段名声最大的诗人，他自己也感慨"早上一觉醒来，发现自己已经成名"（I woke up one morning, and found myself famous）。而实际上拜伦的案例也是一个先前已有天资展现，但是默默无闻的典型，在获得成功之前曾经付出了巨大的努力。

第三章开始于 1816 年 5 月初（可能是 1-5 日），同年 8 月完成，11 月 18 日出版。描写的是从荷兰到沿着莱茵河，再到瑞士日内瓦的见闻和感悟，这可能是拜伦短暂的一生最忧郁的时段。这一章出版后不但没有进一步让拜伦的声誉上升，反而因为与前面两章的不连贯而遭到批评，这种批评与前面两章获得的声誉形成鲜明对比，因而这种批评的声音被放大。这时候，"一篇由瓦尔特·司各特撰写的公正、宽容的文章，刊登在《评论季刊》（Quarterly Review），不仅让那些企图诋毁这一伟大诗章的吹毛求疵者闭嘴，而且比拜伦还获得了更大的影响"[64]。慧眼识珠的司各特及时地阻止了因为对这一章的片面论断，而借机与先前的拜伦绯闻挂钩来攻击拜伦的倾向。第四章动笔于 1817 年 6 月，完成于次年 1 月。这一章是拜伦专心致志完成于威尼斯的成果，它"很快就在伦敦出版，将作者的名声带到了一个前所未有的高度。它是他所有作品中最为华丽、最富激情、最为庄重的一章"[65]。

整部作品四章描写的景致不同，语言风格和情感都有一定的变化。西方学者论及这部作品大多数时候都是选取前两章，或者集中对第三章或第四章进行解读，文本细读和心理探析是对这部作品思想内容研究的主要特点。就第一章而言，保罗·艾丽奇的《迷惘中的哈洛尔德》（Byron's Harold at Sea）交代了拜伦第一次欧洲大陆和近东之旅的背景，并就他写第一章的迷惘心境进行了论析。艾丽奇认为拜伦在动笔之前刚大学毕业，在英国诗坛小试牛刀地出版了一些作品，但是没有获得多大认可，因此反映在第一章，就是开篇的离别忧愁，还夹杂着一些忧虑和迷惘。"非陈诗何以展其义，非长歌何以骋其情"[66]，他当时的心理压力和情感矛盾促使他选择长诗这一体裁。但是这种迷惘的情感矛盾不是真正因

64　Moore, Walter Scott etc. ed. *The Complete Works of Lord Byron*, Paris: A and W. Galignani and Co., 1835. p.67.

65　Moore, Walter Scott etc. ed. *The Complete Works of Lord Byron*, Paris: A and W. Galignani and Co., 1835. p.67.

66　钟嵘《诗品序》句。（参见郭绍虞主编：《中国历代文论选（第一册）》，上海：上海古籍出版社，1979 年，第 309 页。）

为离别的不舍，而是表面上的不舍背后隐藏的喜悦。艾丽奇赞成麦甘的看法，即认为"开篇的诗组和当时的语境告诉我们许多关于拜伦式离别的内容，还有穿插在其中的不实的谦逊，而不是典型的含混，与离别的关系"；拜伦开头召唤缪斯实质上是为了表达他内心带有点邪恶的狂喜。[67]他表面的离别伤感与他内心的狂喜形成了鲜明的对比，伤感的诗组吟咏的是一场没有任何感慨的离别。200 行左右的吟咏之后突然转入到旅途的兴奋之中，这种转变的不自然性更说明了这一点。但是情感又在叙述中不自觉地表现了诗人在漂泊中的孤独，待到这一章的末尾，诗人又缅怀起自己的朋友，离情别绪再次燃起。离开一个自己熟悉的地方去寻找游历的目的地，在目的地的陌生感和孤独感又让诗人重新想起当初的离别，最后哀叹朋友温菲尔德的去世作为这一章的结尾。艾丽奇按照这一章的诗组顺序，详细地解读了拜伦的情感变化，在分析中还参照了多位其他学者的见解，使得整篇文章对拜伦心理情感矛盾的演化还原地格外清晰。

读完第二章我们还可以惊奇地发现，这一章的结尾与第一章的结尾是形成互文关系的，同样都是对亲朋死去的伤感。艾丽奇在文章《断裂的关联：〈恰尔德·哈洛尔德游记〉第一章和第二章的结尾》（Chasms in Connections: Byron Ending (in) *Childe Harold's Pilgrimage* 1 and 2）同样用细读文本的方法，结合当时拜伦的信件与经历对第一章与第二章进行了分析和比照。第一章的结尾拜伦哀悼温菲尔德之死，第二章的结尾哀悼的是母亲和马修斯等数位亲友的离开。艾丽奇认为拜伦这样设置一方面确是有感于那么多亲朋友的突然离去，这在他与霍布豪斯的通信中可以看出来，这种伤痛让漂泊在外的拜伦加重了他的孤寂感，他的这种情感在写作中是自然的流露；但是另一方面这又是"策略性的"（strategic），因为这样与第一章开头显得有些冷淡的告别辞有些格格不入，或者说是突兀感。艾丽奇认为他这样做有可能是为了迎合读者，冲淡读者对第一章开头的冷淡印象，以及减少评论家可能带来的一些攻击。[68]

循着这种方法，艾丽奇的文章《隔着栅栏的谈话：拜伦《游记》第三章的障碍与调解》（Talking through the Grate: Interdict and Mediation in Byron's *Pilgrimage*, Canto 3）就第三章的内容，分析拜伦在这一章的写作动机和情感矛盾。第三章写作的开启有着"过山车"似的背景，从一夜成名到名声败裂，

---

67 参见 W Paul Elledge, "Byron's Harold at Sea", *Papers on Language and Literature*, Vol. 22, Issue 2 (1986): 154-164. pp.155-156.

68 参见 W Paul Elledge. "Chasms in Connections: Byron Ending (in) *Childe Harold's Pilgrimage* 1 and 2", *ELH*, Vol. 62, No. 1, 1995: 121-148.

拜伦在这期间经历了与米尔班克的分居事件，与奥古斯塔的乱伦绯闻，所以他在第二次放逐自己、写作这一章之前面对的是"国内的不幸和社会的驱逐"（domestic disaster and social banishment）。[69]艾丽奇提到麦甘关于第三章的观点，即认为"拜伦在这一章是在自我反省，以及为自己在公众面前的一个辩解，他的表达尝试是希望与他婚姻失败及英国公众对这一事件反应达成和解"[70]。艾丽奇则指出，"这一章生动地题写的是离别——复写的是分居（事件）——随附着他与英国公众的关系的担忧，他尝试与他的读者进行再次协调，同时又害怕他们会因为站到拜伦夫人同样的立场而归咎于他，从而疏远他"[71]。作者以拜伦写给奥古斯塔的一封信入手，分析拜伦在试探着与奥古斯塔联系并说服她过来看望他，他一方面渴望恢复原来那种亲密的关系，另一方面他自己又不自觉地在他们之间树立起了一道障碍，这道障碍有可能是"传统规范，也有可能是罪恶感"。拜伦把这一章献给自己的女儿艾达，同样也是为了博得读者对他的同情，既期望与作为自己潜在的未来读者的女儿协调，同时又期待英国公众能给予他一个自我解释的机会。所以在这一章开头，他表达了对女儿的爱，结尾处又以寄希望女儿能够理解和原谅他的口吻来表达对她的爱和自己当时的苦衷。艾丽奇的三篇文章通过几乎是逐字逐句地精读与文本外的因素结合来揣测拜伦的写作安排，既有主观推理，也有事实材料作为辅证，因而对拜伦的文本解读有一定启发作用。

拜伦把第四章献给了好友霍布豪斯作为对他无私友谊的感恩。他们两人一起从瑞士游历到威尼斯，后来又有比较长的时间待在罗马、拉米拉和威尼斯等地，拜伦很感激他创作这一章时候的陪伴，霍布豪斯自己也荣幸能作为这一章创作的见证者。欧内斯特·柯勒律治（Ernest Hartley Coleridge）联想到雪莱对第三章的作用，推断"第四章揭示了霍布豪斯的在场与协作。作为比拜伦年长的诗人，他掌握了许多新概念，可能是对自然的新感知；作为拜伦毕生的朋友，他拥有对艺术的热情，细致入微"[72]。霍布豪斯自己也回忆说最初这一章

---

69 参见 W Paul Elledge. "Talking through the Grate: Interdict and Mediation in Byron's *Pilgrimage*, Canto 3", *Essays in Literature*, 21 (1994):200-217. p.201.

70 Jerome J. Mcgann ed.. Lord Byron: *The Complete Poetical Works*, Oxford: Oxford University Press, 1986. p.300.

71 W Paul Elledge. "Talking through the Grate: Interdict and Mediation in Byron's *Pilgrimage*, Canto 3", *Essays in Literature*, 21 (1994):200-217. p.201.

72 Ernest H. Coleridge ed. *The Works of Lord Byron: Poetry*, Volume II, London: John Murray, 1904, p.315

没有这么长，后来他给拜伦列了一些对象，并在与拜伦的谈话中说出了自己认为可以添加的理由，最终拜伦对之予以采纳。[73]如此看来，霍布豪斯对这一章的部分内容有着脱不开的关联，但安德鲁·卢瑟福（Andrew Rutherford）在进行考证之后，认为不仅柯勒律治夸大了霍布豪斯的影响，而且霍布豪斯自己也夸大了自己的作用。卢瑟福从时间上进行排查，发现在霍布豪斯之前，拜伦已经将原有的主要内容拟好，在旅途中拜伦主要凭借的还是自己的古典教育和知识积累；此外，霍布豪斯对艺术的鉴赏力于拜伦写作也没有直接的影响。[74]卢瑟福力图证明霍布豪斯对拜伦的外在影响确实存在，但是就写作内容和艺术启迪的作用有限，拜伦将这一章献给他主要还是对他的陪伴和帮助的感激，而不是他对自己写作灵感的贡献。

二、叙事技法与语言风格

《游记》是一部长篇叙事诗，拜伦的叙事策略和内容的结构编排是学界主要关注的地方。令人困惑的是，拜伦的第一章和第二章不论是书写的内容和叙事的形式相对而言都比较中规中矩，作者创造了一个若即若离的主人公，交代了他的身份，然后叙事者跟着主人公的足迹将所见所闻记下来，并适时地发表一番见解，这比较符合当时读者和评论者的喜好，因此给拜伦带来了巨大的效益。而后两章是拜伦经历过一段很不平静的时期后的写作成果，叙事策略和语言风格均发生了一定的变化，这种变化可以被视为拜伦的写作实验，然而这种革新就像其中试图与读者和评论家们协商的内容一样，并没有受到当时人们应有的充分理解和认可。这充满了争议的后面两章，分歧愈大，愈加说明这两章值得更多的聚焦。

第三章刚发表的时候，华兹华斯首先就站出来说这一章有剽窃的嫌疑，他指出他的"《丁登寺》完全就是这一章的（影响）源头"[75]，因为华兹华斯的《丁登寺》是献给他的姐姐多萝西，而拜伦则相应地献给他的女儿艾达；更主要的是拜伦能动地融情于景的方法与华兹华斯"感情赋予行为和场景以意

---

73 参见 Andrew Rutherford. "The Influence of Hobhouse on *Childe Harold's Pilgrimage*, Canto IV", *The Review of English Studies*, Vol. 12, No. 48 (1961): 391-397, p.392.

74 参见 Andrew Rutherford. "The Influence of Hobhouse on *Childe Harold's Pilgrimage*, Canto IV", *The Review of English Studies*, Vol. 12, No. 48 (1961): 391-397, pp.393-396.

75 John Russell ed.. *Memoirs, Journal, and Correspondence of Thomas Moore*, 1853-1856, 8 vols, Boston: Little, Brown and Co., vol3, p.161.

义，而非行为和场景赋予感情以重要性"[76]的技法非常接近。这究竟是一场巧合还是拜伦真的借鉴了华兹华斯我们不得而知，但是这一章相对于前两章而言确为一种革新的尝试，正如詹姆斯·希尔（James L. Hill）所认为的那样，拜伦对华兹华斯的学习让拜伦的写作技巧得到提升，且为两位诗人的关系提供了一些可能存在的关联的线索，不过更为关键的是，"拜伦（的实验）已经超过了华兹华斯，并且这种认识的深度也不是华兹华斯曾企及的"[77]。希尔在《意识叙述的实验：拜伦、华兹华斯与〈游记〉的第三、四章》一文中比照了两位诗人在两部作品中的共性，然后把大篇幅用于论证拜伦的革新实验。希尔指出，拜伦与华兹华斯最大的不一样是他在叙事中用的现在进行时态（the present tense）。"作为一种叙事时态，现在进行时是一种戏剧的时态，它模拟事件发生时候的情境"[78]，这样营造出的戏剧效果，附带而来的还有对事件发展的不可预见性的心理效应。《游记》的第三、四章都采用了这种叙事技法，以第四章的开头为例：

> 我正站在威尼斯的叹息桥上面，
>
> 一边是宫殿，而另一边却是牢房。
>
> 举目看去，许多建筑物从河上涌现，
>
> 仿佛魔术师把魔棍一指，出现了幻象
>
> ……
>
> 威尼斯，就在那儿庄严地坐镇着一百个海岛！[79]

希尔认为，拜伦实时地呈现给读者的一幅幅景象，既有即目所见，亦有根据对威尼斯已有的知识而来的想象，况且威尼斯本来就是一个激发想象的理想古城，情之所至，想象即来，这些想象出来的极具象征意义的景象"最终转化成一种可以揭示无法管控的意识过程的隐喻"[80]。希尔从华兹华斯对拜伦的启发入手，揭开了拜伦的意识叙述实验的一层层面纱，让这看似毫无章法的两

76　William Worthworth. Prose Works, ed. W. J. B. Owen and J. Smyser, Oxford: Oxford University Press, 1974, 3 vols, vol. 1. p.128.

77　James L. "Hill. Experiments in the Narrative of Consciousness: Byron, Wordsworth, and Childe Harold, Cantos 3 and 4", *ELH*, Vol. 53, No. 1, 1986: 121-140. p.123.

78　James L. "Hill. Experiments in the Narrative of Consciousness: Byron, Wordsworth, and Childe Harold, Cantos 3 and 4", *ELH*, Vol. 53, No. 1, 1986: 121-140. p.127.

79　[英]拜伦著：《恰尔德·哈洛尔德游记》，杨熙龄译，上海：上海译文出版社，1990年，第 211 页。

80　James L. "Hill. Experiments in the Narrative of Consciousness: Byron, Wordsworth, and Childe Harold, Cantos 3 and 4", *ELH*, Vol. 53, No. 1, 1986: 121-140. p.133.

章具有了远远超出当时已有范畴和概念所能解释的范围，这无疑给拜伦的叙事技法带来了一种全新的认知。

尽管拜伦的意识叙述实验作为一种重要的革新为这部作品在现代的评价体系中获得了一些肯定，但是他的结构似乎还是一个遭人诟病的地方。威廉·马绍尔在《拜伦主要作品的结构》批评《唐璜》的结构散漫，同样地，他认为这个弊病也存在《游记》中。既然我们已经将《游记》视作是一件文学艺术作品，那么它必定有它的形式或结构，只不过在马绍尔看来，拜伦在这方面做的并不好。对此，肯尼斯·布鲁菲（Kenneth A. Bruffee）在他的文章《设置的主人公与〈恰尔德·哈洛尔德游记〉第三章的叙事结构》（The Synthetic Hero and the Narrative Structure of Childe Harold III）中提出了自己的观点："尽管《游记》第三章的结构很复杂，但它是一部比大多数人想象的结构更为规整的作品。它的形式不仅是有机的，且它还是拜伦成长为一个诗人的重要节点。从一个宽泛点的意义上说，它在整个十九世纪的文学史语境下不同寻常，甚至在现代艺术史上都意义非凡。"[81]布鲁菲认为这一章已经不再停留于个人的游记体验叙事，而是已经开始上升为一种具有普遍意义的人类共同体验的经验叙事；结构混乱只是拜伦的一种伪装，背后是一个精心设计的构造，这表现在拜伦设置的主人公身上，他时而与叙事者合而为一，时而又被完全弃置，这看似模糊的界限实际上是叙事者的别有用心，仔细分析会发现拜伦对他们的差异与作用有清晰地认识。而且拜伦描绘的不是一个单一的主人公，而是一个系列。从最初的拿破仑部分写一个被公众和私人事务击垮的沮丧的主人公，到莱茵河部分的心智不健全的主人公，再到阿尔卑斯部分的进入崇高境界的主人公，都是这个人物系列的演进。除了主人公，拜伦的精细还表现在这一章整体的"A-B-A"编排，开端献给艾达，交代写作动机，然后是中间步骤，最后回到动机，总结、评估这一章的内容。从布鲁菲的论述来看，这一章表面凌乱的形式下确有一个精细的结构，马绍尔对这一章结构刻板的评估"过于简单"[82]，他完全就是用一个错误的框架来套一个优秀的诗章。

还有值得一提的是辛西娅·魏塞尔（Cynthia Whissell）的文章《心烦意乱的

---

81 Kenneth A. Bruffee. "The Synthetic Hero and the Narrative Structure of *Childe Harold* III", *Studies in English Literature*, 1500-1900, Vol. 6, No. 4, Nineteenth Century, 1966: 669-678. p.670.

82 Kenneth A. Bruffee. "The Synthetic Hero and the Narrative Structure of *Childe Harold* III", *Studies in English Literature*, 1500-1900, Vol. 6, No. 4, Nineteenth Century, 1966: 669-678. p.675.

诗人：拜伦生涯中期的波折与诗情表达及形象呈现》（Poet Interrupted: Differences in the Emotionality and Imagery of Byron's Poetry Associated with His Turbulent Mid-Career Years in the England）采用了定量的方法来分析拜伦作品的语言风格与生平遭际的关联。这里所谓的生涯起伏时期指的是从 1812 年《游记》前两章发表到拜伦再次离开英国放逐自己这段时间，这是拜伦生平起伏最大的一段时期，期间发生了名声鹊起、婚姻与分居、女儿出生、乱伦指控、其他不道德的绯闻、放逐自己等事件。以这个起伏时段为节点，魏塞尔的分析分为两部分：一部分是《游记》的文本分析，另一部分是起伏期间的作品（包含《异教徒》《阿比多斯的新娘》《海盗》《莱拉》《柯林斯的围攻》《帕里西娜》六部作品），提取这些作品中几乎所有与情绪相关的词进行归类统计，然后拿《游记》前两章与后两章及另外六部作品作对比，作者以表格和图示的形式直观地显现了它们之间情绪词的使用差异。分析的结果显示，拜伦创作于起伏后的《游记》第三、四章用了更少极端的情绪性词语，而较之前多用了抽象性的词语；起伏期间的作品正在经历明显的风格变化。由此可见，生平的起伏对拜伦的写作风格确有影响，在那段时间，他在情感上变得消极，随着时间的流逝，他的诗歌语言变得更具丰富性，更为抽象，激情消减。[83]

三、与卢梭的忏悔模式对比

　　拜伦在《游记》第三章的第 77-81 共 5 个诗组发表了对卢梭的写作和思想的理解。他称卢梭是"作茧自缚的哲人"，他的写作"能把疯狂的性格描述得美丽异常，把不规的行为和思想涂上绚丽色彩，他所用的语言就好像炫眼的目光，人的眼睛立刻留下同情的眼泪，一读他的文章"；"他的爱是一种最热烈不过的爱……他倾倒的……却是理想的美人，实际是世间所无，他的著作中满布这种理想的幻影"。[84]从拜伦所理解的卢梭身上，我们可以看到许多与拜伦相似的地方，两人都曾经犯过许多在公众看来难以宽容的错，在性情上确实存在诸多共性。因此，从这一章发表之后，有关两人的比较就时常出现，且这种比较较多地集中在卢梭式的性格与拜伦式英雄的特征比较，及至两位作家本

83　参见 Cynthia Whissell. "Poet Interrupted: Differences in the Emotionality and Imagery of Byron's Poetry Associated with His Turbulent Mid-Career Years in the England", *Psychological Reports*, Vol. 107, No.1 (2010): pp.321-328.

84　[英]拜伦著：《恰尔德·哈洛尔德游记》，杨熙龄译，上海：上海译文出版社，1990年，第 167-168 页。

身的性情对比，且这种比较常常是放在了两人的相同性上。如爱德华·达菲的《卢梭在英国》（*Rousseau in England*）一书中指出这其中有一个问题就是，两人的比较通常情况下都是"以性格上的特征比照为前提，比如说自我中心、敏感、孤独、厌世，以致英国的许多评论家都认为那是一种（卢梭的）个人性的病理传播到英国后（在拜伦身上）产生的相关症状"[85]。

乔克·麦克劳德（Jock Macleod）在《误读写作：卢梭、拜伦与〈恰尔德·哈洛尔德〉III》（Misreading Writing: Rousseau, Byron, and Childe Harold III）一文中也意识到这个问题，他指出两人在共性之外，还有许多差异性是被忽略了的。麦克劳德以拜伦在《游记》第三章的写作与卢梭的《忏悔录》（*Confessions*）作对比，并着重分析拜伦对卢梭这部作品的理解。拜伦在第三章明显是在刻意改变人们对他的游记是自传性质书写的看法，并且在他自己的叙述中已经表明了自己的初衷：

> 也许因为年青时欢乐和苦痛的激情，
> 我的心、我的琴都折断了一根弦，
> ……
>
> 现在来重弹旧调，怕也难以改善；
> 虽然我的曲调是沉闷的，抑郁不欢，
> 然而为着这歌儿能帮助我脱离
> 自私的悲欢梦境——那是多么可厌，
> 而使我陶醉于忘掉一切的境界里，
> 它至少对于我（也只对我）不算是无益的主题。[86]

他要"脱离自私的悲欢梦境"，不再执着地在叙述中以自我为中心，在对这个世界看得更加清晰之后，已经更加淡然的拜伦不想再像以前那样恣意地在文字中表露自己的激情。也正是因为此，当他读到卢梭的《忏悔录》之后，他已把卢梭看成是一位作家，把《忏悔录》看成是表露卢梭心声的一部文学作品，这才得出了卢梭是一位"作茧自缚的哲人"、"他的一生是跟自己造成的敌人作战"的结论。由此可见，卢梭在拜伦眼中成了一个比当时的自己更加激愤的形象。

---

85 Edward Duffy.*Rousseau in England*, Berkeley: University of California Press, 1979. p.75.

86 [英]拜伦著：《恰尔德·哈洛尔德游记》，杨熙龄译，上海：上海译文出版社，1990年，第129页。

麦克劳德基于此，认为拜伦显然是误读了《忏悔录》，误读了卢梭。他认为"拜伦对'写作'的理解想成是自己写《恰尔德·哈洛尔德》第三章一样的行为模式，因而他激进地反对卢梭在《忏悔录》中自我辩护式的写作方式。拜伦这种根据自己的主题方式将卢梭视为一位作家的独特呈现方式是一种误读，这种误读本身值得考量，同时也对拜伦在英国浪漫主义文学史上的定位研究有所启发"[87]。麦克劳德通过对比认为，卢梭与拜伦都认为死亡是幸福过后的必然状态，并且在思想中时常保持着与死亡的切近，但是相较于拜伦的即时写作，卢梭的《忏悔录》虽是一部自传性质的作品，但那是在他死后才出版。卢梭的写作总是在将过往与当下联结，而拜伦则并不愿意将这种联结直接地在作品中公开化，他只会在与亲友的书信中偶尔袒露心声。两人都把写作看成是一种表现自我情感的方式，写作的功用与它被作为一个主体而建构起来，这一点需要将它与愿望（desire）结合方能被理解；不过拜伦的愿望是一种形而上的愿望，要理解它，"首先就要将它视为一种脱离纯粹的主观主义的尝试，在具体的结构上，拜伦通过将作为叙述者的自己与哈洛尔德区分开来"，而卢梭的愿望只能通过想象来实现，并且要使想象奏效，这要求他"从愿望的对象中缺席"（absent from the object of desire）。"因为拜伦式的愿望结构与卢梭式的愿望结构的差异，使两位作家对写作行为的认知产生了重要影响"。所以，在麦克劳德看来，卢梭的写作作为一种调解，既有抽象的因素，但更是与尘世的调解，所以显得更为具体；而拜伦的写作虽然提及与自然的调解，但他应用的意象多为天、山顶、海洋、星星等并不亲切的物体，因而要想将这些意象与愿望结合起来，必须让主客分离。[88]所以当拜伦试图用自己的写作结构去解读卢梭的时候，就产生了《游记》第三章中那些误读。

麦甘说《游记》是拜伦"革命性的忏悔诗"[89]，拜伦想起卢梭，也可能与《游记》本身也有忏悔的成分有关，只不过如麦克劳德所说的那样是形而上的。布鲁姆也在他的著作《想象群体：英国浪漫主义诗歌解读》（The Visionary

---

87 Jock Macleod. "Misreading Writing: Rousseau, Byron, and Childe Harold III", *Comparative Literature*, Vol. 43, No. 3 (1991): 260-279, p.262.

88 参见 Jock Macleod. "Misreading Writing: Rousseau, Byron, and Childe Harold III", *Comparative Literature*, Vol. 43, No. 3 (1991): 260-279, pp.263-269.

89 Jerome J. McGann. *Fiery Dust: Byron's Poetic Development*, Chicago and London: Chicago University Press, 1968. p.105.

Company: A Reading of English Romantic Poetry）中认为《游记》第三章是一首借鉴了华兹华斯和卢梭的忏悔模式的诗。布鲁姆指出拜伦对卢梭的矛盾心理表现在："拜伦称赞卢梭是受到神启的，但又笼统地以'卢梭是由于病毒或是悲苦而发狂'来解释他的天才。"[90]他也提及了两人忏悔模式的差异，他说"拜伦（在《游记》第三章）没有尝试要将他的罪恶与人类社会的价值体系相协调，所以他不会把这种新古典主义的美学和卢梭式的艺术想象、以及华兹华斯更为积极的诗歌创作理论作为一种表现疗法"[91]。这一观点与上述麦克劳德的论证有一定的契合之处。除此之外，阿兰·罗斯（Alan Rawes）在《拜伦的忏悔历程》（*Byron's Confessional Pilgrimage*）一文中，在简要回顾了麦甘与布鲁姆关于这一章忏悔模式的讨论之后，提出了自己的看法。他认为这些学者还忽略了一点，即拜伦"不仅仅通过忏悔，还借助了圣经和（寻求救赎的）历程来探索宗教的可能性"，这似乎与拜伦的思想相矛盾，然细思后我们会发现怀疑主义与讽刺本来就是忏悔诗两大特征，这两大特征在文本中一直处于纠缠中，此起彼伏，直到最后依然没有得到完全的协调。

第四节　诗剧及其他长诗研究

拜伦的生命短暂，在二十年的创作生涯中，他非常高产地创作了大量的诗歌和诗剧作品。虽然拜伦以长诗《唐璜》和《游记》闻名于世，但他还创作有其他长诗如《莱拉》（1814）、《阿比多斯的新娘》（1814）、《海盗》（1814）、《异教徒》（1814）、《柯林斯的围攻》（1816）、《巴里西娜》（1816）、《锡雍的囚徒》（1816）等，以及令人惊异的九部诗剧（verse drama）作品——《曼弗雷德》（1817）、《该隐》（1821）、《统领华立罗》（1821）、《萨丹那帕露丝》（1821）、《福斯卡里父子》（1821）、《布鲁斯》（1821）、《天与地》（1822）、《维尔纳》（1822）、《畸人变形记》（1824），还有许多其他的小诗。拜伦的文学天才是惊人的！由于作品体裁类型和数量众多，本节无法"弥纶群言"、一一涵盖，遂择取关注度相对较高的作品及围绕它们比较有代表性的观点陈述之。

90　Harold Bloom. *The Visionary Company: A Reading of English Romantic Poetry*, New York: Doubleday & Company, Inc., 1961. p.236.

91　Harold Bloom. *The Visionary Company: A Reading of English Romantic Poetry*, New York: Doubleday & Company, Inc., 1961. p.238.

一、诗剧:《曼弗雷德》

　　《曼弗雷德》是拜伦最早发表的一部诗剧,但凡关注拜伦这一体裁的学者都会把这一作品视为最重要的一部,它不仅是拜伦作品中在人物性格和主题上最能体现浪漫主义色彩的一部,奠定了他在 19 世纪浪漫主义文学史上的重要地位,而且还是表现拜伦的超自然主义与心灵世界的典型作品。詹姆斯·特威切尔(James Twitchell)在《拜伦〈曼弗雷德〉中的超自然结构》(The Supernatural Structure of Byron's *Manfred*)一文中指出,拜伦在这一部作品中设计了一个非常缜密的超自然主义结构,他的主人公曼弗雷德也因此具有一些 18 世纪的人物性格所不具备的特征,即"他超越了现实身心世界而进入了一个'超然的世界';他不是像别的人物那样去寻找未来,而是像古水手那样逃离过去"[92]。特威切尔力图证明曼弗雷德的精神世界是一个精心建构的超自然世界,要想理解拜伦的心灵世界以及它的变化,就必须要先深刻理解这个结构在第一幕的建基及其在后两幕的调整。

　　特威切尔说拜伦的主人公想要"逃离过去",这是因为他身上携带罪恶——乱伦,在这种痛苦的折磨下,要寻找到一种拜伦式的解脱方式。具体到拜伦的笔下,就成了一个乱伦的主题。在斯托夫人公然在刊物中揭露拜伦与奥古斯塔的乱伦绯闻时,她提到拜伦在《曼弗雷德》中有为他的这种罪恶进行忏悔的意图。而实际上不止斯托夫人根据拜伦的作品来揣测拜伦精神上的罪恶感,许多西方学者也持有同样的看法。如果我们细看拜伦的作品,可以发现在《曼弗雷德》和《巴里西娜》两部作品中确有一个乱伦的主题,在《曼弗雷德》中,曼弗雷德与妹妹阿斯塔忒发生乱伦关系,在阿斯塔忒死后,曼弗雷德一直处于懊悔之中;而《帕里西娜》是拜伦根据意大利剧作家安东尼奥·弗里奇(Antonio Frizzi)的《费拉拉的故事》(*The History of Ferrara*)改编而来的一部长诗作品,叙述的是男主人公雨果(Hugo)与他年轻的继母巴里西娜通奸后的故事。还有《该隐》,亚当和夏娃作为人类的始祖,同样也是通过兄妹乱伦繁衍后代,而且后来的该隐还和妹妹艾达繁衍了后代以诺。

　　拜伦在作品中突出这个主题,可以比较确定的是,他确有为他曾经犯下的罪恶忏悔之意。但是忏悔只是其中一面,西方学者认为拜伦更多的是在为自己乃至人类的这一行径寻求一种带有普遍性的解释。比如杰弗里认为拜伦

92　James Twitchell. "The Supernatural Structure of Byron's *Manfred*", *Studies in English Literature*, 1500-1900, Vol. 15, No. 4 (1975): 601-614. p.601.

在《曼弗雷德》里他爬上阿尔卑斯山向神灵倾诉，是因为他的傲慢让他不屑于到人间去寻找解脱，但是假如曼弗雷德是一个真实的存在，那么它所代表的就是一个孤傲和忧伤的形象。[93]此外，《拜伦全集》中《巴里西娜》的注释处还提到一篇发表在《布莱克伍德杂志》（Blackwood Magazine）上的匿名文章，该作者认为，"拜伦勋爵在作品中不仅省略了这一个（巴里西娜与雨果间的）不神圣的爱情故事，他还设法在这个乱伦（的主题）中谴责（乱伦）需要受到惩罚的观念。他通过传达这样一种信念，即乱伦是由一些不可名状的超人式的宿命带来的结果，以此让读者减少对雨果犯下的罪恶的恐惧"[94]。当我们再回过头看《曼弗雷德》的时候，可以发现拜伦在这部作品中同样没有从曼弗雷德与阿斯塔忒的故事讲起，而是以曼弗雷德的孤独和傲慢作为开端，他为阿斯塔忒感到懊悔，因此来到阿尔卑斯山。在伯特兰·埃文斯（Bertrand Evans）看来，拜伦在作品中声称自己是"一类魔法师，被一种悔恨所折磨着，且造成这种悔恨的原因无法说清（unexplained）"，这个表述很容易令人联想到他因为与奥古斯塔·莱茵的复杂关系导致的苦恼。埃文斯认为，拜伦在《曼弗雷德》中，塑造的曼弗雷德是个忏悔的恶棍形象，也是一个拜伦式英雄的代表，"'过去的事情'造成的黑暗从来就没有被光明所驱散，因而拜伦渲染英雄的懊悔心理，同时又避免了读者对曼弗雷德英雄形象的否定"[95]。此外，还有洛伦·格拉斯（Loren Glass）在《血与情：〈曼弗雷德〉与〈巴里西娜〉中的乱伦诗学》（Blood and Affection: The Poetics of Incest in Manfred and Parisina）一文中从自我和他者的辩证视角看待曼弗雷德与阿斯塔忒的乱伦关系，他指出这是拜伦塑造的"浪漫主义英雄人物的水仙式情感（narcissistic sensibility）"，"阿斯塔忒是曼弗雷德自身心灵的终极投射"，这一乱伦主题揭示的是拜伦的自恋情感，这是这一部作品的乱伦主题所昭示的一大意义；另外还有一大意义是它预示了文学与文化理论关切的一个走向，即公共话语（社会规则）与主体性的关系。[96]

---

93 参见 Moore, Walter Scott etc. ed. *The Complete Works of Lord Byron*, Paris: A and W. Galignani and Co., 1835. p.284

94 Moore, Walter Scott etc. ed. *The Complete Works of Lord Byron*, Paris: A and W. Galignani and Co., 1835. p.272.

95 Bertrand Evans. "Manfred's Remorse and Dramatic Tradition", *PMLA*, Vol. 62, No. 3 (1947): 752-773, p.772.

96 参见 Loren Glass. "Blood and Affection: The Poetics of Incest in *Manfred* and *Parisina*", *Studies in Romanticism*, Vol. 34, No. 2 (1995): 211-226.

上述学者从心理层面推断拜伦的懊悔心理与写作动机，以及由此展开的相关话题的一些联想，同样的主题，伊恩·丹尼斯（Ian Dennis）的文章《"我不会选择一个凡人作为我的协调者"：拜伦的〈曼弗雷德〉与"内在协调"》（"I Shall Not Choose a Mortal to be My Mediator": Byron's *Manfred* and "Internal Mediation"）呼应杰弗里关于拜伦孤傲的看法，并进一步指出，拜伦不会到凡间去找凡人或自然界的云彩、波浪、山峰作为调停者，因为这些客体无法排解拜伦的悔恨和苦闷，所以拜伦只有将自己的情感植入这些客体中，让他们来模仿他的情感。[97]他塑造的诸如曼弗雷德、该隐、康拉德等拜伦式英雄有一个共同的特征就是携带着罪恶，"他们的罪恶让他们与普通人区分开来，他们的希望被破坏，因此他们站在一个居高临下的位置，冷眼旁观普通人的期盼"[98]，因为希望渺茫，所以他们的渴望显得更加急切、令人同情。拜伦的诗就是如此，字里行间布满着痛苦，"一种源自真切渴望的真实的痛苦"[99]，不论歌德这样的天才，还是处于不同阶层的读者都能深切感受到它的力量。丹尼斯分析的拜伦这种主动融情于景的手法后来在《游记》第三章得到了发挥，成为拜伦写作成熟的一个重要步骤，同时也为拜伦式英雄的痛苦情感能博得同情和共鸣提供了一种合理的解释。

二、诗剧：《该隐》

拜伦对《该隐》的创作始于 1821 年 7 月 16 日，结束于 9 月 9 日，出版于 12 月。歌德说《该隐》"真是一部极好的作品，我们在这个世界上看不到第二部如此之美的作品了"[100]；司各特说"可能没有哪部拜伦的作品会比《该隐》在创作技能上更令人欣赏，当然也没有他的哪部作品会像它一样初读过后给作者招来更多的人身攻击"[101]。《该隐》讲述的是亚当夏娃与他们的四个后代（亚伯、该隐、艾达、洗拉）生活在地球上，除了该隐对天地一切持怀疑的

97　参见 Ian Dennis. "'I Shall Not Choose a Mortal to be My Mediator': Byron's *Manfred* and 'Internal Mediation'", *European Romantic Review*, Vol. 11, No. 1 (2000): 68-96, p.68.

98　Ian Dennis. "'I Shall Not Choose a Mortal to be My Mediator': Byron's *Manfred* and 'Internal Mediation'", *European Romantic Review*, Vol. 11, No. 1 (2000): 68-96, p.70.

99　Ian Dennis. "'I Shall Not Choose a Mortal to be My Mediator': Byron's *Manfred* and 'Internal Mediation'", *European Romantic Review*, Vol. 11, No. 1 (2000): 68-96, p.71.

100　J. W. Goethe, J. P. Eckermann, F. J. Soret. *Conversations of Goethe with Eckermann and Soret*, Vol. 1. Trans. John Oxenford. London: Smith, Elder. 1850. p.419.

101　Moore, Walter Scott etc. ed. *The Complete Works of Lord Byron*, Paris: A and W. Galignani and Co., 1835. p.504.

态度，其他人都对主无比虔诚。该隐被卢西弗引导到天外去游历了地狱，让该隐获得了许多关于生与死的知识。归来后的该隐与亚伯一起祭祀上帝，上帝接受了亚伯的羔羊而掀翻了该隐的祭台，在争吵中该隐用一根焦木击中亚伯，致使亚伯死亡，在夏娃的诅咒、父亲的哀叹、艾达的难过中，该隐流放自己以独自承受这份罪恶。

与拜伦同时代的英国著名诗人威廉·布莱克（William Blake）生前从未认可过他的同时代诗人，仅有拜伦是个例外。他把他的长诗作品《亚伯之魂》（The Ghost of Abel）献给了拜伦以示对他的尊敬。两部作品反映出两位诗人在宗教观上有许多相似的地方，且先前大部分的评论家都注意到了这点，并认为布莱克的作品是在修正拜伦对上帝的本质与救赎概念。如有学者注意到拜伦与布莱克都是按照文学性的方式来解读《圣经》，挖掘其中未曾被注意到的东西，不过布莱克是把《圣经》当做一个文本来阐释，每个阐释者根据自己的批评原理对神学教义作出各样的阐释，不论他们的解读与传统的解读有多大差异，这并不重要，但是布莱克认为《圣经》是真相预言的唯一源头。[102]布莱克以此来看待拜伦的《该隐》，并将其视作一种合理的阐释而给予充分的肯定。他站到该隐的一边并根据他对《该隐》的印象作出解读，认为"亚当和夏娃才更应当为亚伯之死负责，因为是他们在变得罪恶的过程中原初地带来了善恶之分。实际上，布莱克在《亚伯之魂》中最关切的是他们对亚伯之死在《该隐》中描绘的反应。布莱克用他的作品作为一种根据《该隐》而作的复写，侧重的不是该隐的行径，而是亚当和夏娃对这场谋杀的反应"[103]。

可以说，拜伦在这部作品中并不是刻意要把该隐刻画成一个恶的形象，从头至尾，该隐都是在用怀疑的眼光看待周围的一切，所以在自己寻找不到答案的时候，他的好奇心在卢西弗那里得到了满足，这样的后果就是他对上帝的怀疑加剧。拜伦将该隐看成是个无辜的存在，布莱克站到了拜伦的一边也同情该隐，认为他的父母更应该受到谴责。伦纳德·高登博格（Leonard S. Goldberg）根据该隐的戏剧情节，推测拜伦为塑造该隐的形象实为侧面隐射自己的处境。高登博格指出，拜伦在经历分居、乱伦、流放等事件后，用该

---

102 参见 Kerry Wllen Mckeever. "Naming the Name of the Prophet: William Blake's Reading of Byron's *Cain: A Mystery*", *Studies in Romanticism*, Vol. 34, No. 4 (1995): 615-636.

103 Kerry Wllen Mckeever. "Naming the Name of the Prophet: William Blake's Reading of Byron's *Cain: A Mystery*", *Studies in Romanticism*, Vol. 34, No. 4 (1995): 615-636. p.620.

隐作为自己的一个有效呈现，先前读过的相关文献带给他在思想上的影响与现实处境的刺激，让拜伦产生了怀疑思想，就像该隐那样去"探寻对抗这个失落世界的形而上学的可能"，他"不可救药地奉理性为通向自为生命的神明。在被逐出伊甸园之后，他不是通过'偶遇'（'meeting' or 'encounter'）来通往知识，（而是跟随卢西弗升到天外居高临下地审视人性）[104]，他拒绝既定的知识，他解析这个世界是为了在其中实施谋杀"[105]。高登博格还指出，拜伦在思索该隐的罪恶的时候，还多次提及亚当和夏娃的罪恶，他不归咎于蛇的外在作用，主要是从夏娃被引诱的情节找源头，有很浓厚的宿命论色彩，这种罪恶遗传令人联想到拜伦的家族史。就像该隐体会不到伊甸园的快乐一样，拜伦不能享有家族辉煌时候的成果，反而常常遇到财政危机，所以他不在乎家族遗留下来的土地和房产，以低廉的价格把他们甩卖了，他要按照自己的逻辑，根据自己的渴望走出一条他自己认为合理的路。[106]如果说拜伦在《该隐》中怀疑上帝的合理性，在现实社会中怀疑传统既定的那一套伦理道德标准，这是他怀疑论的主要表现，那么以该隐之罪追溯到亚当、夏娃，从而联想到他的家族遗传，诸如卡罗琳·兰姆形容拜伦的那样"疯狂、恶劣、危险"都是祖辈遗传到拜伦身上的特征，这也并不是完全没有道理，至少从遗传学的视角，这从拜伦的性情发展能找到一定的依据，并作为他行为的部分合理解释。

该隐的形象是拜伦式英雄的一个范例，但是他有自己不一样的地方，伦纳德·迈克尔斯指出，该隐有反叛和自取灭亡的倾向、自怜、自我憎恨，但是与莱拉和曼弗雷德不一样在于他并不为他过去的罪恶感到苦恼，甚至可以说拜伦的过去是没有什么罪恶的，一切的不幸来源于他的父母和上帝。因为他们的过错，该隐必定要染上罪恶。"拜伦的这部诗剧给他的英雄主人公注入了一种精神神秘，为了界定自身的意义，他必须要实施犯罪"，"杀害亚伯就成了主观的行动，以此来作为这样一种主观、内在的先行条件（即要认识自身的意义）[107]的辩解"[108]。迈克尔斯按照《该隐》三幕的编排分析拜伦

---

104 括号内容为笔者添加。

105 Leonard S. Goldberg, "'This Gloom……Which Can Avail Thee Nothing': Cain and Skepticism", *Criticism*, Vol. 41, No. 2 (1999): 207-232. pp.207-208.

106 参见 Leonard S. Goldberg, "'This Gloom……Which Can Avail Thee Nothing': Cain and Skepticism", *Criticism*, Vol. 41, No. 2 (1999): 207-232. pp.208-210.

107 括号内容此为笔者添加。

108 Leonard Michaels. "Byron's Cain", *PMLA*, Vol. 84, No. 1 (1969): 71-78. p.71.

是如何一步步地由怀疑上帝到获取知识，再到招致上帝忿恨的过程，但是没有更进一步详细展开拜伦寻找的自我意义是什么。斯蒂芬·鲍尔的文章《令人疑窦丛生的〈该隐〉》认为拜伦所寻找的意义，更准确地说那就是"死的知识"（knowledge of death），"该隐认为是通往幸福的钥匙，为了获得真理，他开启了一段寻找它的宇宙航行之旅"[109]，他看重的是知识如何获得的，就像他很想知道的是他与生俱来的罪恶是如何经由他的父母沾染到他这一代的。他的旅途由卢西弗引导，卢西弗的形象很奇特，该隐把他视作与上帝平起平坐的角色，艾达心中只有上帝一位真主，所以卢西弗在她看来至少不是"向上帝一样的"（like a god），卢西弗自称他不是上帝，而是一位"灵魂之主"（Master of Spirits），在第二章结尾处又以拜伦在口头上对卢西弗的胜利告终，这成了整部剧冲突的高潮。该隐杀害亚伯则成了整部剧的结局，他获得了对死的理解，染上了注定要降落到他身上的罪恶。因此，在鲍尔看来，"拜伦的悲剧是为了领会这个世界，他不得不去染上罪恶；或者换句话说，只有在他亲身经历死亡之后，他对这种死亡知识的渴求才能得到满足。这是包括恰尔德·哈洛尔德和拜伦所有故事和诗剧中英雄在内的全人类的悲剧，这种悲剧强调亲身经历的原初性。该隐能选择的是信念，去相信他所听到的东西——一种拜伦拒绝给予的奢望"[110]。

由上我们会发现，贯穿整部剧的是善与恶的主题，不论是意义解读还是人物形象，都是对善恶的评判和标准的反思、怀疑。哈利·普克特（Harry Procter）与简·普克特（Jane Procter）利用定性统计图表（qualitative grids）来评测拜伦在《该隐》中的善恶建构。这种统计方法是用词和图片来呈现人际关系，《该隐》恰好是一部关于善恶之辩的诗剧，利用这个统计方法可以比较直接地看出家庭内部成员之间的心理世界。在具体操作上，作者设计了三种统计图表：第一种是感知者元素图表（The Perceiver Element Grid），这个图表被用于第一幕全家给上帝献祭的场景，作为感知者的家庭成员（纵轴）对作为元素的其他家庭成员（横轴）说的话分别地在两条轴的交汇处呈现出来；第二种是事件感知者图表（The Event Perceiver Grid），这被用于第三幕亚伯和该隐给上帝献祭的场景，作为感知者的人物亚伯和该隐（横轴）对情节中的事件（纵轴）作出的

109 N. Stephen Bauer. "Byron's Doubting *Cain*", *South Atlantic Bulletin*, Vol. 39, No. 2 (1974): 80-88. p.80.
110 N. Stephen Bauer. "Byron's Doubting *Cain*", *South Atlantic Bulletin*, Vol. 39, No. 2 (1974): 80-88. p.87.

反应分别地在两条轴的交汇处呈现出来；第三种是感知者建构图表（The Perceiver Construct Grid），这被用于整部剧中作为感知者的所有家庭成员（纵轴）对作为建构的善恶（好坏）概念的判断。[111]从两位作者的设计的图表，读者可以直观地在第一张图表中看到家庭成员之间对各自的看法，在第二张图表中看到亚伯和该隐兄弟俩对对方言行的反应，在第三张中看到家庭中每个人理解的善与恶分别是什么样的。这种定性的方法对于了解该隐中人物之间的矛盾冲突，分析其中的原因可以起到一定的辅助作用。

三、诗剧与舞台

拜伦的诗剧在西方与《唐璜》和《游记》一样引起了学者的广泛兴趣，就像人们习惯性地称呼拜伦为诗人，却并不常听到人们冠他以戏剧家的身份。实际上，拜伦的戏剧就厚度上一点也不输于他的长诗。拜伦不像莎士比亚那样集老板、编剧、导演和演员于一身，他的诗剧作品在他所处的时代没能像莎士比亚那样获得舞台下的观众的广泛认可；他的诗剧更像是蕴含哲理的诗，思想性的成分远大于情节的成分。当情节性不足的时候，这给舞台演出带来了困难，难以用跌宕起伏的故事吸引观众。西方学者很早就已认识到拜伦的诗剧与舞台的特殊关系，也有不少编剧对那些原本不适于舞台表演的文本进行改编，最终在舞台上得以呈献给观众。

首先，就拜伦为什么要在自己的诗剧不如《游记》这样的长诗广受认可的情况下，还要坚持创作诗剧，这其中有力求证明自己的心理因素在起作用。拜伦可能一开始对戏剧确实有过一番志向，他也作出过尝试，但是他的第一部诗剧《曼弗雷德》，以及后来的《统领华立罗》和《福斯卡里父子》并没有获得预想的效果。而后才有拜伦更多的精神戏剧（mental theatre）实验，以及他对自己创作的诗剧作品能搬上舞台的否定。大卫·厄尔德曼（David V. Erdman）从心理学的视角剖析拜伦对戏剧的矛盾心理，他认为拜伦拥有戏剧梦想，同时又害怕失败，所以为自己辩解说他的诗剧不是为了舞台而创作的。在《拜伦的怯场：他的梦想与为舞台写作的畏惧》（Byron's Stage Fright: The History of His Ambition and Fear of Writing for the Stage）一文中，厄尔德曼提出问题："为什么拜伦'为了舞台革命'而写诗剧，却又强烈反对自己的诗

---

111 参见 Harry Procter & Jane Procter. "The Use of Qualitative Grids to Examine the Development of the Construct Good and Evil in Byron's Play *Cain: A Mystery*", *Journal of Constructivist Psycholaogy*, Vol. 21, No. 4 (2008): 343-354.

剧搬上舞台？"[112]他认为拜伦对舞台的恐惧反而愈加说明拜伦渴望获得舞台上的成功。为了论证这是一个典型的"拜伦式悖论"（Byronic paradox），他寻找到各种拜伦从小到大对戏剧感兴趣的线索以及其他评论家的观点力证拜伦创作诗剧是为了它们有朝一日能搬上舞台，为了让"伦敦人献出他们的膝盖"，"让他们从座位上站起来，给出风暴般的掌声"[113]。然而与《游记》的成功形成鲜明对比的是，《统领华立罗》在1820年改编成舞台剧之后遇冷，这对拜伦心理形成打击，以至后来他在《维尔纳》的序言结尾给自己寻找一个未来可能需要的台阶："这部剧不是为了舞台而创作，也不是为了任何的改编而创作。"[114]至于拜伦这种矛盾心理是否如厄尔德曼所指出的那样是对舞台的畏惧，我们不得而知，但是我们可以肯定的是拜伦必定希望自己的作品能被读者所认可。

其次，为什么诸如《统领华立罗》和《福斯卡里父子》等剧在当时会遭遇失败，或者更准确地说，为什么不适于舞台，这是西方学界重点关注的地方。彼特·科克伦（Peter Cochran）在2007年5月12日举办于诺丁汉特伦托大学的"拜伦在剧院"（Byron at the Theatre）主题学术研讨会上，作了一个题为"拜伦与特鲁里巷"（Byron and Drury Lane）[115]的报告。他开篇就说道："拜伦致力于一种戏剧理想，它既没有历史的（传承）基础，也不与他所处时代的戏剧相关。他不是一个职业作家，职业作家为了市场而写'戏剧'，他通常写的是'悲剧'。"[116]他这样做的结果自然不能在特鲁里巷获得观众的青睐，因为他的"古典悲剧不适用于移情的演出"[117]。

那么，不适用于移情的演出具体的原因表现在那里呢？塞缪尔·丘（Samuel C. Chew）曾在他的专著《拜伦勋爵的诗剧》（The Dramas of Lord Byron）对拜伦的诗剧作品作出探讨，他认为拜伦的诗剧不符合戏剧的要求，

---

112 David V. Erdman. "Byron's Stage Fright: The History of His Ambition and Fear of Writing for the Stage", *ELH*, Vol. 6, No. 3 (1939): 219-243. p.219.

113 David V. Erdman. "Byron's Stage Fright: The History of His Ambition and Fear of Writing for the Stage", *ELH*, Vol. 6, No. 3 (1939): 219-243. pp.229-230.

114 Moore, Walter Scott etc. ed. *The Complete Works of Lord Byron*, Paris: A and W. Galignani and Co., 1835. p.532.

115 特鲁里巷是英国皇家剧院的代名词。

116 Peter Cochran ed.. *Byron at the Theatre*, Newcastle: Cambridge Scholars Publishing, 2008. p.1.

117 Peter Cochran ed.. *Byron at the Theatre*, Newcastle: Cambridge Scholars Publishing, 2008. p.15.

情节不明显，高潮不突出，在本质上是非戏剧性的（essentially undramatic）。
他的观点得到了迈克尔·约瑟夫的应和，后者说道："正是因为没能制造出有
效的高潮，拜伦的诗剧看起来在本质上是非戏剧性的；这在《福斯卡里父子》
中体现得尤为明显，在这部剧中，父亲的忠诚与儿子之死都是预料之中必定发
生之事，这其中没有戏剧的张力——只有灾难而没有戏剧。"[118]只要欣赏拜伦
的诗剧，并不难发现这个问题，即它们有人物的行为和语言，但是并不是传统
戏剧的模式。有趣的是，拜伦自己肯定知道乃至很熟悉莎士比亚式的戏剧结
构，但是有戏剧梦想的拜伦为何不借鉴他人而坚持走自己的这种模式呢？麦
甘认为，拜伦的诗剧试图进行一种新的戏剧实验，就像他自己所说的那样，他
的诗剧是"精神戏剧"，不是为了舞台演出。在《两部威尼斯诗剧中的拜伦式
戏剧艺术》（Byronic Drama in Two Venetian Plays）一文中，麦甘以《福斯卡里
父子》和《统领华立罗》两部威尼斯诗剧为例，尤其凸出前者在戏剧思想深度
上的特点，意在说明拜伦是在进行一场复兴古希腊式的戏剧实验，他这样做的
目的可能"是为了让人们坐在剧场里思考"，这种目的体现在戏剧性的结尾
与诗性的风格中：在戏剧性上，他要将以前的戏剧模式中的情节性与场景成分
压缩，在诗性上，"他在威尼斯诗剧里写的是与他其他故事里相同的主题：病
态的或命已注定的社会本质，以及受困于这样一个环境中的人的尴尬处境"。
这两个目的（戏剧性革新与诗性思索）[119]最终可以启发观众思索、产生自我意
识，并从他的诗剧中悟得"宿命的本质与成因"[120]。

　　然而，在经历《统领华立罗》和《福斯卡里父子》的失败后，拜伦意识到
他的诗剧风格在当时是不可能在舞台上取得成功的，而在其后创作的《萨丹那
帕露丝》中，拜伦依然坚持实验他所谓的"精神戏剧"，他自己是如何看待这
种失败后的坚持呢？在 1821 年 7 月 14 日拜伦写给默里的信中，他说道："你
会发现这部作品（指《萨丹那帕露丝》）与莎士比亚的完全不同，并且从某种
意义上来说要比他的更好，因为我认为尽管他是最非凡的一位作家，但他却是
最糟糕的学习范本。"[121]他学他的偶像蒲伯那样批评莎士比亚，同时又非常认

---

118 Michael K. Joseph. *Byron the Poet*, London: Victor Gollancz, 1964. p.110.

119 括号内容此为笔者添加。

120 参见 Jerome J. Mcgann. "Byronic Drama in Two Venetian Plays", *Modern Philosophy*,
　　Vol. 66, No. 1 (1968): 30-44. pp.43-44.

121 Thomas Moore. *Letters and Journals of Lord Byron: With Notice of His Life.* Paris: J.
　　Smith, 1831. p.398-399.

真地学习古罗马的戏剧家塞涅卡（Lucius Annaeus Seneca，约公元前 4 年-公元 65 年），借道塞涅卡，拜伦希冀复兴古希腊的悲剧范式，获得一个亚里士多德式的切近。[122]哪怕在当时不能被充分地理解，他依然坚持自己的实验，并相信有朝一日它们的价值会被正视。

再次，尽管拜伦自己和评论家们一直坚持说他的诗剧不适于搬上舞台，但是他的作品还是被人们改编，且获得了一定的成绩。凯思琳·巴克（Kathleen M. D. Barker）在文章《拜伦的〈维尔纳〉在英国的初次演出》（The First English Performance of Byron's *Werner*）记述了英国戏剧演员威廉·麦克里迪（William C. Macready）于 1830 年改编拜伦的悲剧《维尔纳》并在最后成功上演的故事。巴克写道，麦克里迪最初是带着靠这部剧在英国走红的梦想来改编和导演这部剧的，当他在 1830 年 1 月将剧本提交乔治·科尔曼审核的时候，科尔曼拒绝它的上演，这惹恼了麦克里迪。后者没办法作出了让步，为了能使它顺利通过，他作出了重要修改——将原文本中乌尔里克向父亲坦承了谋杀的罪恶、令其父亲心碎之后，毅然决然地将乌尔里克加入匪帮的悲剧结尾改成了乌尔里克在逃罪的过程中被守卫抓获，并受到了应有的惩罚，以此来顺应传统舞台倡导善有善报、恶有恶报的道德准则。该剧因而通过审核，最终在英国的港口城市布里斯托尔上演，上演当天，"剧院人满为患：当帷幕拉起的时候，工作人员不得不禁止观众再往包厢、座位角落和走廊拥堵。在诗剧演出的过程中，观众聚精会神，直到演出结束，剧场响起观众集体自发地献给麦克里迪的掌声和欢呼，这是当时布里斯托尔前所未有的盛况"[123]。后来这部剧也在特鲁里巷上演，而布里斯托尔人至今仍为这部剧在那座城市首演而感到荣耀。

即便如此，部分拜伦诗剧的在舞台上经过改编获得的成功还是没能阻止质疑的声音。迈克尔·辛普森（Michael Simpson）《拜伦的〈该隐〉在伦敦巴比肯艺术中心：（1995 年 11 月 29 日至 1996 年 3 月 7 日）》（Byron's *Cain* at the Barbican Centre, London:（29th November 1995 to 7th March 1996））对 1995 年搬上舞台的《该隐》作了一番评论。该剧按照中世纪的神秘剧传统进行改编，

---

122 参见 Arthur D. Kahn. "Seneca and *Sardanapalus*: Byron, the Don Quixote of Neo-Classicism", *Studies in Philosophy*, Vol. 66, No. 4 (1969): 654-671. 关于拜伦对古希腊戏剧的借鉴和复兴尝试，还可参见 M. G. Cooke. "The Restoration of Ethos of Byron's Classical Plays", *PMLA*, Vol. 79, No. 5 (1964): 569-578.

123 Kathleen M. D. Barker. The First English Performance of Byron's *Werner*, Modern Philosophy, Vol. 66, No. 4, 1969: 342-344. P.344.

舞台四周由观众的座位环绕，辛普森对约翰·巴顿（John Barton）在某些方面的改编和导演工作表示了赞赏，如戏剧对知识与权力、知识与爱的对立都有表现，舞台布置与人物表演都值得称赞。但是辛普森更多的笔墨都是用于批判巴顿的改编对原文本的破坏，辛普森坚持"拜伦的诗剧常常是散漫的，并不易于搬上舞台"，因此巴顿的改编本身就是没有必要的，有些地方还与原文本有冲突。例如巴顿试图在拜伦、圣经与与当下的阐释三者之间强行地进行调解，这种做法显得格外笨拙；还有他添加在诗剧最后的收场白也是画蛇添足，减弱了原剧遗留的悲剧感。[124]

时至今日，这个讨论还在延续。刘勰在《文心雕龙·时序》中提出的"文变染乎世情，兴废系乎时序"观点，同样适用于拜伦诗剧作品的解释。他在他所处时代的戏剧实验并不能博得舞台下观众的喜爱，他对古希腊戏剧模式的复兴也不是完全的照搬。在当时，这个实验需要与当时的观众品味、市场需求相协调才能赢得观众掌声；同样地，这在今天看来，拜伦的那些戏剧如果不与时下的舞台剧模式相融合，也不能很好地为观众所理解。或许，拜伦创作的诗剧更是一种贯通有精英主义的意识于其中，既是一种"精神戏剧"，必然以启人思索为主，当与作为娱乐消遣为主要目的的舞台相遇的时候，那些哲思元素势必要被削弱。

四、其他长诗

凭借着超凡的天才和高强度的写作劳动，拜伦从 18 岁开启写作生涯直到 1823 年 7 月远赴迈索隆吉翁这大约 17 年的光阴，利用写大部头的《唐璜》、《游记》、九部诗剧和大量小诗外的零碎时间，还创作有《英格兰诗人与苏格兰评论家》（1809）、《贺拉斯的启示》（1811）、《密涅瓦的诅咒》（1811）、《沃尔兹》（1813）、《异教徒》（1813）、《阿比多斯的新娘》（1813）、《海盗》（1814）、《莱拉》（1814）、《柯林斯的围攻》（1816）、《巴里西娜》（1816）、《锡雍的囚徒》（1816）、《塔索的哀歌》（1817）、《别波》（1818）、《马泽帕》（1819）、《但丁的预言》（1821）、《审判的幻景》（1822）、《布鲁斯》（1823）、《青铜时代》（1823）、《岛屿》（1823）一共 19 部长诗作品。这些诗写成的速度同样令人咋舌，例如《阿比多斯的新娘》在四天写成，《海盗》也只花了十天。它们的篇幅不长，大多数的篇幅大约是《游

---

124 参见 John Barton. "Byron's *Cain* at the Barbican Centre, London: (29th November 1995 to 7th March 1996)", *European Romantic Review*, Vol. 8, No. 1 (1997): 41-46.

记》一章的长度，但是累积起来却有非常惊人的厚度。相对而言，《异教徒》、《审判的幻景》和《海盗》是这些长诗中讨论得比较多的作品。

《异教徒》的故事情节很简单，但是这些情节像碎片一样散落在这首诗的不同部分，需要读者自己将它们拼凑起来。故事出自一个土耳其渔夫之口，讲的是一个威尼斯人（即主人公异教徒）在土耳其爱上了一个切尔克斯女奴利拉（Leila），他们私通的事情被利拉的主人哈山（Hassan）知道，哈山命人将利拉装在一个麻袋里，然后扔到海里将她淹死。后来哈山出行去物色一个新妻子的时候，遭到一群希腊人的伏击，哈山被这群希腊人的首领残忍地杀死。多年以后，异教徒临死前在一个他寄居多年的基督教寺院坦承是他带人伏击并杀死哈山。

这个故事并不是拜伦的空想，而是来源于他亲身经历的一个忧伤的故事。根据托马斯·梅德温的《拜伦勋爵在比萨的谈话录》记载，拜伦亲口陈述了这个故事的原型。内容大致是：拜伦第一次欧洲大陆之旅逗留于雅典期间，他非常喜爱一个土耳其少女。当时穆斯林的法律和宗教都有规定，在结婚前的一切恋爱都必须严格保密，尤其是在斋月，情人之间不能发生任何性关系，一旦被发现，女方将会被立即执行死刑，按照《异教徒》故事中描述的那样被淹死。在斋月前，拜伦与这个少女一直保持着秘密的情人关系，但是斋月到来之后，这对热恋中的两人都是煎熬。拜伦试图与这个少女约会的事情被人发现，在拜伦完全不知情的时候，少女即将被悄悄地执刑。幸运的是，执刑那天拜伦恰巧由一些阿尔巴尼亚人陪同在海边骑马，途中遇上一列土耳其士兵，他们正扛着装在麻袋里的那个少女，准备将她抛到海里淹死。出于好奇，拜伦想一探究竟，意外地发现麻袋里装的正是自己心爱的少女。在他的威逼和重金贿赂之下，他将这个少女救出，但前提是这个少女必须和拜伦断绝关系，并被发落到底比斯。可惜的是，少女到达底比斯数天后就死于热病。[125]

得益于这个故事的体裁，这部作品在出版后有非常好的销量。它属于拜伦的"东方故事"（oriental tales），而且"作为目击者的他在当时那些穆斯林看来，他就是那个真实的异教徒"[126]。尽管拜伦自己曾后悔管它称作是

---

125 参见 Thomas Medwin. *Journal of the Conversations of Lord Byron: Noted during a Residence with His Lordship at Pisa, in the Years 1821 and 1822, 1824*, London: S. and R.. 1824. pp.84-86.

126 Paul Wright ed.. *Selected Poems of Lord Byron*, Hertfordshire: Wordsworth Editions Limited, 1995. p.599.

"故事"，"但它就像是一个已经贴上的标签，在很大程度上能解释为何至今它都会有吸引力"[127]。但是拜伦自己似乎并不是很在乎读者的这种喜爱，他说《异教徒》等东方故事出版的那些年，他的名声还很虚弱，他需要它们来帮他赢得名声。那些作品只能用来"讨好女人"，诸如《异教徒》，那是些"笨拙的碎片"（foolish fragments），《阿比多斯的新娘》已"足够渗人"（horrible enough），《莱拉》"叙述太少、抽象的道理过多"（too little narrative and too metaphysical）。[128]

就《异教徒》结构碎片化的问题，不少学者对之看法各异。威廉·马绍尔说"《异教徒》可能是拜伦最令人费解的一首诗，它由一个简单的故事和一些简单的思想和图景构成，它结构的复杂性源于他只是靠最初的一首诗，在外包裹上七层碎片堆砌而成。"[129]马绍尔显然是在批评拜伦在这首诗创作过程中的蹩脚技巧，他认为拜伦当时只是为了将这首诗的篇幅拉长而刻意地在后来的七版中不断地添加、堆砌，并成功地由手稿的 375 行，堆砌到出版时的 684 行，再到第七版时的 1334 行。"不管拜伦是出于什么目的，他大大地弱化了这首诗。"[130]而迈克尔·桑德尔（Michael G. Sundell）则不同意马绍尔的看法。桑德尔从拜伦的手稿到后来出版时的七次改版逐一进行解析，试图说明拜伦在整个修订的过程中都是在完善这部作品，而非刻意堆砌篇幅。他认为这部作品的初版只能算是一个很好的冒险故事，但人物性格不鲜明，经过拜伦一次次的补充、修订，终版变得更加复杂和深刻，他将整部作品"由一个靠情节取胜的冒险故事转化成了一首突出呈现一个神秘、有力的性格形象的诗，这个形象的命运彰显了（拜伦的）人文关怀"[131]。严格地来说，《异教徒》是一个不成熟的碎片化结构是一个既成事实，我们今天读到的版本塑造了异教徒这样一个形象鲜明的拜伦式英雄也是不可否认的。丹尼尔·沃特金丝在他的文章《拜伦〈异教徒〉中的社会关系》（Social Relations in Byron's *The Giaour*）承认上

---

127 Paul Wright ed.. *Selected Poems of Lord Byron*, Hertfordshire: Wordsworth Editions Limited, 1995. p.597.

128 参见 Thomas Moore. *Letters and Journals of Lord Byron: With Notice of His Life.* Paris: J. Smith, 1831. p.145.

129 William H. Marshall. "The Accretive Structure of Byron's The *Giaour*", *Modern Language Notes*, Vol. 76, No. 6, (1961): 502-509. p.502.

130 William H. Marshall. "The Accretive Structure of Byron's The *Giaour*", *Modern Language Notes*, Vol. 76, No. 6, (1961): 502-509. p.502.

131 Michael G. Sundell. "The Development of *The Giaour*", *Studies in English Literature*, 1500-1900, Vol. 9, No. 4, Nineteenth century, (1969): 587-599. p.587.

述两种主要观点的合理性，但是把论述的侧重点放在拜伦修订这部作品的过程中，背后呈现出来的社会关系。沃特金丝认为，这首诗中描绘的不是抽象心理冲突，而是人类向往美好途中的社会环境阻碍。其中基督教与伊斯兰教间的宗教矛盾反映出不同社会意识形态的对立，还有个人与社会的关系也很难在这些可感知到的意识框架中协调。总之，这部作品看起来杂乱无章的结构与《游记》有相似之处，它"是在各种各样的高压环境中，历经数月被修订成一首诗的形式。因此它可以非常形象地反映那一时期拜伦思想的许多转向，以及他与支配这个世界的主流话语在想象上的妥协"[132]。

《审判的幻景》是拜伦另一首比较受关注的诗。关于这首诗的由来，这不得不提及骚塞。1821年，骚塞发表一首六步格的诗——《审判的幻景》，其中歌颂的是乔治三世死后进入天堂的内容，骚塞将他神化，有奉承托利党统治阶层的意图。这本是骚塞一首普通的诗，但是他不忘借机在序言中攻击拜伦，给他贴上"恶魔派"（the satanic school）头目的标签。这让拜伦非常恼怒，于是写了这首同名的诗来作为回应。这首诗本来是匿名出版的，不过包括骚塞在内的读者很容易就能辨认出它是出自拜伦之手。在序言中，拜伦解释了他写这首诗的原因："如果骚塞先生没有闯入这个过去与他无关、将来也不会与他有任何交集的地方，接下来的这首诗就不会有了。"[133]这个与他无关的地方就是他臆想的"恶魔派"。

在《三种审判的"幻景"：骚塞、拜伦、纽曼》（Three "Visions" of Judgment: Southey, Byron, and Newman）一文中，阿兰·希尔（Alan G. Hill）认为，骚塞歇斯底里地攻击拜伦，误导大不列颠年轻一代，隐含了背后一个真实的威胁，即拜伦主义作为一个受到追捧的"外来者"正蓄势挑战19世纪建立起来的文学正统，并且"拜伦（相对于骚塞）[134]是一股更强大的力量，他的《审判的幻景》总体上是一首更加有力，更加令人局促不安的诗，它不可能会像骚塞的'幻景'那样被人轻易搁置一旁"[135]。的确，正是因为拜伦强有力的回应，骚塞的这首原本不起眼的诗才引起了更多的关注，并且这种关注通常都是基于

---

132 Daniel P. Watkins. "Social Relations in Byron's *The Giaour*", *ELH*, Vol. 52, No. 4 (1985): 873-892. p.890.

133 Moore, Walter Scott etc. ed. *The Complete Works of Lord Byron*, Paris: A and W. Galignani and Co., 1835. p.394.

134 括号内容为笔者添加。

135 Alan G. Hill. "Three 'Visions' of Judgment: Southey, Byron, and Newman", *The Review of English Studies*, New Series, Vol. 41, No. 163 (1990): 334-350. p.338.

在两首诗在艺术风格上的比较。

安德鲁·卢瑟福认为拜伦"不是要尝试模仿这位桂冠诗人的风格，而是通过用一种完全不同的风格呈现来使他的情节看起来荒诞不经；他把骚塞原作中的口吻、感觉和意义都转换掉了"[136]，那么，他对骚塞的版本就不是拙劣的模仿，而是滑稽的扭曲；即便如此，学界对这首诗的看法总体倾向于认为它与骚塞的风格不一样，内容却是对应着骚塞的书写而来的，因此它终归是对骚塞版本的一种寄生。就此，埃姆里斯·琼斯（Emrys Jones）认为笼统地看待这部作品为一种"寄生的拙劣模仿"（parasitical travesty），这样只会导致对它的误读，实际上他是"一个拥有悠久历史的文学传统下的艺术产物，他只是偶然地因为骚塞而催生，并因此拿来与骚塞的特征相对应。这样就忽视它本身独立的艺术本源"[137]。琼斯根据拜伦这部作品的特点进行溯源，认为拜伦应当受到了赛内卡（Seneca）的《克劳迪亚斯颂》（*The Apotheosis of Claudius*）和伊拉斯谟（Erasmus）的《被逐的尤利乌斯》（*Julius Exclusus*）的影响。这些古典的讽刺作品就是《审判的幻景》独立的艺术本源，这能够在很大程度上解释为什么拜伦的版本与骚塞的版本在形式上截然不同。[138]

放在今天来看，要是没有骚塞对拜伦的攻击，肯定就不会有这样一首同名的讽刺诗了；拜伦对骚塞有意的拙劣模仿是为了在内容上形成对骚塞的回应态势，在风格上拜伦有自己惯用的技巧，而且单纯就这两首同名诗的艺术成就而言，拜伦显然已经超越了骚塞，在这场相互讽刺的角逐中，以拜伦的胜利而告终。

在这 19 部长诗作品中，《海盗》可能是最受读者喜爱的一部，它与《异教徒》一样都有一个吸引人的故事情节，不一样之处在于男性的拜伦式英雄在这首诗中的戏份有很大一部分让给了加尔内尔（Gulnare）这位女主角。《莱拉》被认为是拜伦长诗创作的一个转折，他自己也承认"它的叙述太少、内容太抽象，很难讨广大读者的喜欢"[139]。这首诗的抽象表述没有《海盗》和《异教徒》那样基于故事情节，而是有一个独立、严谨的结构范式，标志着

---

136 Andrew Rutherford. *Byron: A Critical Study*, Edinburgh: Oliver and Boyd, 1961. p.226.

137 Emrys Jones. "Byron's Visions of Judgment", *Modern Language Review*, Vol. 76, No. 1 (1981): 1-19. p.3.

138 参见 Emrys Jones. "Byron's Visions of Judgment", *Modern Language Review*, Vol. 76, No. 1 (1981): 1-19.

139 Leonard S. Goldberg. "Center and Circumference in Byron's *Lara*", *Studies in English Literature*, 1500-1900, Vol. 26, No. 4, Nineteenth Century, (1986): 655-673. p.655.

拜伦从以读者为中心转向以突出自身精神思想为中心的写作倾向。《岛屿》的特殊性在于它描写的是一个女性主导的孤岛世界，充满神秘色彩，令人联想到奥德修斯返乡途中经过的岛屿，拜伦写的这个故事是"一个救赎的故事，而不是逃亡"，诗中的岛屿是一片"乐土"（Elysian），是一个"女性的世界"（effeminate world）。[140]其他作品也有很多值得探讨的地方，限于它们的受关注度和本书的篇幅，这里暂且约略地呈现以上数点。

第五节　拜伦书信研究

拜伦的书信呈现给读者的是"那种艺术中罕见的、令人钦佩的最高境界，它们是真情的自然流露"——托马斯·麦考利（Thomas B. Macaulay）[141]

拜伦随笔作品包含他的书信和日记片段，总量几乎与他的诗歌作品一样多。即便它们的整体意义无法与他的诗歌相提并论，但它们毫无疑问也是非常了不起的——尼娜·迪亚克诺瓦（Nina Diakonova）[142]

拜伦的书信表现出了他对生活和写作的热情、睿智、姿态和丰富的情感，他是一个名副其实的英国文体学家"；"作为一个书信写作者，拜伦在浪漫主义作家群体，乃至整个十九世纪的作家群中，他都可能是无与伦比的（unequaled）——弗兰克·麦克康奈尔（Frank McConnell）[143]。

从上述对拜伦书信[144]的赞誉不难发现拜伦的书信流传下来的数量众多，

---

140 参见 Catherine Addison. "'Elysian and Effeminate': Byron's The Island as a Revisionary Text", *Studies in English Literature*, 1500-1900, Vol. 35, No. 4, Nineteenth Century, (1995): 687-706.

141 Andrew Rutherford ed.. *Byron: The Critical Heritage*, London: Routledge and Kegan Paul, 1970. p.296.

142 Nina Diakonova. "Byron's Prose and Byron's Poetry", *Studies in English Literature*, 1500-1900, Vol. 16, No.4, Nineteenth Century (1976): 547-561. p.547.

143 Frank D. McConnell selected and edited. *Byron's Poetry: Authoritative Texts, Letters and Journals, Criticism, Images of Byron*, New York and London: W. W. Norton & Company, 1978. p.323.

144 拜伦的随笔（prose）在此主要指涉的是他的书信和日志，同时又因为拜伦平时并没有记日志的习惯，所以的他的日志多为碎片化的汇集。加之他死后，穆尔等人随即把阿德日志付之一炬，遗存的日志数量极少，故本节着重突出他的书信。

有较高的文学价值。最早出版的拜伦书信集是穆尔编纂的《拜伦勋爵的书信和日记：以生平为导线》，在这本书的简短序言中，穆尔写道："彼特拉克曾经说过'他的书信和诗歌共同映证和讲述了作为一个诗人和一个常人的共性'。这句话在很大程度上同样适用于拜伦勋爵，他的文学和个人性格相互紧密交织，倘若我们只看他的作品而忽视他的生平和书信带来的有益启示，那不论是对他个人还是这个世界都是欠缺妥当的。"[145]穆尔的意思很明显：拜伦的书信和日志是贯穿拜伦生平的重要线索，是读者了解其人、领会他作品的重要辅助。

阅读和分析拜伦的书信可以发现它们反映了很多有关他生平和创作的问题。T. 斯蒂芬（T. G. Steffan）曾在《德克萨斯大学图书馆中的拜伦亲笔信》（Byron Autograph Letters in the Library of the University of Texas）一文中细致地分析了收藏于美国德克萨斯大学的 71 封拜伦的亲笔书信，时间跨度为 1807 年 1 月至 1824 年 1 月 19 日，信件数目不多，却也能够从总体上有效地呈现不少与拜伦生平相关的信息。从斯蒂芬的分析可以获悉拜伦的书信寄送对象涵盖亲友、律师、出版商、学者等不同人群，既与故交诉衷肠，也与泛泛之交谈业务；文学问题和各种各样的财务问题是反复出现的两个主要话题，前者主要涉及到他对自己和同时代作家的文学评论、旅行经验和他的作品出版，后者主要是他的债务问题、出售纽斯台德古堡的事宜等，说明财务困难是一直困扰着他的一个头疼问题，且愈到后头，问题愈严重；剩下还有一些有关他的希腊远征的事情。斯蒂芬认为："纵观所有的这 71 封书信，它们反映了拜伦的兴趣和活动轨迹，为他的生平提供了丰富的参考信息，就目前来说，它们还恰如其分地反映了他的复杂性格。"[146]斯蒂芬的这篇文章还提到一些值得引起注意的问题，即有不少拜伦的亲笔书信行文风格和手迹都不一致，这是一个令人困惑的问题，这不排除有些信件涉嫌伪作；还有一个就是有部分拜伦的亲笔信原件和已经出版的同一封信存在出入，出版商和编辑对内容删减，甚至有添加的痕迹，很难揣测这些修改是出于什么目的。[147]

尼娜·迪亚克诺瓦的文章《拜伦的随笔与拜伦的诗》侧重于探究拜伦的随

---

[145] Thomas Moore. Preface to *Letters and Journals of Lord Byron: With Notice of His Life*. Paris: J. Smith, 1831.

[146] T. G. Steffan. "Byron Autograph Letters in the Library of the University of Texas", *Studies in Philosophy*, Vol. 43, No. 4 (1946): 682-699. p.685.

[147] 参见 T. G. Steffan. "Byron Autograph Letters in the Library of the University of Texas", *Studies in Philosophy*, Vol. 43, No. 4 (1946): 682-699. p.685-686.

笔与拜伦的诗歌之间的关系。作者指出，"拜伦的书信和日志风格是反古典主义的，是诗性、讽刺、雅与俗、即兴的口语体杂糅"[148]。在前期，他的书信和他的诗歌风格差异很大，作者举了拜伦在《游记》第三章开头的告别诗组与他写给米尔班克的告别信的例子来说明这个问题。在诗中，拜伦忏悔、语气温婉动人，而在信中则是简洁的语气加事务式的口吻，诗的温情与信的冷淡形成鲜明对比，"诗归诗，信归信，这两者不可能一致"[149]。但是自拜伦第二次离开英国之后，他的随笔与诗歌的风格差异在逐渐减少，诸如《唐璜》和《游记》的第三、四章的即兴风格都与他的随笔风格几近一致，"在写诗的时候，拜伦运用了与他写随笔时相近的文体风格，他审慎地尝试让他的诗与随笔的语言趋近，以使得他的诗和无韵的随笔一样表达相同的内容，只不过他的诗写的东西要远比随笔呈现出来的多得多"[150]。尽管后来拜伦在书信和日志中陈述的内容与他的创作内容接近，且呈现出一种趋近的风格，我们不排除这些随笔本身包含的文学价值和意义，但是它们终究没有形成一个完整的有机组成部分。归因于他在希腊远征时事物的繁忙、身体的恶化到他的早逝，他的书信和日志不像普希金和莱蒙托夫的书信和回忆录那样整合起来之后就形成了一部自传体式的小说，在这一点上，这是一个遗憾。

　　拜伦与他同时代作家的关系也可以从一些书信中找到事实证据。例如拜伦与塞缪尔·柯勒律治曾经有过短暂的交往，他们的主要交集就体现在从1815年万圣节至1816年四月这短暂的几个月时间内的数次通信往来。根据厄尔·格里格斯（Earl Leslie Griggs）在《拜伦与柯勒律治》（Byron and Coleridge）一文中的描述，拜伦写给柯勒律治的大部分书信已经出版，但是柯勒律治写给拜伦的五封信在当时还没有完整地出版过。起初柯勒律治写信给拜伦寻求经济上的帮助，字里行间透露出失落的心情，拜伦很慷慨对他给予了帮助，拜伦在后来的信件中还表达了原来在《英格兰诗人与苏格兰评论家》中对他攻击的懊悔，希望求得对方的理解，后者也很自然地没有把那些往事放在心上。在通信期间两个人可能见过面，之后拜伦还给穆尔写信希望穆尔能在柯勒律治发

---

148 Nina Diakonova. "Byron's Prose and Byron's Poetry", *Studies in English Literature*, 1500-1900, Vol. 16, No.4, Nineteenth Century (1976): 547-561. p.548.
149 Nina Diakonova. "Byron's Prose and Byron's Poetry", *Studies in English Literature*, 1500-1900, Vol. 16, No.4, Nineteenth Century (1976): 547-561. p.550.
150 Nina Diakonova. "Byron's Prose and Byron's Poetry", *Studies in English Literature*, 1500-1900, Vol. 16, No.4, Nineteenth Century (1976): 547-561. p.560.

表作品后在评论文章中给予他正面的评价。但是两个人开启交往的时候恰逢是拜伦与米尔班克婚姻出现危机的时段，待拜伦出发离开英国之后，两个人的通信也就中断了。最终的结局就是，"尽管拜伦依旧欣赏柯勒律治的《克里斯塔贝尔》，但他在《唐璜》中却严苛地讽刺柯勒律治；后者在其后的日子里也渐渐地淡忘了拜伦曾经给过他的帮助。"[151]。还有莱尔·肯德尔的《拜伦：一封写给雪莱的未公开的信》，这篇文章讲述的是 1821 年 4 月 16 日，当济慈去世一个多月后，雪莱给拜伦写了一封信，告知他济慈的死讯，并称赞了他的《海伯利安》(Hyperion)。十天之后，拜伦回信给雪莱表达他对济慈之死的同情，但是没有称赞他的诗。雪莱旋即再次致信拜伦证实济慈之死，可能是他感觉到拜伦没有看过《海伯利安》，所以又提了这首诗。至于拜伦对济慈诗的看法，他在不久后写给默里的信中这样说道："你很清楚我不认同济慈的诗、他的诗歌原则，或者说是他对蒲伯的批评；但是，如今他已不在世，那就将我在作品中对他所发表过的看法通通都删去吧。"[152]

拜伦向来不对他的同时代作家表现出明显的认可，即便是在私人书信中，他也毫不隐晦他的看法。实际上，拜伦在生前就已经很清醒地意识到他的书信和日志必定会引起后人的广泛兴趣，所以在生前他就叮嘱这些材料要等到他死后再出版。他吩咐默里删除他对另一位诗人的看法，不知道是他不想因为这些看法引起英国公众对他的更多误解，还是纯粹出于对这样一位英年早逝的诗人的同情。这是我们可以确证的他主动要求删除材料的地方，但是还有一个与他的书信有关的疑团是他的情书。

拜伦生平中经历过很多女人，令人费解的是，他遗留下来的书信中却很少能见到他写给不同的情人的信，甚至写给其他普通女性的信也很少。上文提到的保存于德克萨斯大学的 71 封信中也仅有四封是写给女性的，它们的对象分别是施泰尔夫人、乔治·兰姆女士、卡罗琳·兰姆和米尔班克。阿兰·罗斯在《拜伦的情书》(Byron's Love Letters) 一文中也指出，"他很少写情书（尽管他可能写了比我们所知道的多很多，但那些信没有留存下来）"[153]。罗斯举例分析了三封拜伦分别写给兰姆、米尔班克和归齐奥利的情书，发现它们的风格

---

151 Earl Leslie Griggs. "Coleridge and Byron", *PMLA*, Vol. 45, No.4 (1930): 1085-1097. p.1097.

152 Lyle H. Kendall, Jr.. "Byron: An Unpublished Letter to Shelley", *Modern Language Notes*, Vol. 76, No. 8 (1961): 708-709. p.708.

153 Alan Rawes. "Byron's Love Letters", *Byron Journal*, Vol. 43, No. 1 (2015): 1-14. p.1.

非常相似，表达爱意的措辞都"非常典雅"（rather conventional），以至于"让人怀疑他给情人写信的时候是不是在应付"。的确，拜伦曾经说过"情人永远不会成为朋友"（Lovers can never be friends）[154]，可这并不足以解释为何拜伦写给女性的情书很少，我们更愿意相信拜伦写过很多情书，只是这些情书可能散佚各处，也"有部分的原因可能是这些信件本身的内容（以及情书写给的对象），促使它们被丢失、破坏、或者隐匿"[155]。

---

154 Alan Rawes. "Byron's Love Letters", *Byron Journal*, Vol. 43, No. 1 (2015): 1-14. p.11.
155 T. G. Steffan. "Byron Autograph Letters in the Library of the University of Texas", *Studies in Philosophy*, Vol. 43, No. 4 (1946): 682-699. p.683.

第三章　影响研究视域下的拜伦研究

第一节　拜伦在中国：特殊历史语境中的情怀

　　拜伦对中国作家的影响主要发生于清末民初时期，其中最核心的文本就是《哀希腊》，多位近代作家受到拜伦精神的感染而与之产生文学关联，因而国内关于拜伦对中国作家的影响研究也密集地聚焦于此。这些研究成果具体表现在以下两个方面。

　　1.《哀希腊》的译本对比与反思。在拜伦在中国的百年接受史中，《哀希腊》在最初的三十年占据了绝对的中心位置；而在今天，它则成了国内学界反复讨论的一个文本。在《唐璜》中，唐璜流落到一个岛屿上被海蒂（Haidee）救起后，在他们结婚的现场，一个吟游诗人弹唱了《哀希腊》，该诗先歌咏古希腊的辉煌，继而哀叹现今希腊受凌辱的状况。整个诗章是拜伦借唐璜的经历来抒发自己对希腊现状的悲愤之感，它可以独立成篇。拜伦的语言是激情澎湃的，他的革命、自由、反抗的思想又是跃然于纸上的，这在《哀希腊》中有了淋漓尽致的呈现，因此梁启超说"读此诗而不起舞必非男子"[1]。也正因为这首诗的内容能够让清末民初的中国知识分子联想到中国的现实遭遇，所以拜伦在中国被广为人知也正是得益于这首诗的翻译和流传。梁启超、马君武、苏曼殊、胡适、柳无忌、胡怀琛、朱维基、查良铮等多人翻译过它。因为这首诗的特殊性，它一直被反复翻译，这些译本今又被拿出来反复论说。

1　陈引驰：《梁启超学术论著集：文学卷》，上海：华东师范大学出版社，1998年，第368页。

倪正芳和唐湘从通过审视《哀希腊》在中国的百年接受来说明"风云变幻的社会历史背景及随历史潮流而动的大众文化观念和审美情趣是《哀希腊》受到如此礼遇的基本原因"[2]。廖七一说它"已经转化为民族救亡与个人精神追求的符号象征,参与了中国近现代文学甚至民族精神思想的建构"[3];王东风说这样一首小诗"撼动了一座大厦",该诗的翻译对当时的政治、文化和文学有重大影响,那些译本"内含着译者的某种政治或诗学的诉求";[4]黄轶和张杨则说它的译介演进"折射出文学现代转型之初的复杂图景"。不难看出,这首诗的译介过程本身就不是完全出于对其艺术性的仰慕,而是杂糅了许多其他的非文学性因素,只不过在这过程中不经意地又对文学转型产生了影响。

那么,清末民初和五四时期的译者翻译这首诗是否更像是一种意识形态话语主导下的政治行为呢?邓文生等人在《论意识形态与译者的关系——以梁启超译介拜伦为例》认为起决定性作用的还是译者个人的主体性[5];也有的学者如潘艳慧和陈晓霞则则认为梁启超和马君武更多地从民族国家和自由独立的角度来阐释拜伦,苏曼殊倾向于将拜伦当做自身志向和情感的投射[6];卢文婷和何锡章也大致赞成潘艳慧的观点,指出梁启超和马君武的翻译属于政治性的译介,而苏曼殊的译介更具浪漫色彩;[7]唐珂认为梁启超和马君武的译本是一种"结构于启蒙救亡意识形态的文化想象",苏曼殊、胡适、查良铮等人的译本"更倾力探索东西文学审美的共同体与文学语言的共通语法"。[8]在当时那样一个社会急剧转型的时代,拜伦能成为一个热潮必然与政治背景相

---

2 倪正芳、唐湘从:《〈哀希腊〉在中国的百年接受》,载《湖南工程学院学报》,2003年第 2 期,第 50 页。

3 廖七一:《〈哀希腊〉的译介与符号化》,载《外国语》,2010 年第 1 期,第 73 页。

4 参见王东风:《一首小诗撼动了一座大厦:清末民初〈哀希腊〉之六大名译》,载《中国翻译》,2011 年第 5 期。

5 参见邓文生等:《论意识形态与译者的关系——以梁启超译介拜伦为例》,载《兰州大学学报(社会科学版)》,2010 年第 38 卷,第 129 页。

6 参见潘艳慧、陈晓霞:《〈哀希腊〉与救中国——从翻译的角度看中国知识分子对拜伦的想象》,载《浙江工业大学学报(社会科学版)》,2010 年第 1 期,第 97-102 页。

7 参见卢文婷、何锡章:《从"哀希腊"的译介看晚清与"五四"时期的浪漫主义革命话语建构》,载《外国文学研究》,2013 年第 6 期。

8 参见唐珂:《〈哀希腊〉百年译介活动的语言符号学考察》,载《中国比较文学》,2017 年第 2 期。

关，译者的主体性能在翻译策略的选取和译诗的形式上有所体现，国内还有多篇类似于以上作家的《哀希腊》译本对比和反思，观点大致相近。

2. 清末民初受到拜伦影响的作家个案研究。十九世纪末二十世纪初拜伦在中国的传播过程中有一个值得注意的现象是：拜伦的传播者既充当了中介的作用，同时又在不自觉中受到了拜伦的影响。这些受到影响主要作家包括梁启超、鲁迅、苏曼殊、马君武、王统照、蒋光慈、徐志摩、胡适等。

梁启超作为第一个传播拜伦的学者，必然受到过拜伦精神的感染，有学者认为他不仅受到拜伦热爱自由精神的积极影响，还在诗歌的思想内容和创作的浪漫主义风格上受到拜伦的影响[9]。但是这种说法还缺少事实材料的有力证据，兴许拜伦对梁启超的诗歌创作更多是一种无意识的潜移默化，而不存在后者有意的模仿。屠国元和李静说"梁启超的翻译目的不在于诗歌艺术的审美追求，而是在于借此发表政见，并在这一目的的定位下对拜伦的《哀希腊》原文进行了本土化的翻译改写，植入改造国民性的话语，充分显征了他的新民救国思想"[10]；廖七一也借用李泽厚先生关于"实用理性"的文化心理特征的说法，指出"梁启超的翻译实际上是一种"实用理性"的挪用。他改译的《哀希腊》成功地实践了他的政治理想，他提倡的翻译功利观、'译意不译词'和文化本位为其后许多翻译家所效仿"[11]。由此可见，拜伦对梁启超的影响不在于具体的创作细节上的模仿和被模仿，而是性格人格上的隐性影响，同样受到拜伦精神感染的还有王统照、苏曼殊和鲁迅等人。

石在中在《试论拜伦对苏曼殊的影响》（《湖北教育学院学报》，1998 年第 3 期：27-30）就举例论述了拜伦对苏曼殊的影响表现在三个方面，即"恋爱的主题"、"自由的信仰"和"奋激的"反抗精神。"苏曼殊眼中的拜伦，是一个感性的、浪漫的生命个性"，这一生命个性表现在拜伦的追求自由的精神、对爱的执著与失落、及悲剧的精神对苏曼殊的触动。[12]因为两人的意气相投，

---

9 参见梁桂平：《拜伦与梁启超的诗歌创作》，载《河北广播电视大学学报》，2001 年第 2 期，第 28-31 页。

10 李静、屠国元：《翻译国民性：梁启超改写拜伦〈哀希腊〉的新民救过思想显征》，载《上海翻译》，2016 年第 3 期，第 62 页。

11 参见李泽厚：《中国现代思想史》，天津：天津社会科学院出版社，2003 年，第 320 页；廖七一：《梁启超与拜伦〈哀希腊〉的本土化》，载《外语研究》，2006 年第 3 期，第 51 页。

12 参见余杰：《狂飙中的拜伦之歌——以梁启超、苏曼殊、鲁迅为中心探讨清末民初文人的拜伦观》，载《鲁迅研究月刊》，1999 年第 9 期，第 22 页。

乃至有学者认为"拜伦诗毕竟只有曼殊可以译。翻译是没有的事，除非有两个完全相同，至少也差不多同样是天才的艺术家。那时候已经不是一个艺术家翻译别的一个艺术家，反是一个艺术家那瞬间和别的一个艺术家过同一个生活，用别一种形式，在那儿创造。唯有曼殊可以创造拜伦诗"[13]。

还有一个常被拿来论说的案例是鲁迅与拜伦。通常认为，鲁迅是受到过拜伦影响的，但为何会有这层影响以及它们的表现？民族国家主义定然是拜伦吸引鲁迅的一个重要原因，鲁迅推崇"摩罗"诗派，其《摩罗诗力说》材源便是骚塞的拜伦诗歌的批评[14]，他"欲借此精神唤醒麻木的国民，冲破被传统诗教束缚的中国文坛，'别求新声于异邦'。这种抗争精神也深深地影响了鲁迅的思想和创作"[15]。余杰也赞同鲁迅对拜伦的接受一开始与梁启超是出自同一个视角，这正如鲁迅自己回忆所言："有人说 G. Byron 的诗多为青年所爱读，我觉得这话很有几分真。就自己而论，也还记得怎样读了他的诗而心神俱旺；尤其是看见他那花布裹头，去助希腊独立时候的肖像……在一部分中国青年的心中，革命思潮正盛，凡有喊复仇和反抗的，便容易惹起感应。"[16]鲁迅受此感染也属正常，余杰在《狂飙的拜伦之歌》（《鲁迅研究月刊》，1999 年第 9 期）中由此得出结论认为鲁迅的拜伦观是一个集反抗者、孤独者与知识者于一身的"现代"的个人，并且据此还有助于更好地理解鲁迅对传统与现代的态度和文化立场。高旭东则在《拜伦对鲁迅思想与创作的影响》（《鲁迅研究月刊》，1994 年第 2 期）从人格范式、思想范式和美学范式等方面对这层影响关系进行审视，发现这种影响在"五四"之后发生了"消长起伏、变形乃至消失"[17]，后来鲁迅更多转向俄国和其他东欧国家的文学，并在那里找到了更多的共鸣，所以他始于接受西欧而终于接受俄国和东欧。

王统照在 1924 年曾发表《关于摆伦纪念号》、《摆伦在诗中的色觉》、《拜

13 张定璜：《苏曼殊与 Byron 及 Shelley》，载柳亚子编《苏曼殊全集·四》，北京：中国书店，1985 年，第 227 页。

14 参见寇志明、严辉：《关于〈摩罗诗力说〉的材源考证及其他》，载《鲁迅研究月刊》，2022 年第 7 期。

15 任春厚：《别求新声于异邦——鲁迅与拜伦、雪莱关系初探》，载《河南大学学报（社会科学版）》，2006 年第 2 期，第 96 页。

16 鲁迅：《坟·杂忆》，载《鲁迅全集·第一卷》，北京：人民文学出版社，2005 年，第 233-234 页。

17 高旭东：《拜伦对鲁迅思想与创作的影响》，载《鲁迅研究月刊》，1994 年第 2 期，第 4 页。

伦的思想及其诗歌的评论》等文章讨论拜伦，他自身也是受到拜伦精神气质影响的作家之一。阎奇男的《王统照与拜伦》（《广西梧州师范高等专科学校学报》，2005 年第 2 期）认为"王统照受到拜伦的巨大影响，是性格人格上的隐含影响，对拜伦的学习研究使王统照'心神俱旺'"。还有徐志摩身上也有拜伦的影子，毛迅和毛苹的《浪漫主义的"云游"——徐志摩诗艺的英国文学背景（一）》一文简述了拜伦"桀骜不驯、独立不羁的反叛性格和无所畏惧的冒险精神"在徐志摩诗歌和生活中的体现。当然拜伦对中国作家创作的影响也表现在一些具体的作品中，邓庆周在《拜伦〈哀希腊〉在近代中国的四种译本及其影响》（《江汉大学学报（人文科学版）》，2008 年第 5 期）一文中提出拜伦对马君武的《华族祖国歌》、胡适的《自杀篇》、蒋光慈的《哀中国》等诗作有显著影响。李静和屠国元在《作为救亡符号的拜伦〈哀希腊〉：清末民初的政治化阐释、接受与影响》也论述了《哀希腊》的"哀"字结构模式因被赋予了爱国的象征意义而被广泛征用，马君武的《哀沈阳》、蒋光慈的《哀中国》都受到了拜伦无形的影响。

拜伦凭借他杰出的诗才和独特的人格魅力，成为了浪漫主义文学史上一颗闪耀的明珠。他的文笔有传统留下的胎记，更有创造性的开拓；他是一个典型的浪漫主义诗人，同时又是一个最与众不同的浪漫主义作家。他的影响随着作品的流传和接受遍及世界多个民族，因而他不仅是不列颠民族的骄傲，更是其他民族作家创作灵感的一大源泉，他是世界文学的大熔炉中一个不可忽视的存在。国内的拜伦影响研究除了上述两个与中国作家相关的方面外，也有一部分文章讨论了拜伦对一些外国作家的影响。这其中讨论最多的便是俄国作家，普希金、莱蒙托夫、库切、巴赫金均有学者论及；还有拜伦与雪莱的文学关系，艾米丽·勃朗特《呼啸山庄》中的希斯克利夫作为"拜伦式英雄"也有文章作过简要论述。然而，关于拜伦是否受到其他外国作家影响的研究，国内学界在这块基本上还是一片空白。

从以上国内拜伦影响研究的概况可见，国内学者把绝大部分的焦点都放在了拜伦与中国，尤其是清末民初的中国的关联上，《哀希腊》作为核心文本经历过的不断译介，以及拜伦精神气质对中国作家的感染均是最常被拿来论说的话题。但是仔细审察这些影响研究，也可以发现：由于拜伦对中国作家的影响常常体现在一些译本中，翻译策略的选取就体现了译者对拜伦的认知；既然这更是一种认知，所以这种影响研究较少用到比较文学影响研究中常见的渊源学和流传学的实证方法，而更多的是通过译本分析来推测清末民初的中国作家对拜伦的革命和自由精神的仰慕。所以，严格来说，拜伦在中国的文学影响在个别中国作家的创作中并没有典型的体现，国内的影响研究不是一种文学姻缘的探究，而更像是拜伦的小部分文学文本，以及他的人格精神在中国特定时期、特定文学群体中的接受。

第二节　正典抑或例外：关于拜伦文学史地位的讨论

对一个作家在文学史上进行定位是一项复杂的任务，"伟大"与否的裁定并不取决于某一时期某些评论家的说辞，而是在时间的沉淀中、在读者的接受中，看他是否还能被不断阐释和赋予不同的意义。拜伦被置于世界重要作家的行列，也是在肯定和争议的起伏中逐渐协调而来的论断。

一般来说，一个民族的读者和批评家通常会出于对本民族文学的亲切感和自我认同感，而表现出对本民族作家的青睐。然而，拜伦却是个例外。在英国，拜伦有很多拥趸，也有不少敌人。"当拜伦的死讯传到英国的时候，那就像是发生了'一场地震'。根据《伦敦杂志》报道，他的读者们伤痛，那些曾经诽谤他的人欢呼，他的同伴计划着保护他的遗产以及让他的名声不朽。"[18]他之所以会让读者们伤痛，是因为在国内确实有相当数量的读者喜爱他的作品。在浪漫主义作家群中，拜伦的作品具有非常好的销量，他的《唐璜》于1816年第一章出版发行以后，"成为了浪漫主义时期所有同时代作家作品中销量最高的作品"，这种火爆程度甚至延续了整个十九世纪[19]。还有统计说他的长诗《海盗》是卖得最快的作品，在不到一周的时间里就卖出了14000册的记录！[20]足见其在当时的受欢迎程度。另外，"在英国文学中，可能没有谁能像拜伦一样会有那么多关于他的可疑的作品出现"[21]。乔治·哈韦尔（George Harwell）列举了三首拜伦的疑作："骷髅地（Calvary）"是其中写得最好的一首，有典型

18　Tom Mole. "Impresarios of Byron's Afterlife". *Nineteenth-Century Contexts*. 2007 (1): 17-34. p.17.

19　参见 William St Clair. *The Reading Nation in the Romantic Period*. Cambridge: Cambridge University Press. 2004. p.333.

20　也有说法是一天之内卖掉13000册。（参见[丹]勃兰兑斯著，徐式谷、江枫、张自谋译：《十九世纪文学主流（第四分册）：英国的自然主义》，北京：人民文学出版社，第343页。）

21　George Harwell. "Three Poems Attributed to Byron". *Modern Philosophy*. 1937 (2): 173-177. p.173.

的拜伦式雄辩风格；第二首没有标题，附于"拜伦勋爵在威尼斯的可靠细情"（Authentic particulars of Lord Byron's habits at Venice）一文中，可能是拜伦的一首即兴之作；第三首更像是一首打油诗，题名为"爱丁堡女士"，是一首回应他人请愿的诗作。这些诗都是在拜伦死后发表在不同的杂志上，但是缺乏足够的证据来说明它们是出自拜伦之手。琼斯（Howard Mumford Jones）也曾专门撰文分析过两篇可能是署名拜伦的伪作——"拜伦勋爵致英格兰的道别词"、"拜伦勋爵的朝圣之行"，得出结论伪作者可能是一个叫约翰·艾格的人，这可以从侧面反映拜伦在十九世纪的读者群中的受欢迎程度。读者市场的检验是证明他地位最具说服力的一大因素，本土评论界的观点也是重要参照。英国历史学家威廉·克莱尔（William St Clair）将拜伦列为英国万神殿中"八大权威作家"之一（其他七位分别是：华兹华斯、柯勒律治、司各特、骚塞、托马斯·摩尔、乔治·坎贝尔、塞缪尔·罗杰斯），[22]这主要是根据他们的文学价值来评判的。拜伦的作品特征是很鲜明的，他的多数叙事诗都是个人传记式的，作品中的主人公的经历是作者亲身的经历，形象性格是作者自身的写照，以此构筑了一种"拜伦式形象"——阴暗、神秘、犹豫不决、一个孤独的流浪者。[23]

同时，由于他的创作本身的原因，外加他的生平流言影响，他的诗歌就像他的品性一样也饱受批判。威尔弗雷德·道登（Wilfred S. Dowden）在他的综述性文章"一个雅各宾派刊物对拜伦的看法"罗列了从拜伦生前直至上世纪五十年代对拜伦作品的众多评价。总体而言，有赞叹他的诗才，欣赏他的批判社会、向往自由的精神的，也有讥讽他的作品衔接不连贯，乃至斥责他品德败坏的；评论家们惊讶于他对贵族社会的反叛，却也承认他的勋爵身份使他在作出这种叛逆的"罪行"时，"自带免疫系统"，并且他的话语能够引起贵族圈的关注和人民大众的响应；他们指出他的叙事写作没有周密的编排，有反宗教和反政府的倾向，却也惊讶于他的《恰尔德·哈洛尔德游记》和《唐璜》这样有明显"瑕疵"的作品能如此畅销。[24]

但是在国外，拜伦却有着比国内更加崇隆的声誉，他诗歌中对革命、对自由的激情感染了为民族独立而抗争的许多欧洲民族。时势可以造就英雄，时势

---

22 参见 William St Clair. *The Reading Nation in the Romantic Period*. Cambridge: Cambridge University Press, 2004. p.217.

23 参见 Jeffrey Langford. "The Byronic Berlioz: *Harold en Italie* and Beyond". *Journal of Musicological Research*, Vol. 16, No.3 (1997): 199-221. p.199.

24 参见 Wilfred S. Dowden. "A Jacobin Journal's View of Lord Byron". *Studies in Philosophy*. 1 (1951): 56-66.

也可以成就作家。有的作家因为时代原因可能不能得到应有的重视，也有的作家会得到更多的重视，乃至超出他们文学价值的地位。罗素认为拜伦是一位要比他看起来更加重要的诗人："正是在欧洲大陆上，拜伦式有影响力的，而不是仅在英国才能寻觅到他的精神遗产。对于我们中大多数人来说，他的诗行乏味、感情常常是俗丽的，但是在国外，他的感觉方式和人生观被传播、发展和变形，直到它们借助大事件的因素而广为诵读。"[25]在浪漫主义运动中，拜伦是一个最浪漫的形象，他的作品目的是要将人的个性从社会传统和社会伦理的束缚中解放出来。[26]

拜伦作为诗人被其他欧洲民族铭记还有一大特殊性是他参与了希腊的民族独立战争，并且为此在他乡付出了年轻的宝贵生命，希腊人民把一块刻有拜伦墓志铭的石碑，与其他许多为希腊独立战争牺牲的英雄们的纪念碑一起放进了迈索隆吉翁的英雄园。墓志铭上的大致内容为：

> 驻足吧，朋友！瞻仰拜伦，这位英国同胞，
>
> 他集缪斯女神们心田的万千宠爱于一身，
>
> 他的佳作会被人们铭记。
>
> 希腊人募资树起这块石碑，
>
> 因为当希腊人为自由而斗争的时刻，
>
> 他加入了这场战争，他是一个慷慨、鼓舞人心的骑士。[27]

他的激情在他的诗行中淋漓尽致地展现了出来，他孤傲的个性为喜爱他的人们津津乐道，得罪了许多同时期的英国作家以及托利党的权贵。1869年，威尼斯著名的阿尔丁出版公司（The Aldine Press）刊发"作为文人的拜伦"一文，首先就指出拜伦是个狂妄的作家，"历史上罕见有像拜伦这样的作家，在24岁的时候就对当时英国文坛的知名作家不以为然"，该文罗列了一些约翰·默里描述的拜伦如何受到追捧的情形，并称拜伦"是个被宠坏的孩子，不仅仅是被父母宠坏的孩子，更是一个被自然、幸运、名声和社会宠坏的孩子"。文

25　Bertrand Russell. "Byron and the Modern World". *Journal of the History of Ideas*. 1 (1940): 24-37. p.24.

26　参见 Bertrand Russell. "Byron and the Modern World". *Journal of the History of Ideas*. 1 (1940): 24-37. p.37.

27　原文为希腊文，英文为：Stay, Friend, and gaze on Byron, British peer,/ Whom in their heart the Muses held most dear./ Of whose good works to keep remembrance known/ The Greeks subscribed the funds to raise the stone./ For when Greece was oppressed in Freedom's fight,/ He joined the struggle, helpful, Cheering knight.

章还用了大段文字描述拜伦的财政状况，尤其是他的作品给他带来的金钱收益，如默里给他的《恰尔德·哈洛尔德游记》支付了至少 21,000 美元的稿费，《唐璜》15,000 美元，他的作品是如此畅销，以至于稿费像雪花一样漫天飞舞。但是拜伦并不在意这些稿费带来的收入，他有很多作品甚至没有向出版社要一先令，花钱大手大脚的他因此又时不时陷入财政危机。尽管他如此洒脱，却没有交到什么特别有名望的朋友，不论是文坛同道还是大权在握的权贵。司各特管他叫"一个名望的高贵小顽童"。[28]这篇报刊文章没有极力地宣扬拜伦，也没有一味地抓住他的弱点大书特书，更像是一篇简要说明拜伦性情及其创作的介绍加适度评论性的文章。

19 世纪末至 20 世纪的重要西方评论家对浪漫主义文学史的书写或许更能说明一些问题，笔者在此主要列举格奥尔格·勃兰兑斯（George Brandes）与迈耶·霍华德·艾布拉姆斯（Meyer Howard Abrams）的观点作为代表以陈述之。丹麦著名的文学评论家、文学史家勃兰兑斯在他的代表著作《十九世纪文学主流》六卷本的第四卷辟出大约三分之一的篇幅专论拜伦，从拜伦的相貌、天才、出身一直到围绕他的主要作品的整个创作生涯作了一个详尽的叙述和议论，足见他对拜伦的重视。尽管他认为拜伦的政治才能和独立思考能力比较平庸，但是他对拜伦的天分给予了极高的肯定，例如他认为："当时文学界其他人物的个性都能够变形……但是唯独在拜伦这里，我们看到了这样一个自我，它在任何情况下都始终意识到它自身的存在，并且总是复归于它自身；这是一个激动不安的和热情奔放的自我，就连最不重要的诗行的动向都能使我们想起那个自我的情绪，犹如海贝的喧嚣会使我们联想到大洋的怒吼一般。"[29]并且拜伦对英国自然主义的登峰造极也起了关键性的作用，他对其他作家的影响深远，"海涅最优秀的诗歌（特别是《德国——一个冬天的童话》）便是拜伦作品的续篇。法国的浪漫主义和德国的自由主义都是拜伦自然主义的嫡系后裔"[30]。

与勃兰兑斯对拜伦的偏爱不同，艾布拉姆斯则是有意无意地忽视拜伦。他明显更喜爱华兹华斯和柯勒律治的诗风，因此在评判浪漫主义诗歌的时候，他

---

28 Anonymous. "Lord Byron as a Litterateur". *The Aldine Press*. 3 (1869): 20-21.

29 [丹]勃兰兑斯著，徐式谷、江枫、张自谋译：《十九世纪文学主流（第四分册）：英国的自然主义》，北京：人民文学出版社，第 339 页。

30 [丹]勃兰兑斯著，徐式谷、江枫、张自谋译：《十九世纪文学主流（第四分册）：英国的自然主义》，北京：人民文学出版社，第 454 页。

主要以这两位诗人作为参照："艾布拉姆斯将伟大的浪漫主义诗歌视为某些真正伟大的、极好的成就，而不是这一体裁在浪漫主义时期遭遇衰颓。他（在"伟大的浪漫主义诗歌的结构与风格"一文中）写道，'在主要的诗人中，只有拜伦完全没有按照这种模式来创作'"[31]。这种无视并非偶然，例如在《自然的超自然主义：浪漫主义文学的传统与革新》序言中他再次避而不谈拜伦，并给出自己的辩解："我完全地省略拜伦，不是因为我认为他相对于其他诗人来说不那么重要，而是因为在他最伟大的作品里，他用一种讽刺式的反调来言说，并且审慎地在他同时代的浪漫主义作家的预言的立场上打开一个讽刺的视角。"[32]艾布拉姆斯的文字被认为是"批评的权威标准"，他对拜伦的忽视以及对华兹华斯和柯勒律治的高扬与勃兰兑斯对拜伦的偏爱形成了鲜明对比。标准和立场的差异形成了两位评论家对同样一个文学史上的重要作家评价的差距。

如果说勃兰兑斯和艾布拉姆斯只是根据自己的喜好和标准的不一样而不惜笔墨或有意无视拜伦，那么乔治·罗斯（George B. Rose）则是针对性地为拜伦进行辩护。他在"新的拜伦"（The New Byron）一文中，先客观地陈述麦考利勋爵将拜伦称之为"一个空虚的装腔作势的人"；拜伦死后并没有和其他英国的伟大人物一起被葬在威斯敏斯特，而是把他"藏在一个不起眼的乡村教堂"。而美国人因为尽管在物质方面进步迅速，但是就文学这些方面还是倾向于跟随英国，英国人对拜伦的不屑影响到了美国学界的看法。与之形成鲜明对比的却是欧洲大陆，从南部的西班牙直到北边的莫斯科，拜伦都被视为英国仅次于莎士比亚的最重要诗人。造成这种"墙里开花墙外香"的局面的原因，罗斯总结为：第一，英国辉煌的文明是一个由传统建构起来的大厦，拜伦却是这个传统的反叛者；第二，拜伦的诗相比较而言写得不如像丁尼生、济慈等作家那么精美；第三，人们还是习惯性地认为诗人的技术应该在晚年才得以纯熟，拜伦作为一个年轻的诗人还不那么够格。接着罗斯继续分析了拜伦能在"墙外香"——受到欧洲其他国家追捧的原因：其一，"他是所有激情的诗人中最伟大的一个"，正如他自己定义的那样"诗歌即是热情"，那么他的语言是最富激情的；其二，"他是最好的自然诗人，在描写能力方面，他没有对

---

31 James Soderholm. "Byron's Ludic Lyrics". *Studies in English Literature*, 1500-1900, Vol. 34, No. 4, Nineteenth Century (1994):739-751. p.742.

32 M. H. Abrams. *Natural Supernaturalism: Tradition and Revolution in Romantic Literature*. New York and London: W. W. Norton & Company, 1971. p.13.

手"，典型如《恰尔德·哈洛尔德游记》的第四章就是对意大利的最好的导游解说；其三，写忧伤需要诗人的感同身受，诸如济慈、雪莱、丁尼生之类的诗人精心呈现的忧伤更像是一种笔下的娱乐，而拜伦"触及到了最深刻的悲苦"；其四，"他是在诗歌中抒发自我的最伟大的讽刺作家"；最后，"他尝试了所有的诗风，且都成功了"，即便他的诗剧不适宜搬上舞台，然而"在形式和本质上已是戏剧的"。[33]

罗斯的分析一定程度上解释清了拜伦作为一个浪漫主义作家受到诸多争议的原因。拜伦在英语与非英语世界的评价反差也从另一个维度说明，英语世界的主流评价偏于狭隘，它并非世界性的英语世界，更不能代表权威。[34]从客观上而言，拜伦依然会为英国和世界各地的读者所珍爱，是世界文学经典的重要组成部分。在今天，谈到英国诗人，他会被认为是浪漫主义的先驱，任何一个评论家都无法完全地抹掉拜伦的那一页。即便是在受到英国文学评论影响的美国，拜伦在文学教材中所占的比重就可以看出拜伦的不可忽略性存在。哈里特·林金（Harriet Kramer Linkin）曾在 1989 年秋季做过一个调研，他对美国高校的浪漫主义文学课程部分设计的主要作家作统计，旨在探明英国浪漫主义文学经典的作家构成。作者发现，英国浪漫主义重点关注的作家在历史上基本保持不变，即"六大经典作家——布莱克、华兹华斯、柯勒律治、拜伦、雪莱和济慈"[35]，其中大约有 94% 的教学把拜伦列入教学纲要；因为教学上侧重诗歌，所以忽略了一些散文家和小说家；还有一些女性作家也没有得到应有的重视，如简·奥斯汀、玛丽·雪莱、卡罗琳·兰姆。

第三节　被影响的拜伦：暗仿与默化

拜伦的作品基本上来说是根据他自己的经历、思索来创作的，作品中凸显的是他的个人意识，只不过他按照需求创造了形象、可视的场景，然后用必要的情节将这些因素串联起来。他经历过的人和事、看过的书谐调地与他的作品中的个人中心融合为一体，中间也夹杂着许多的甄别、筛选和改造。所以可以

33 参见 George B. Rose. "The New Byron". *The Sewanee Review*, Vol. 19, No. 3 (1911): 363-369.

34 高旭东：《谁是世界文学：英语世界还是非英语世界？——以拜伦在英语与非英语世界评价反差为中心》，载《外国文学研究》，2017 年第 6 期。

35 Harriet Kramer Linkin. "The Current Canon in British Romantics Studies", *College English*, Vol. 53, No. 5 (1991): 548-570. p.548.

说他的创作既有他的个人传记性质的一面，也有受到其他作家和作品影响痕迹的一面；有个人特质的彰显，也有文化传承与文学互文性的共鸣。被影响的拜伦，因此也就是对拜伦受到其他作家和作品影响的痕迹的实证性考察。

一、情节编排与体裁风格的蛛丝马迹

《唐璜》与《恰尔德·哈洛尔德游记》是拜伦最重要的两部作品，它们都是叙事形式的史诗，或者说是史诗形式的小说。后者相对而言更多是拜伦亲身经历中的所见和所感，故事情节性不明显，而《唐璜》中故事主人公的奇特遭遇引人入胜，跌宕起伏的情节描写既有拜伦的亲眼目击，也有从其他文学作品中获得的想象灵感。此外，拜伦在《唐璜》中呈现出的半戏谑半严肃的风格、史诗形式的叙事技巧都有借鉴的迹象。

（一）情节编排的灵感

《唐璜》的第一章讲述了唐璜的出身，他的母亲伊内兹是一个有良好教养的人，笃信宗教、热爱数学、对自己和孩子要求都极其严格。当唐璜的父亲早早去世之后，他的母亲一心想要培养唐璜成为一个有才能、有高尚道德的人。因为拜伦的作品总是有意或不经意地带有自传性质，看到这里的时候，读者很容易由此联想到拜伦夫人，其中唐璜母亲的性情特征与拜伦夫人高度相似。在唐璜十六岁的时候他认识了他母亲很喜爱的一个朋友——茱莉亚——一个比唐璜大六岁的已婚少妇。茱莉亚嫁给了已经五十岁的阿尔封索，两人之间几乎没有爱情可言，但是仍然可以在忍受对方弱点的前提下守持婚姻契约。命运的捉弄与爱情的魔力让年轻的唐璜与茱莉亚相互吸引，从最初的暧昧走向了偷食禁果，最终事情败露，唐璜与阿尔封索一番扭打之后裸身仓皇逃回家。这一事件使唐璜被迫离开像拜伦夫人一样的母亲，放逐自己。这种三角恋爱关系最后到通奸罪恶的出现的情节编排，与但丁《神曲》中里米尼的弗朗西斯卡故事有许多相近的地方。但丁与维吉尔下到地狱的第二层，那是犯下淫欲罪恶的人受罚的地方。弗朗西斯卡为了父辈的政治联姻需要嫁给了里米尼的贵族马拉泰斯泰的残疾儿子祈安启托，然而婚后的十年间，弗朗西斯卡与祈安启托也已经结婚的弟弟保罗一直暗中约会，与唐璜和茱莉亚的故事一样，祈安启托捉奸自己的妻子和情妇在床，一怒之下把弟弟和妻子都杀死了。

弗雷德里克·L. 贝蒂（Frederick L. Beaty）在文章"拜伦与里米尼的弗朗西斯科的故事"中提出假设——拜伦《唐璜》的第一章与但丁《神曲》中

讲述的弗朗西斯卡的故事有影响联系。"在频繁地回顾弗朗西斯卡的故事后，拜伦在某种程度上将这个故事与他自己的生平经历结合起来。我（贝蒂）认为，尽管有些突兀，但这反映了弗朗西斯卡的故事这一源头悲剧故事以奇特的方式呈现在了《唐璜》的第一章中。"[36]依循这个假设，贝蒂寻找到一些论据说明拜伦应当读到过《神曲》的英文版，或者在学会意大利语之后阅读了意大利语版本；拜伦不仅仅对《神曲》感兴趣，且对但丁的生平也有所了解，这是其一。其二是在 1813 年 12 月创作《海盗》的时候，拜伦脑子里萦绕的都是奥古斯塔，其后半年间奥古斯塔一直陪伴在拜伦身边。《海盗》的第一章开篇他就引用了但丁的诗行："nessun maggior dolore, / Che ricordarsi del tempo felice/ Nella miseria"。这是弗朗西斯卡的名句，拜伦在此引用可能反映了他与奥古斯里分离后的痛苦心态。其三，最关键的是拜伦大概在弗朗西斯卡与保罗以及祈安启托的三角恋爱情故事中联想到了他与奥古斯塔以及拜伦夫人之间的情感纠葛。他在威尼斯给奥古斯塔的一封信中这样写道："想到我们分离了那么久就感到心碎……我确定我们的罪恶不仅仅是惩罚可以抵消的——但丁在'地狱篇'里是更人道的，因为他把这对不幸的情侣（里米尼的弗朗西斯卡和保罗，尽管足够恶劣，但他们的情况还没达到我们之间的那个程度）放到了一起作伴。而且就算他们在地狱受难，可至少他们是在一起的。"[37]拜伦很有可能就是想到她和姐姐奥古斯塔之间的乱伦可能以后也会要面临地狱的惩罚，他在《唐璜》中多次提到"地狱"可能也是出于对自己所犯罪恶的恐惧。贝蒂的假设以及论证所用到的一些依据都是有说服力的，很明显，作者认为拜伦与奥古斯塔之间存在乱伦关系，并且因为奥古斯塔是他同父异母的姐姐，而弗朗西斯卡只不过是保罗的嫂嫂而已，所以拜伦与奥古斯塔之间的罪恶是要比弗朗西斯卡与保罗之间的更加深重。贝蒂认为拜伦在阅读到弗朗西斯卡的故事后，内心掀起波澜，于是付诸笔端，以他自己神秘隐晦的方式道出了"唐璜"不得不自我流放的原因，同时也表达了他对奥古斯塔的深情，以及由于姐姐在受到拜伦夫人的蛊惑后，姐姐对他表现冷淡，所以他内心感受到的黯然神伤。

　　《唐璜》中还有一段沉船的描述引起了研究者的注意，毕竟在西方文学传

---

36 Frederick L. Beaty. "Byron and the Story of Francesca da Rimini". *PMLA*, Vol. 75, No. 4 (1960): 395-401. p.395.

37 Frederick L. Beaty. "Byron and the Story of Francesca da Rimini". *PMLA*, Vol. 75, No. 4 (1960): 395-401. p.398.

统中，海上游历的故事中经常出现沉船的情节，这一传统最早可以追溯到《奥德修斯》，再离拜伦近一点的《鲁宾逊漂流记》，这些必定是拜伦所熟知的。但是这也不排除拜伦自身经历的直接作用，在他第一次希腊之旅的途中，他确曾险些遇到一场沉船灾难，这在他写给他母亲的一封信中有过粗略描述：

> 两天前，虽然风暴并不猛烈，但由于船长和船员们的无知，我差一点在一艘土耳其战舰上丧了命……船帆被撕裂了，主帆的桅杆颤抖起来，风刮得很厉害，夜幕拉了下来，我们的全部机会就是到达为法国所占有的科孚岛或"葬身海底"……幸运的是风力减弱了，只是把我们吹到了苏利的海岸上，吹到了大陆上。[38]

博伊德·伊丽莎白·法兰奇（Boyd Elizabeth French）在他的著作《拜伦的〈唐璜〉：一个批判性考察》（*Byron's Don Juan: a Critical Study*）辟一专章"《唐璜》的文学背景：事件"来专论《唐璜》创作的文学背景，其中开始也谈到了这个"沉船"事件的问题。博伊德赞成托马斯·穆尔所理解的那样，即认为拜伦对亲历的沉船事件印象深刻，但是在创作《唐璜》的过程中，他的诗性叙述和想象还是有可能借鉴了其他的源泉。博伊德分析了苏格兰诗人威廉·福尔克纳（William Falconer）的《沉船》（*The Shipwreck*, 1762）和意大利诗人卢多维科·阿里奥斯托（Ludovico Ariosto）的《疯狂的罗兰》（*Orlando Furioso*）的一些诗行，再对比拜伦的相近描述，发现有不少相似的地方，由此推断拜伦很有可能是读过两位诗人的作品，并在自己的创作中作了不自觉地引用或改编。[39]

还有一个有趣的情节设置就是《唐璜》中的男扮女装，有多位学者注意到这个有趣的想象并作出了被影响的假设。里斯·豪威尔·格罗诺（Rees Howell Gronow）在《格罗诺上尉回忆录》（*Reminiscences of Captain Gronow*）中提到一个叫丹·麦金农的人，他是一个非常擅长戏谑打扮的人，手脚灵便得像一只猴子，曾经流传过关于他的这样一则趣事：惠灵顿勋爵很好奇女修道院中的生活情景，但是苦于性别原因没能进入。麦金农得知此事，于是便想向勋爵展示一下他的男扮女装本领。当惠灵顿勋爵抵达寺院的时候，他和修女们一起从他眼前路过，刮去胡须，打扮得天衣无缝的他被认为是修女中最漂亮的一位。

---

38 [英]乔治·戈登·拜伦著，王昕若译：《拜伦书信选》，天津：百花文艺出版社，2012年，第40页。

39 Boyd Elizabeth French. *Byron's Don Juan: a Critical Study*. New York: The Humanities Press, 1958. pp.117-121.

"可以揣测，拜伦勋爵知晓这个故事，并且在《唐璜》的东方故事部分设置了一个类似的情节。"[40]玛格丽特·麦克金（Margaret E. McGing）对格罗诺的观点提出了质疑，依据在于拜伦只在谈到政治的时候提及过格罗诺，但是从未在他的书信类的文献中能找到与这个故事相关的信息，两个男扮女装的故事唯一比较接近的就是男扮女装后的男主人公都有一个美丽的女性外表。麦克金接着从一些土耳其当时的事实情况说明男扮女装在土耳其并不是一件很罕见的事，拜伦作为一个重视事实材料的人必定是对这些有所了解的；"拜伦如果听过买金农的故事，并且在偶然看到斯泰德·塔里的描述（关于土耳其男扮女装的实践）的时候回想起了它，那他可能会有意识或无意识地将这两种印象熔进他的唐璜故事中"[41]。

格罗诺和麦克金的推断都缺乏有力的论据，相对而言是建立在一种假设基础上的没有充分材料依据的实证。针对拜伦这个"男扮女装"的情节安排，博伊德在《拜伦的〈唐璜〉：一个批判性考察》（*Byron's Don Juan: a Critical Study*）也有探究。不过他找到的支撑材料是 12 世纪开始流传于法国的一个传奇故事《弗洛里斯与布兰奇弗洛》（Floris and Blancheflour），依据是两个故事都有一个极其相似的情节，即为了混入宫中而男扮女装，都是一个基督教徒和一个穆斯林之间的爱情故事。[42]遗憾的是，博伊德没有再详细展开拜伦与这个传奇故事之间的更多关联，它是否对拜伦构思《唐璜》有直接影响，尚还不能得出更多结论。基于博伊德的研究，安德鲁·斯托弗（Andrew M. Stauffer）进行了进一步的论证，他指出，《弗洛里斯与布兰奇弗洛》在 13 世纪初的时候是当时"欧洲最国际化的传奇之一"，其后传遍至德国、冰岛、瑞典、意大利、西班牙、挪威、以及英格兰，最早的英语版本大约出现于 1805 年，拜伦有很大机会读到这部传奇，且最有可能受到的是又西班牙语翻译到意大利语版本的影响；拜伦熟练地借鉴了这部传奇中的这一典型情境——冒着被阉割的危险，男扮女装混入宫中，幸好遇到一个善良的中间人，不同的是《弗洛里斯与布兰奇弗洛》中的中间人克莱尔看到花丛中的弗洛里斯发出尖叫后，为了掩护他而面对众人解释说，花丛中飞出一只蝴蝶撞到她脸上吓她一跳，而《唐璜》的中间人杜杜面

---

40 Rees Howell Gronow. "Reminiscences of Captain Gronow". London: Smith, Elder. 1862: 85-86.

41 Margaret E. McGing. "A Possible Source for the Female Disguise in Byron's Don Juan". *Modern Language Notes*, Vol. 55, No. 1 (1940): 39-42.

42 参见 Boyd Elizabeth French. *Byron's Don Juan: a Critical Study*. New York: The Humanities Press, 1958. p.123.

对质询解释她半夜尖叫的原因，她声称是梦见咬苹果的时候飞出一只蜜蜂叮到她心上让她受惊。斯托弗认为拜伦借鉴了这部传奇的典型情境，在一些细节的处理方法上稍作了合乎情理的修改，他非常肯定地说："无论如何，拜伦毫无疑问是熟悉弗洛里斯与布兰奇弗洛的故事中闺阁一幕的。"[43]

（二）体裁风格的借鉴

拜伦前期的作品除了少数作品的局部语言有口语化的倾向外，总体而言是用书面化的语言来讨论严肃的话题，但是在《唐璜》中却明显体现出对半口语化语言的熟练运用，这种戏谑风格不仅没有削弱书写话题的严肃性，反而增强了讽刺的效果。

杰罗姆·麦甘很早就注意到，拜伦创作于 1813 年的《异教徒》有在诗歌中用口语体风格的倾向，麦甘在他的专著《炽烈的尘埃：拜伦的诗歌演进》（*Fiery Dust: Byron's Poetic Development*）通过分析《异教徒》发现，整首诗虽然贯通有书面语的风格，但是细看可以察觉到许多口语化的内在特征。[44]之后，在《在语境中的拜伦》一书中，麦甘确证了《唐璜》谈话式的本质，且这种本质"源于拜伦将意大利的对话体转化成了一种英语的谈话式风格"[45]，且拜伦主要学习的对象是意大利的浦尔契与英国的蒲伯。那么，拜伦这种口语体式的风格是从哪里借鉴而来的呢？英国浪漫主义的传统多讲究精细的书面化描绘，总体是严肃认真的格调，而拜伦的诗歌是夹杂着戏谑语调的严肃书写，是对英国浪漫主义传统的一种悖离，乃至可以说是革新。所以这一渊源的追溯理应从外来影响着手。很快，研究者们从意大利找到了极为可靠的实证依据。其中，琳赛·沃特斯（Lindsay Waters）的文章"《唐璜》的'散韵'：拜伦、浦尔契与即兴风格"（The "Desultory Rhyme" of *Don Juan*: Byron, Pulci, and the Improvisatory Style）比较系统地论述了意大利文艺复兴时期的诗人路易吉·浦尔契（Luigi Pulci）对拜伦有口语对话式的即兴写作风格的影响。沃特斯指出，拜伦曾经在创作《唐璜》第三、四章的期间细致地翻译了浦尔契的《摩尔干提》的第一章，这足以看出拜伦对浦尔契的兴趣。拜伦最早的即兴式风格可见于

---

43 参见 Andrew M. Stauffer. "The Hero in the Harem: Byron's Debt to Medieval Romance in Don Juan VI", *European Romantic Review*, 10:1-4 (1999): 84-97.

44 参见 Jerome J. McGann. *Fiery Dust: Byron's Poetic Development*. Chicago: The University of Chicago Press, 1968. p.146.

45 Jerome J. McGann. *Don Juan in Context*. Chicago: The University of Chicago Press, 1976. p.55.

《别波》，其后他在《恰尔德·哈洛尔德游记》里作了进一步的实验，即用平和随性的语调作权威的自我抒发，以此发出更加贴近真实的心声。从浦尔契的《摩尔干提》那里，拜伦找到了摹仿的对象，并在《唐璜》中作了成熟的实践。尽管这两部相隔四百多年的作品是两首很不一样的诗，但是有许多类同之处："都将滑稽风格与严肃风格融合"，两位作者"都用了当时流行的材料"。[46]浦尔契取材于平民生活取悦读者，拜伦则用东方故事和法国情色小说吸引读者。所以两位诗人的写作不是一直严肃或一直戏谑，而是时而严肃，时而戏谑。浦尔契在文章结尾处还指出好辩的拜伦对《唐璜》风格上的革新实际上是对以华兹华斯为代表的英国浪漫主义正统的挑战，他通过"创立一种明晰风格来对抗华兹华斯在《远足》中呈现的冗长和夸饰风格……拜伦意图成为华兹华斯的对立面，并把英国诗歌带离'文学的低地帝国'"[47]。沃特斯还在另外一篇文章"浦尔契与拜伦的诗歌：归化的缪斯"（Pulci and the Poetry of Byron: "Domestiche Muse"）中强调正是通过浦尔契，拜伦才得以获得他与中世纪晚期意大利文本（尤其是文本中的修辞手法）的互文性关联。[48]

　　浦尔契对拜伦《唐璜》半口语体风格的影响在西方学界基本已经形成了共识。从拜伦的生平记录可以看出，拜伦在 1810 年游历地中海的时候开始学习意大利语，很快他就可以阅读意大利文艺复兴时期的文学经典了，诸如但丁、塔索、浦尔契等作家的作品一定有阅读过。他从意大利的多部文学经典中看到了戏谑风格的魅力，起初以为这种风格的起源是贝尔尼（Francesco Berni），后来才意识到更早在骑士史诗中运用戏谑风格的是浦尔契，至于两人间的影响关系沃特斯亦有详论。至于这种影响是否具有其他表现，伊莲娜·库尔兹娃（Irena Kurzová）认为拜伦不仅仅停留在学习了浦尔契的韵律，而是在《唐璜》中深入地借鉴了他的体裁和风格。此外，拜伦半严肃半诙谐的自我反射（self-reflexivity）诗风也是从浦尔契和阿里奥斯托那里获得了启迪。库尔兹娃还提到了《唐璜》中"读者"（reader）二字明显要多于拜伦其他的作品，可以看出虚拟读者的设置在《唐璜》中也是一大演进，凸显读者就是凸显与读者的对话

---

46 参见 Lindsay Waters. "The 'Desultory Rhyme' of *Don Juan*: Byron, Pulci, and the Improvisatory Style", *ELH,* Vol. 45, No.3 (1978): 429-442. p.438.

47 Lindsay Waters. "The 'Desultory Rhyme' of *Don Juan*: Byron, Pulci, and the Improvisatory Style", *ELH,* Vol. 45, No.3 (1978): 429-442. p.439.

48 参见 Lindsay Waters. "Pulci and the Poetry of Byron: 'Domestiche Muse'". *Annali d'Italianistica*, 1 (1983): 34-48.

互动，"尽管这很特别，然而，他与虚拟读者的互动可以溯源到意大利文艺复兴时期的史诗"[49]。

《唐璜》又被称作是一部"诗体讽刺小说"（novel-satire in verse）[50]，这种小说特质在库尔兹娃看来是"意大利传奇对《唐璜》体裁的最重要的互文性影响体现"[51]，也许拜伦看过浦尔契、贝尔尼等人的八行体骑士史诗，但是阿里奥斯托在这一体裁风格方面的影响应当是最明显的。从阿里奥斯托的《疯狂的罗兰》那里，拜伦学习了他精心筹划的叙事技巧，在叙述的时候时不时夹杂议论或引入一些相关联想，然后再拉回到叙述中，不过他不再刻意为自己的夹叙夹议向读者道歉，这种自我反射式的不经意征引可以起到强化讽刺效果的作用。库尔兹娃的研究相对于麦甘和沃特斯等人的贡献又往前推进了一步，我们可以更为清晰地看到《唐璜》小说化的诗体与意大利传奇之间割不断的联系，以及他对意大利骑士传奇叙事风格的改造是如何让他的讽刺力度得到加强。

二、思想的可能性渊源

> 拜伦从其他文学中获得的灵感不仅仅体现在丰富了他在《唐璜》中的情境设置、主人公的情感和性格特征描绘，还培育了很多他的思想。纷繁的思想在他面前涌现的时候，他自由地从阅读中学习，从自己的生活中领悟，所有这些都在他的经验和反思中得到了验证并进而转化成了他所确信的东西。[52]

在博伊德看来，拜伦在创作《唐璜》的时候受到了多位英、法作家和思想家的思想影响，这些作家和思想家及其思想主要有：莎士比亚的哈姆雷特、亚历山大的名誉论、伯顿的生命的对象（健全的身体与良好的消化）和存在的问题、蒙田的怀疑论、牛顿的知识谦逊等。拜伦与伯顿一样认为怀疑论是导致伟大的道德对犯罪和人类的愚蠢行为发出感叹的原因；他在意识里不能理解为何人们要控诉他是一个愤世嫉俗的人，毕竟他觉得自己所写的东西虽然有很

49　Irena Kurzová. Byron. "Pulci, and Ariosto: Technique of Romantic Irony", *Neophilologus*, Vol. 99, No. 1 (2015): 1-13, p.4.

50　Leslie A. Marchand.*Byron's Poetry: a Critical Introduction*. Cambridge, Massachusetts: Harvard University Press. 1968. p.234.

51　Irena Kurzová. Byron. "Pulci, and Ariosto: Technique of Romantic Irony", *Neophilologus*, Vol. 99, No. 1 (2015): 1-13, p.5.

52　Boyd Elizabeth French. *Byron's Don Juan: a Critical Study*. New York: The Humanities Press, 1958. p.139.

多在当时人们看来是不道德的东西，但那却都是人性的一些事实。拜伦很少称赞他同时代或相隔不远的作家，但是蒲伯是个例外，他曾反复阅读一些蒲伯的作品，并被作品中绝妙的意象和超常的讽刺想象吸引，在拜伦的作品中也时不时可以看到蒲伯的影子。博伊德还注意到，拜伦的《萨丹那帕露丝》《该隐》《唐璜》经常谈论好与坏、谋杀与革命的话题，这些与他受到形而上学和天文地理学等的影响有关，可惜作者没有进一步详细展开来分析。在论及战争与征服的问题上，拜伦比较赞同菲尔丁的观点。菲尔丁认为伟大与名声贯穿于战争和征服的过程中，菲尔丁在《大伟人江奈生·魏尔德传》里对人的伟大作了界定，即不论一个人是否是一个胜利者、或者是绝对的王子还是小偷，只要他是竭尽全力去执行自身意志的人，那他就是伟大的。在拜伦创作《唐璜》期间，尤其是1821年，"蒲伯、约翰逊和伯顿在他的思想中占据着显著的位置"。还有司各特的作用也不可低估，尽管年轻时候的拜伦曾经在《英格兰诗人与苏格兰评论家》中一股脑儿地把包括司各特在内的几乎所有当时英国文坛的主要作家批了个遍，但是后来他发现自己这样的做法是多么冲动，于是自己终止了它的发行。拜伦很敬重司各特这位前辈，他学习司各特将虚构的主人公恰到好处地融入到历史事件的叙事中，叙述者借主人公的身份扮演一个目击者，以此来讽刺战争与征服，用史诗的形式来表达对不自然的文明的嘲讽。[53]

　　从上述拜伦受到的影响可见，拜伦关切的话题范围集中在战争、历史、政治、宗教等方面，而这些方面的写作素材除了自身的经历和思索外，还有阅读到其他作家和思想家的作品。他重视根据记忆来写作，在写《别波》与《唐璜》的时候，他长期关注《爱丁堡评论》这类刊物，所以作品中经常拿里头的一些话题发表自己的看法。他依据现实、讽刺现实，营造文字的真实感，表现对政治和人性的关切。显然，拜伦的作品富于激情澎湃的思想和情感，善辩的拜伦在哲学、宗教和政治方面受影响的渊源可以追溯到更久远的思想家，比如亚里士多德。

　　伊丽莎白·阿特金斯（Elizabeth Atkins）在"拜伦与苏格拉底的联系"（Points of Contact between Byron and Socrates）一文中大量印证了拜伦在《恰尔德·哈洛尔德游记》《唐璜》《畸人变形记》（The Deformed Transformed）《该隐》《曼弗雷德》以及拜伦的书信与日记等材料中的语句与苏格拉底、柏拉图

---

53 参见 Boyd Elizabeth French. *Byron's Don Juan: a Critical Study*. New York: The Humanities Press, 1958. pp.139-150.

以及雪莱的一些观点进行比照，发现拜伦与他们之间，尤其是与苏格拉底的联系密切。二者之间有诸多观点的相似之处，拜伦很可能对苏格拉底的作品有比较深入的阅读和理解，并且从中找到了思想的契合，但是二者间有共性的同时也有很多不一样的地方，这主要来源于拜伦对苏格拉底思想理解的偏差及因为拜伦自身原因导致的对同一问题的不同理解。阿特金斯认为，就柏拉图思想的问题在《哈洛尔德游记》的第三章拜伦表达了与雪莱和华兹华斯站相似立场的共鸣，但是拜伦更像是一个亚里士多德的门徒，因为他对亚里士多德的个性显然是更有兴趣的，且在《哈洛尔德游记》中他赞叹亚里士多德为"雅典娜最有智慧的儿子"[54]，在《畸人变形记》中再次称之为"集所有精神之美的世间完美体、美德的化身"[55]，亚里士多德的名字在拜伦的作品出现多达四十次！

拜伦桀骜不驯的性格决定他不愿意轻易在争论中屈从于他人的观点，他轻视现代哲学的详尽复杂，苏哥拉底的一个教条便是"一切都是不可知的"，对一切都表示怀疑的他在苏格拉底的哲学中找到了知音。阿特金斯指出，虽然拜伦在怀疑论方面受到亚里士多德的影响，但是他的学习却显得迟钝和空洞，没有把握到核心要点，亚里士多德的不可知论是出于对知识的谦虚，而在实际探索中，他始终是不知疲倦地在努力。拜伦片面地理解亚里士多德的思想也是他偏执的表现，他甚至还取笑黑格尔通过假设整个世界都是头脑中的一个理念来摆脱怀疑论困扰的尝试。对一切事物的怀疑自然会联想到宗教的神性，拜伦是一个无神论者，苏格拉底虽然也对神性持怀疑态度，但是对之还是保持着谦卑之心，至少他还是容忍宗教神秘性的存在；而拜伦则不认为人必须要靠信仰而活着，基督教与其他异教因此在他看来是没有优劣之分的，在基督教文明圈生活和写作的拜伦对异教的容忍自然会招致保守的英国同胞反感。

很明显，阿特金斯是从一个批判性的视角来审视拜伦与苏格拉底之间的影响关系，在凸出拜伦思想受到影响的同时，也对二者的差异进行比照，他分析拜伦之所以会对苏格拉底有理解偏差的原因主要是源于他水仙花一样的本性。苏格拉底对自己的剖析是把自己当成是一个普遍的人类进行探索，拜伦依循苏格拉底思想来剖析自身仅仅是对他个人的一种内在反省。拜伦对人性弱点的揭露仅仅是一种口头上的讽刺，与他面对知识的幻灭表现出的英勇行为

54 Lord Byron. *Childe Harold's Pilgrimage*. London: John Murray, 1870. p.68.
55 Lord Byron. The Deformed Transformed: A Drama, London: J. and H. L. Hunt, 1824. p.21.

是分不开的；他对英国过去传统的怀疑，既是对权威发起的挑战，也有为自己不道德行为作出辩解的动机。

此外，雪莱作为拜伦同时代的重要诗人兼拜伦最要好的朋友之一，也对拜伦产生过重要影响。正是在 1816 年与雪莱相识于日内瓦之后，拜伦才在雪莱的熏陶下对柏拉图和亚里士多德思想表现出明显兴趣。[56]还有就是关于普罗米修斯的思想也是两人谈论过的话题，勒韦林.M. 布尔（Llewellyn M. Buell）在谈到这点时指出，虽然拜伦的诗《普罗米修斯》和《曼弗雷德》都有关于普罗米修斯的内容，且与雪莱的《解放了的普罗米修斯》有许多相近之处，拜伦的两首诗都要先于雪莱发表，但是这并不能排除拜伦在创作的时候是受到与雪莱谈话的启发。[57]与雪莱在一起的那段时光是拜伦思想得到极大升华的时光，雪莱像"花的精灵、风的精灵"[58]一样，他具有拜伦所欠缺的教养，相较于拜伦也没有那么多不道德的流言缠身，但两人因为在对神性持的怀疑立场和对自然之美的热爱让两个人有许多共同语言，他们同被骚塞攻击为"恶魔派"就是一个例证。除了思想方面受到与雪莱对话的启迪外，拜伦面临湖畔风光魅力吸引的文思也得到释放。他小时候在苏格兰的自然生活环境优美，Lachin y Gair（又名 Lochnagar）山顶终年积雪，纽斯台德古堡里面的布局，周边的山水常常使拜伦流连忘返，在剑桥读书归来的休假期，他在这样的环境里受到邻居伊丽莎白·皮戈特的鼓舞，于 1811 年 1 月写成诗集《偶成集》，同年 6 月回到伦敦的拜伦将里面的诗添加、整理后更名为《闲散的时光》正式出版。这次与雪莱交往的期间，雪莱建议他看看华兹华斯的诗，拜伦虚心地听从了好友的建议，并对华兹华斯从重新认识到渐生好感。研究者们发现，在与雪莱待在一起的将近两个月的时间里，拜伦写成了《锡雍的囚徒》和《恰尔德·哈洛尔德游记》第三章。这两部作品发表之后，司各特和杰弗里都发表过评论，一致认为拜伦与华兹华斯和柯勒律治在神秘倾向和文本上有近似之处。爱德文.M. 埃弗雷特（Edwin M. Everett）认为拜伦在《哈洛尔德游记》中有为年轻时候的暴烈脾气忏悔的意味，他的文章"拜伦勋爵的湖畔派插曲"就试图通过对比

56　参见 Elizabeth Atkins. "Points of Contact between Byron and Socrates", *PMLA*, Vol. 41, No. 2 (1926): 402-423. p.402.

57　参见 Llewellyn M. Buell. "Byron and Shelley". *Modern Language Notes*, Vol. 32, No. 5 (1917): 312-313.

58　鹤见祐辅著，陈秋帆译：《明月中天：拜伦传》，长沙：湖南文艺出版社，1981 年，第 146 页。

分析拜伦的《锡雍的囚徒》与柯勒律治的《古舟子咏》(the Rime of the Ancient Mariner)来说明拜伦实际上从华兹华斯和柯勒律治那里学习了很多。[59]

怀疑论是拜伦一生所坚持的思想，要想恰当地理解拜伦的诗歌，就必须给予他的怀疑论思想以足够的注意。除上述一些思想家对拜伦的怀疑论观念的影响外，还有一个不可忽视的源头就是法国哲学家、历史评论家皮埃尔·培尔(Pierre Bayle)。他是 17 世纪下半叶最有影响力的怀疑论者，他的《历史批判词典》(*Historical and Critical Dictionary*)针对先前的学术见解，以大量的脚注进行批判式论述。"似有迹象表明，拜伦拥有培尔的《历史批判词典》的法语原版和英文译本，这本书对拜伦来说常常是必不可少的。这一影响与被影响的关系值得全面地去探究一番。"[60]循着这一线索，罗伊. E. 艾科克（Roy E. Aycock）认为普鲁士的腓特烈大帝、法国的伏尔泰、英国的吉本三个理性主义者的思想应当是拜伦年轻时候接触过的，腓特烈大帝是培尔怀疑论热心的追逐者之一，而拜伦又喜爱阅读腓特烈大帝的书，伏尔泰和吉本是拜伦除蒲伯之外最钦佩的作家。三位思想家都受到过培尔的影响，所以通过分析拜伦与它们之间的关系，再结合拜伦与培尔《词典》的直接联系，可以更好地理解拜伦是如何受到培尔怀疑论的思想体系影响的。培尔的《词典》之所那么吸引拜伦，"除了它提供档案材料和与拜伦尤为相似的历史观之外，培尔还频繁、热切地陈述了一种深刻的怀疑主义，且严苛评判了既成的道德观和教会主义"[61]。

第四节　拜伦的影响：接受的万象

拜伦诗歌中折射出一个桀骜不驯的拜伦式英雄，他的自我意识集中反映了诗人最强烈、最真实的思想和情感。拜伦的意义不仅仅在于他在短暂的创作生涯里诞生了许多优秀的诗篇，还在于他成了一个模子——一个被世界多国作家所效仿、借用的模子。这个模子在一定程度上成了一个典范，即便不是一种创作路径的权威，至少也是一个重要标杆。它在其他许多作家的作品中隐约可见，有时候也对文学以外的其他方面产生不可忽视的影响。

---

59 参见 Edwin M. Everett. "Lord Byron's Lakist Interlude", *Studies in Philosophy*, Vol. 55, No. 1 (1958): 62-75.

60 Ernest James Lovell. *Byron, the Record of a Quest: Studies in a Poet's Concept and Treatment of Nature.* Austin: University of Texas Press, 1949. p.27.

61 Roy E. Aycock. "Lord Byron and Bayle's 'Dictionary'". *The Yearbook of English Studies*, Vol. 5 (1975): 142-152. p.147.

一、拜伦在英国：叶芝、艾米丽·勃朗特、简·奥斯汀、卡罗琳·兰姆

浪漫主义在英国是辉煌的，像华兹华斯、司各特、柯勒律治、雪莱、济慈等都是杰出的代表，群星闪耀的文坛里，这些作家都因自身独特的风格而占有一席之地，很难介定相互间的影响关系。在本章第一节关于拜伦的地位已有描述，他在英国因为多方面原因没有受到像在欧洲大陆那样的追捧，不过因为他语言以及他的精神还是感染了不少同时代的英国作家。比较明显的一个特点是，拜伦在英国作家群中与他在现实中一样更有"女人缘"，阅读他作品和受到他影响的女性作家要比男性作家更多，男性作家中对与拜伦关系比较亲近的如托马斯·穆尔、雪莱和司各特对拜伦的天才和作品确实赞叹有加，但是在写作上更像是一种相互竞技、彼此鼓励的关系。

（一）叶芝

著名的爱尔兰诗人威廉·巴特勒·叶芝（William Butler Yeats）早期的诗歌具有浪漫主义风格，西方学界一般认为他诗歌中的浪漫主义元素主要受惠于珀西·比希·雪莱和威廉·布莱克（William Blake），这一点是叶芝亲自承认过的[62]。不过也有学者提出假设——叶芝从拜伦那里获得过"力量"（strength or power），其中最重要的一条事实依据就是一封叶芝 1926 年 2 月写给格里尔森（H. J. C Grierson）的信，信中叶芝说道："我对您写的关于拜伦的文章表示特别感激。我的诗——表面上看似乎缺少我的个人意志——已经越来越多地纳用了普通的个人演说句法和词汇了。"[63]叶芝提到的格里尔森的文章是"拜伦勋爵：阿诺德与斯温伯恩"，格里尔森称赞拜伦是一个非常有天赋的演说家，他的诗中处处可见激情四溢的言辞。从叶芝的信可以推测他应该是受到了格里尔森关于拜伦的评价的影响。爱德华·莱利希（Edward Larrissy）在解读叶芝诗的过程中发现，叶芝和拜伦的作品之间存在一种互动，尤其体现在叶芝借用了拜伦的八行体（ottava rima）写法，"拜伦式的'男子气概'风格"在年轻的诗人叶芝的诗中有所显现。[64]此外，史蒂芬·马修斯（Stephen Matthews）和卡洛斯·贝克（Carlos Baker）也根据叶芝的这封信论

62　参见 W. B. Yeats. *Essays and Introductions*. London: Macmillan, 1961, p.424.

63　Allan Wade ed. *The Letters of W. B. Yeats*. London: Rupert Hart-Davis, 1954. p.710.

64　参见 Edward Larrissy. *Yeats the Poet: The Measures of Difference*. New York and London: Harvester Wheatsheaf, 1994. p.126.

证叶芝曾把拜伦当做是一个学习的对象。[65]这样的一封信可以引发两位诗人之间联系的联想，但是就拜伦具体是如何影响叶芝的，几位学者都没有详细地展开论述。玛德琳·卡拉汉（Madeleine Callaghan）在文章《冲突的形态：拜伦对叶芝的影响》中就此问题展开了论证。他的核心论点是："从叶芝早期的诗歌可见，拜伦在激发他的想象方面有突出影响。正是拜伦诗歌中的对立冲突、有条不紊的灵巧、政治上的坦白，以及最关键的——个性化的诗歌，给叶芝这样一位贵族公众诗人提供了一个令人叹服的典范。"[66]政治牵涉和冲突是两位诗人作品中的意象道德标准，如何在个人和政治之间既要划清界限又要与作品无缝熔合，取得两个方面的平衡是一个难题。在这一点上，雪莱变化无常的（protean）和自我反射的（self-reflexive）诗风不能给叶芝提供可借鉴的方法；但是拜伦的政治自我感（sense of political selfhood），结合以悲剧、黑色喜剧和讽刺的口吻，就可以彰显一种自我意识（self-consciousness），这与叶芝的神秘主义风格、雅致的贵族情调、自我剖析（self-anatomizing）是有相似之处的。拜伦与叶芝之间的连结就在于拜伦的对话式灵巧和个性化诗歌为叶芝想象性自由提供了灵感。

（二）艾米丽·勃朗特

如果设想从艾米丽·勃朗特的创作中找到其他作家的影子似乎是一项几乎不可能的事，因为她的作品中体现出来的东西和她的生活环境很不对称。她的思维很活跃，但是她的生活很枯燥，她的想象丰富且有力，却很难从她的周边找到一个可能的影响源。可就是这样一个奇特的女作家，很可能不自觉地受到了拜伦的影响！海伦·布朗（Helen Brown）认为："艾米丽没有直接引用过拜伦和其他作家，但是她的诗和拜伦的有些段落是令人惊奇的相似。所以只能假想她曾经对拜伦的感兴趣，并热切地阅读过他的作品。然后在她的写作中，她不知不觉地就用了拜伦的韵律和意象。"所以，"这种相似不是源于审慎地摹仿，而是从他人的诗歌中汲取了想象而产生的切近"；"这不是思想或技巧上

---

65 参见 Stephen Matthews. "Yeats's 'Passionate Improvisations': Grierson, Eliot, and the Byronic Integrations of Yeats's Later Poetry", *English Journal of the English Association*, Vol. 49, No. 194 (2000): 127-141; Carlos Baker. *The Echoing Green: Romanticism, Modernism, and the Phenomena of Transference in Poetry*. Princeton, NJ: Princeton University Press, 1984. p.152.

66 Madeleine Callaghan. "Forms of Conflict: Byron's Influence on Yeats". *English*, Vol. 64, No.245 (2015): 81-98. p.81.

的相似，而是在情感和韵律，以及诗行的挪移上的相似"。[67]那么，拜伦与艾米丽之间的相似是一种源于阅读他人作品后在脑海中形成的印象式相似。

有一点需要注意的是，艾米丽没有像其他许多英国作家那样受到了良好的教育，并且她说拥有过的读物也少之又少。布朗说艾米丽是一个"不可思议的生物"（inscrutable creature）[68]，就是因为她手头常有的书无非就是一本圣经和祈祷书，她在《呼啸山庄》中数次描述过凯瑟琳喜爱书，而希斯克利夫从来不读书，所以他就要把家里的书都毁掉。女主人公凯瑟琳身上有艾米丽的影子，艾米丽也应该是喜爱书的，且凯瑟琳偏爱的书籍类型和艾米丽的偏好是一致的，即偏向于那些阴森可怖的民谣。布朗提到艾米丽小时候喜欢司各特，不过后者的影响应该对后来的她没有继续深入，毕竟不论是司各特的生活还是他的作品都像是充满灿烂阳光的白昼，而艾米丽的生活和作品是有夜晚的月光和火苗点亮的。她后来作品中想象的阴郁色调很有可能是拜伦给染色上去的。1834 年，夏洛蒂曾给艾伦·纳西（Ellen Nussey）推荐过拜伦，但是对《唐璜》和《该隐》并不怎么提倡阅读，所以可以大略地估计夏洛蒂一定是读过拜伦，艾米丽也很有可能在牧师住所接触到了拜伦的作品。英国诗人、评论家马修·阿诺德（Mathew Arnold）曾在他的《霍沃思墓地》（*Howorth Churchyard*）将拜伦和艾米丽的名字放到了一起：

> 自从拜伦死后 / 她（我该怎样歌咏她呢？）的灵魂 / 没能从谁那里可以获得力量 / 激情、热烈、忧伤和胆量。（原文为："She/ (How shall I sing her?) whose soul/ knoew no fellow for might/ Passion, vehemence, grief,/ Daring, since Byron died-"。）[69]

既然拜伦和艾米丽之间有可能存在一些事实联系，那么他们之间的相似是如何体现的呢？布朗细致地罗列了拜伦在《锡雍的囚徒》《该隐》和一些零碎诗中的句子，与艾米丽在《城堡树林》（*Castle Wood*）《呼啸山庄》和其他一些诗的句子逐一作了比照，很直观地显现了二者之间的相似处；甚至拜伦式英雄所具有的特点——孤傲、郁郁寡欢、愤世嫉俗、有挥之不去的仇恨，同时又有深沉强烈的情感，分明就是希斯克利夫的典型描述。

67　Helen Brown. "The Influence of Byron on Emily Brontë". *The Modern Language Review*, Vol. 34, No. 3 (1939): 374-381. p.375.

68　Helen Brown. "The Influence of Byron on Emily Brontë". *The Modern Language Review*, Vol. 34, No. 3 (1939): 374-381. p.374.

69　Helen Brown. "The Influence of Byron on Emily Brontë". *The Modern Language Review*, Vol. 34, No. 3 (1939): 374-381. p.375.

虽然没有确凿的证据可以完全证明艾米丽和拜伦之间存在事实联系，但是种种迹象表明，二者之间的相似处可以映证拜伦对艾米丽产生过不容忽视的影响。前文提到夏洛蒂将拜伦的作品推荐给艾伦·纳西，这也容易引起学者对夏洛蒂和拜伦之间的联系。布朗也提到：夏洛蒂的早期作品明显表明她受到了拜伦和拜伦主义的影响，但是她和艾米丽受到拜伦的诗和他的个性影响的方面是很不一样的。[70]从夏洛蒂早期的小说中可以看到拜伦诗中的精细复杂、诙谐、甘甜醇美的特征，而从艾米丽的作品中看到的是拜伦式的命运之轮，充满了不可消减的罪恶、悲惨、羞耻和恐怖。因此，可以说夏洛蒂反映的是一个世间的拜伦、一个高尚的英雄，艾米丽反映的是一个内在深处的拜伦，一个悲苦、邪恶的拜伦。

（三）卡罗琳·兰姆

卡罗琳·兰姆女士是另一个受到拜伦影响的作家。她在拜伦所影响的女作家里面是一个特殊的存在，因为她曾经和拜伦传出绯闻，最后又被拜伦抛弃；她是一个容易被忽略的作家，但是她的作家之名又常因她的女性身份而遭遇偏见，且总是被她和拜伦之间的绯闻所掩盖。她的写作天分在她和拜伦交往之前就已经有所显现（注：关于这点，保罗·道格拉斯和罗斯玛丽·马奇进行过论述，他们从卡罗琳·兰姆在1812年以前的记事本、零碎的诗和信件中发现她的文才，她的创造性迹象表明她未来成为作家的可能。道格拉斯和马奇认为，兰姆在少女时代读了很多文学经典，"她早年的信件内容经常会嵌入韵律和语言实验，她以前的诗显现出她在这一体裁传统上的早熟意识……兰姆早年的写作可以映证这个观点，即她在1812年和拜伦之间那个臭名昭著的绯闻之前，就已经在写作尝试中显露出她的创作天分"[71]。兰姆能否在没有拜伦的绯闻下为世人所知的假设暂且不论，但兰姆最知名的作品《格伦那翁》确与拜伦有极为密切的关联。1812年3月，兰姆拿到了《恰尔德·哈洛尔德游记》的新书样本，她被拜伦的文笔所折服，渴望与拜伦见面；她的《格伦那翁》，有很大可能性就是在1812年秋她和拜伦决裂的时候开始动笔的。受到被抛弃的刺激，兰姆变成了拜伦的复仇女神涅墨西斯（nemesis）。[72]

70 参见 Helen Brown. "The Influence of Byron on Emily Brontë". *The Modern Language Review*, Vol. 34, No. 3 (1939): 374-381. p.379.

71 Paul Douglass and Rosemary March. "That 'Vital Spark of Genius': Lady Caroline Lamb's Writing before Byron". *Pacific Coast Philosophy*, Vol. 41(2006): 43-62. p.43.

72 参见 Paul Douglass. "Playing Byron: Lady Caroline Lamb's *Glenarvon* and the Music of Isaac Nathan", *European Romantic Review*, Vol. 8, No. 1 (1997): 1-24. p.5.

　　道格拉斯在文章"排演拜伦: 卡罗琳·兰姆女士的《格伦那翁》与艾萨克·内森的音乐"（Playing Byron: Lady Caroline Lamb's *Glenarvon* and the Music of Isaac Nathan）中指出:《格伦那翁》是一部与拜伦有关的小说化的音乐剧本，而内森在兰姆将拜伦的诗歌成就译介成小说的过程中扮演了一个关键的角色。[73]根据道格拉斯的论述，"排演拜伦"（playing Byron）在这里的意思大约是指兰姆将拜伦及其诗歌作品中的色性通过音乐歌词化的韵文在《格伦那翁》这部小说中揭露出来，然后由内森为这些韵文谱曲，这样，拜伦的诗歌就经由一个作家的摹仿、改编和作曲家的乐弦合力排演出来了。《格伦那翁》本身有传记性质，其中的女主角凯兰萨（Calantha）是以兰姆自己为模板的，男主角格伦那翁（Glenarvon）则暗指拜伦。凯兰萨面对社会和政治道德的空洞义愤填膺，格伦那翁的作风更是直接让她沮丧。恰如彼得·格雷汉姆（Peter Graham）所言，排演拜伦对兰姆而言就意味着成为"一座艺术上的'小火山'，就像她在生活中突出表现出来的那样"[74]。因此，兰姆是带着强烈的个人感情，把拜伦置为主人公格伦那翁，并在这部作品中大量摹仿拜伦的风格、改编拜伦的诗句来对拜伦其人及作品进行重新编排。

　　《格伦那翁》反映了兰姆不愿意充当一个沉默的弃妇角色，她转向像一个聪明的学生模仿老师一样那样快速地从老师那里获得进步。兰姆的模仿典型地体现在她对拜伦韵律的学习，虽然《格伦那翁》是一部小说，但是里面很多的句子都是拜伦诗歌的"翻版"。她翻版的主要对象是《恰尔德·哈洛尔德游记》，道格拉斯甚至认为《格伦那翁》可以被当做是《恰尔德·哈洛尔德游记》的小说体裁的翻译来读。[75]当然，兰姆在《格伦那翁》以及其他给内森作曲的诗都随处可见对拜伦的摹仿，从拜伦最早收录到《闲散的时光》中与兰姆有关的诗，到由拜伦作词、内森作曲的《希伯来旋律》（*Hebrew Melodies*），再到其他一些零散的诗都可以找到一些依据。道格拉斯在文章中列举了多处兰姆的句子与拜伦的诗行高度相似的地方，很多都有异曲同工之妙。兰姆在《格伦那翁》中对拜伦的摹仿还典型地体现在她对《恰尔德·哈洛尔德游记》半自传风格的摹仿，从一个角色跳到另一个角色，从一种性别跳到另一种性别，兰姆

73　参见 Paul Douglass. "Playing Byron: Lady Carloline Lamb's *Glenarvon* and the Music of Isaac Nathan",*European Romantic Review*, Vol. 8, No. 1 (1997): 1-24. p.2.

74　Peter Graham. *Don Juan and Regency England*. Charlottesville: UP of Virginia, 1990. p.17.

75　参见 Paul Douglass. "Playing Byron: Lady Carloline Lamb's *Glenarvon* and the Music of Isaac Nathan",*European Romantic Review*, Vol. 8, No. 1 (1997): 1-24. p.15.

都可以在带上面具和摘下面具间自由切换。尽管《格伦那翁》自出版后遭到评论家的诟病，认为它并不算是一部好的小说，它的作者兰姆"有小说家的天赋，但是她却没有能够写出一部小说"[76]，但是她呈现了一个女性视角观照下的拜伦，至少是一个"女性小说创作版本的拜伦"（a feminine novel-writing version of Byron）的尝试。

（四）简·奥斯汀

简·奥斯汀（Jane Austen）与拜伦是一对奇怪的伙伴，没有关于他们两人见过面的描述，两人虽然都是英国贵族圈中的知名作家，但是人们很难想象到两人真正见面会是一种什么样的情形。从表面上看，拜伦与奥斯汀的风格迥异，以往的作家多半只看到了两个人的差异，所以更多的研究都是差异的比较，这显然是一种过于简单化的二分法。但是如果说拜伦是否对奥斯汀有显而易见的直接影响关系，又很难找到足够的有说服力的证据。我们能够知晓的是，作为同时代的英国知名作家，奥斯汀必定是读过拜伦的，从她的一些通信可以断定她读过拜伦的《海盗》《异教徒》，以及《恰尔德·哈洛尔德游记》的一些章节；拜伦手头应该也是有奥斯汀的《傲慢与偏见》（*Pride and Prejudice*）和《理智与情感》（*Sense and Sensibility*），约翰·默里曾经应该将这两部在当时蜚声文坛的作品寄给过拜伦的。[77]即便如此，没有事实材料可以证明拜伦对奥斯汀发表过见解，奥斯汀对拜伦的读后评论也还是扑朔迷离的。现有的能够直接说明奥斯汀对拜伦的摹仿的材料就是奥斯汀曾经改写过的一首拜伦的诗——"拿破仑的告别"（Napoleon's Farewell），奥斯汀的改写是大幅度的，她把标题改成了"拜伦勋爵关于波拿马的诗行"（Lines of Lord Byron, in the Character of Buonaparté），内容也大不一样，不过本质上都是哀悼拿破仑的缺憾。[78]

奥斯汀对拜伦的一首诗的改写不能说明什么问题，只能看出两人在对拿破仑都是由衷的赞叹。从以上陈述可知，要想从事实联系的角度来寻找影响关系的突破口是不现实的，但是二人之间确实存在一种隐性的关联，即拜伦式英雄在奥斯汀的《劝导》（*Persuasion*）和《傲慢与偏见》（*Pride and Prejudice*）

---

76 Elizabeth Jenkins. *Lady Caroline Lamb*. London: Victor Gollancz, 1932. p.106.

77 参见 Sarah Wootton. *Byronic Heroes in Nineteenth-Century Women's Writing and Screen Adaptation*, Hampshire, New York: Palgrave Macmillan, 2016. pp.32-37.

78 参见 David Gilson. "Jan Austen's Verses", *Book Collector*, 33 (1984): 25-37. p.37.

有显现和发展的痕迹。萨拉·伍顿首先将拜伦和奥斯汀放到英国浪漫主义的大文学背景下进行讨论，从文化刺激的方面来寻求两人共通的源头。他认为在当时英国哥特式流行的环境下，因为两人的阅读和欣赏兴趣有相似的地方，他们作品中的男主人公均可以找到一个哥特式恶棍同源（inheritance of the Gothic villain）。拜伦的海盗康拉德、异教徒、曼弗雷德与奥斯汀《劝导》中的男主人公温特沃斯上尉（Captain Wentworth）、《傲慢与偏见》中的达西先生（Mr Darcy）都有拜伦式英雄的特征。若把《劝导》中的温特沃斯看作是一个完全的拜伦式英雄，那只可能会是误读，然而两类主人公却也表现出很多相似特征可以让人从温特沃斯身上看到康拉德和异教徒的影子。比如，温特沃斯也是一个很有魅力的男性，与主人公深深相爱的同时也吸引着其他女性，男主人公的设置都有对社会的讽刺意味，不一样的是奥斯汀的拜伦式英雄因为教养和自我约束从而没有表现得那么暴烈。此外，《劝导》在描写男女主人公在爱情中甜蜜相处的语言也是浪漫主义风格的，仿佛是一个"拜伦的全神贯注式互文再现"（a recurring intertextual preoccupation with Byron），足见语言的精巧相似。这样的相似还表现在对热恋中的情人间的心理刻画上，例如女主人公安妮（Anne）一方面迷醉于爱情的甜蜜中，另一方面又因为温特沃斯对艾略特先生的嫉妒而感到痛苦，在处理这种爱与失的情结中，奥斯汀写道："激动、痛苦、欢愉，那是一种处在快乐和痛苦之间的感觉"，这与拜伦在《异教徒》中的处理——"请赐予我带着痛苦的快乐，那样我就可以活下去和爱下去"——产生了无声的共鸣。还有奥斯汀在开篇的"悲秋"描写也引人联想到拜伦在《异教徒》中的相关表达，由此可见奥斯汀对司各特和拜伦的喜爱。皮尼安（F. B. Pinion）指出，奥斯汀对拜伦和司各特的喜爱"让她有勇气在《劝导》中作更多的风景描写和内心深处情感的描绘"[79]。这在文本中的人物设置和情感矛盾处理上有可以得到映证的地方。

《傲慢与偏见》中的达西先生是另一个具有典型拜伦式英雄特征的男主人公。达西先生的角色设置对奥斯汀而言正满足了她自我表达的需求，她要批判的是达西身上贵族式的傲慢精神，进而她有引入了伊丽莎白这样一位对达西这类傲慢的贵族持有偏见的女主人公。拜伦的东方故事中的主人公如异教徒和海盗康拉德都是傲慢人物的典型，奥斯汀笔下的达西也承习了傲慢的特

---

79 F. B. Pinion. *A Jane Austen Companion: A Critical Survey and Reference Book*. London and Basingstoke: Macmillan, 1973. p.174.

点，杰罗姆·J. 麦甘也曾注意到了这点，他说"我不确定是否还有其他人比达西更迷恋于做自己想做的事情的意志力"[80]。但是这种傲慢在当时的社会并不招致多少好感，奥斯汀的方法是把达西进行孤立，一个有效的对立面就是伊丽莎白。达西就像拜伦式英雄及拜伦自己一样，是一个被宠坏的贵族子弟，而伊丽莎白的偏见正源于达西表现出的那种傲慢，最终达西被伊丽莎白感化并作出妥协。如此看来，"和（夏洛蒂·勃朗特的）《简爱》一样，《傲慢与偏见》也展露出男性气质的残缺，并很成功地对之进行了改造。在康拉德徒劳于希望梅多拉拯救他的地方，奥斯汀笔下的女主人公大获全胜。正如达西对伊丽莎白说的那样：'我哪一点不都是亏了你！你给我上了一课，一开始真的让我难受，但那是对我有益的。因为你，我才变得谦逊'"[81]。综合伍顿的观点，拜伦式英雄在《劝导》中总体是积极的形象，奥斯汀的语言和情感表现也呼应了拜伦的风格，但是在《傲慢与偏见》中则是对拜伦式英雄的修正；作为一个女性作家，她不是亦步亦趋地摹仿拜伦的人物设置风格，而是试图与拜伦及拜伦式英雄进行一场平等的对话，"她证明了自己，也鼓舞了他人要当一个敏锐的读者，要对拜伦的诗及拜伦式英雄持批判的态度"。[82]

二、拜伦在俄国：普希金、莱蒙托夫

拜伦对俄国浪漫主义的影响是巨大的。在第一次世界大战以前，西方学界产生一种错觉，即拜伦的影响主要集中的西欧和南欧，以俄国为核心的斯拉夫世界则较少受到拜伦的影响。[83]而实际上拜伦在斯拉夫世界受到的待见丝毫不亚于德国的歌德在那里受到的尊敬、法国的夏多布里昂得到的同情、意大利的西尔维奥·佩利科和西班牙的卡斯特拉尔获得的关注，根据皮特洛维奇（Ilija Petrović）的描述，"事实是，在某种程度上，在几乎斯拉夫世界的每一个诗人心中，拜伦都象征了作为一个男性、诗人、向导或思想家的完美结合体。在文学史上，从来没有哪一个作家像拜伦那样曾经让整个一代人如此着迷。这个时期（根据皮特洛维奇的论述范围，主要指的是整个 19 世纪到 20 世纪初）呈

---

80 Jerome J. Mcgann. "Hero with a Thousand Faces: The Rhetoric of Byronism", *Studies in Romanticism*, 31 (1992): 295-313. p.302.

81 Sarah Wooton. "The Byronic in Jane Austen's *Persuasion* and *Pride and Prejudice*". *The Modern Language Review*, Vol. 102, No. 1 (2007): 26-39. p.36.

82 Sarah Wootton. *Byronic Heroes in Nineteenth-Century Women's Writing and Screen Adaptation*, Hampshire, New York: Palgrave Macmillan, 2016. p.92.

83 参见 Ilija Petrović. "Byron and the Jugoslavs". *The Slavonic and East European Review*, Vol. 8, No. 22 (1929): 144-155. p.144.

现出对拜伦语言风格和他的奇特精神的有意或无意地不间断模仿"[84]。皮特洛维奇的形容略带夸张，却也足以可以用来说明拜伦在东欧，尤其在俄国是受到密切关注和效仿的。普希金和莱蒙托夫分别是俄国浪漫主义第一期和第二期的代表作家，他们不仅是那个时期最伟大的作家，也是俄国众多拜伦的"学徒"中最常被拿来讨论的两位。

（一）普希金

关于拜伦与普希金之间的影响和被影响关系是西方学界的一个老生常谈，二人之间产生交集的基础是两个人拥有许多方面的共性：两人都是贵族世家出身，血统高贵、个性鲜明，不过后来家族都遭遇政治权势的衰微和家庭财产的危机；他们都接受过比较良好的教育，但教养还算不上优秀；他们都曾有放逐的经历，并且在放逐前都已小有文学名气，其中拜伦出版了《闲散的时光》，发表了《英格兰诗人与苏格兰评论家》，普希金写了《鲁斯兰和柳德米拉》，但是他们的这些作品都还没有获得多少成功；他们成名的作品都是在放逐中完成的，且分别在写作时也或多或少借鉴了当时文坛上一些已经享有盛名的前辈的写作方法。恰巧的是，普希金在流放的时候，拜伦的写作经验给他提供了一个现成的模型。拜伦在欧洲大陆确立文学地位主要是从1812-1816 年，起初他的诗传到俄国的途径主要是通过法译本，法译本用散文式的句子把拜伦诗中的情节、人物性格、戏剧行为以及政治修辞凸出，但代价是削弱了拜伦的如怀疑主义这样的思想。相比较于同时期的其他俄国作家，普希金较晚一些才接触到拜伦，当他看到拜伦的成功后，他渴望像他一样被读者阅读。

普希金与拜伦的模仿与被模仿的关系是微妙的，拜伦这个范本在普希金面前既是一个可供学习的对象，又是一个与自己产生竞争关系的对手。他与拜伦有太多相似的背景，除了上述的出身和流浪经历外，他们都有先天不可逆转的外表缺陷，拜伦生来跛足，普希金的曾祖父是非裔黑人，所以脸蛋显得黑丑，两位作家在小时候都被自己的母亲嫌弃，被身边的同伴嘲笑，所以他们都想到靠在体育竞技方面获得自信。但是他们的内心却是脆弱的，这注定他们会在内心深处自卑，但是外在表现得要强。普希金以同样的心理倾向，他能从拜伦那里获得借鉴，但是绝对不会甘愿活在拜伦的影子中。在西方学界和俄国本土学

---

84 Ilija Petrović. "Byron and the Jugoslavs". *The Slavonic and East European Review*, Vol. 8, No. 22 (1929): 144-155. p.145.

界，关于普希金是如何模仿拜伦已经有大量的论述，引起各种关系猜想或假设的源头多半是从普希金流浪南部时期的诗以及普希金对拜伦的提及。然而，普希金在作品创作和通信中对拜伦明显直截的提及却表现出了一种布鲁姆（Harold Bloom）式的影响的焦虑。例如：普希金给 Viazemsky 写的一封信中对拜伦之死表示惋惜，他称赞拜伦是一个伟大的自传体作家，同时又批判他创作中的重复问题（1824 年 6 月）；他与 Marlinsky 讨论他的韵体小说的时候，强调它与拜伦的《唐璜》没有任何相似之处（1825 年 3 月）；还有他在《叶甫盖尼·奥涅金》开头就先阐明他的主人公与拜伦式英雄是不一样的。[85]以此看来，普希金一方面无法掩饰他对拜伦的借鉴，另一方面提及拜伦的时候又在试图撇清两人之间的关系。

客观上普希金与拜伦存在许多相似处，前者甚至在创作的时候会不自觉地令人联想到拜伦，同时普希金本人无比清醒地明白到他不可能成为拜伦，也不会是拜伦的俄国版本，并且作为一个有独立意识的优秀诗人，他知道一个俄国作家以拜伦为模型是不可能真正取得创新性突破的，所以他最终会选择替代掉这个模型。基于这样一种复杂的情况，学界关于两位伟大作家间的关系讨论必定会是充满争议的。大卫·贝萨（David Bethea）即以哈罗德·布鲁姆的影响理论为参照，指出普希金与拜伦之间的关系并不是简单的影响和被影响的关系。成熟的普希金作品是"介于一种布鲁姆式的焦虑（the Bloomian notion of influence）（一个'强大的'、俄狄浦斯样的、有挑战力的诗人尝试讲一些新的东西以摆脱伟大的前人的阴影）和一种缺乏个性的互文性概念（the depersonalized notion of intertextuality）（一种纯语言学的或思想的模仿，没有诗学的忧虑、愤懑和躲避）之间的类型。所以，普希金在那个特别的秋天，从一个诗人转变成了一个散文作家，从一个非法的情人转变成了一个合法的丈夫，从一个梦想成为缪斯的人，转变成了一个天天不得不与一个长相与缪斯相似的美人一起生活，普希金将成为真我，而不是那个试图替代拜伦的人"[86]。也就是说，普希金不仅仅是依靠创造一些不一样的东西来克服拜伦的影响带来的焦虑，他还把拜伦当做是一个竞争对手，并试图超越他。

---

85 参见 David Bethea. "Whose Mind is This Anyway?: Influence, Intertextuality, and the Boundaries of Legitimate Scholars". *The Slavic and East European Journal*, Vol. 49, No. 1 (2005): 2-17. p.8.

86 David Bethea. "Whose Mind is This Anyway?: Influence, Intertextuality, and the Boundaries of Legitimate Scholars". *The Slavic and East European Journal*, Vol. 49, No. 1 (2005): 2-17. p.13.

关于这种影响关系的争论，莫尼卡·格林利夫（Monika Greenleaf）的文章《作为拜伦学徒的普希金：一个文化交融的问题》（Pushkin's Byronic Apprenticeship: A Problem in Cultural Syncretism）指出，普希金不仅仅只学习了拜伦叙事诗的创作手法，他受益最多的应当是借鉴了拜伦的"复调对位法"（polyphony）——即文本在和生活美学的对位过程中产生。"公共场域和私人场域，如同口头和书面、艺术和生活，都完全地融合了；拜伦的'美丽的大脑'里的维度、脑容量和颅相学发生碰撞，然后恰到好处地转录到了他的创作中。在他的大脑中，现实生活的记忆催生了与面向公众的等量的文本，它们共同构筑了拜伦主义的美学体验"[87]。在这样一种美学体验中，现实生活与文本写作之间的界线模糊，它们就像两条线路或两种声音一样并排发展，生活中的经历可以不间断地转化成即兴式的文本。普希金也察觉到，拜伦的即兴叙事诗不是呈现在一个单一的文本中，而是像一个文本系列，每个文本各有特色，它们之间不是相互隔断的，而是在差异中形成互补；这个系列的文本与它们的作者没有完全分化，因为它们根源于作者自身的形象和作者自传式的经验。然而，普希金的高妙就在于，他从阅读和学习拜伦的过程中，把他所体会到的进行了消化吸收；模仿拜伦成了他走向成功、独树一帜的重要一步。

格林利夫把拜伦和普希金置于一个平面来审视，发现普希金对拜伦的学习不是简单的模仿，而是从别的文本中获取启迪，依托本国的文学传统话语来生发属于自己的创作新枝。"普希金是在操作拜伦这个模型，他为自己创造了一片大的公共场域，和更有经验的、有等级差别观念的读者群体。因此，非常具有讽刺意味的是，他伪装成一个"拜伦的学徒"，把自己创设成了一个源头"[88]，而不是一个简单的影响的终点。由此可见，学界总体还是比较倾向于认同普希金对拜伦的模仿是一个从学习到超越的过程，从学习到蜕变，普希金确立了自己在文坛的独特地位，并跻身于与拜伦齐驱乃至超越拜伦的世界性一流作家。

（二）莱蒙托夫

"拜伦主义对普希金的影响更多地表现为外在的刺激，因为普希金的本

---

87 Monika Greenleaf. "Pushkin's Byronic Apprenticeship: A Problem in Cultural Syncretism". *The Russian Review*, Vol. 53, No. 3 (1994): 382-398. p.392.

88 Monika Greenleaf. "Pushkin's Byronic Apprenticeship: A Problem in Cultural Syncretism". *The Russian Review*, Vol. 53, No. 3 (1994): 382-398. p.383.

性从根源上与拜伦叛逆的性格和自我牺牲的精神是相悖的"。[89]然而，"莱蒙托夫与拜伦的关系则很不一样。与普希金相比，斯帕索维奇说：'所有的俄国文学评论家大抵都认为，普希金仅仅是一个外在的拜伦主义者，而莱蒙托夫是一个彻头彻尾的拜伦主义者'"[90]。他的"毕巧林"，乃至他所有的个人诗歌都是拜伦文学模子的最完整和最典型的产品，还有他作品中的主人公的内在本性也与拜伦在十九世纪初的拜伦式英雄非常吻合，可以说，莱蒙托夫是所有拜伦的追随中与他在作品中传达的内在精神最接近的一个，他对拜伦的崇拜和模仿甚至达到了一种盲目的程度。莱蒙托夫在俄国文坛上是一个愤青形象，听闻普希金之死，他悲愤地写了《诗人之死》，他的每一个字词就像是一粒粒子弹，直击诽谤普希金的社会上层人士，他激昂的正气自然会招致上流社会的排斥，因此，在文学史上莱蒙托夫又是一个孤傲的形象。莱蒙托夫和普希金还一个大的差别是，普希金对拜伦存在影响的焦虑，而带有苏格兰血统的莱蒙托夫则毫不避讳他对拜伦的模仿，甚至以之为豪。

莱蒙托夫也是一个贵族子弟，从小接受了良好的教育，相近的成长环境让莱蒙托夫也形成了与拜伦相似的个性和心理状态。外加当时的俄国流行拜伦风格，拥有较好语言天赋的莱蒙托夫，就是通过阅读拜伦的英文原著才学会了英文；他能很好地理解拜伦的作品，这为他后来模仿拜伦提供了条件。莱蒙托夫对拜伦的模仿主要在于诗歌和诗剧两种体裁，他们之间作品风格的相近，读来便能让人明显地感受到可能存在的影响和被影响的关系，如屠格涅夫说："毫无疑问，他追随了当时的时髦，故意写出了那种众所周知的拜伦风格，只是另外还带着其它一些最糟糕的任性与怪癖。"还有陀思妥耶夫斯基在他的《作家日记》中的论断："莱蒙托夫当然是一位拜伦主义者，但他那伟大的、独具一格的艺术力量使他成为一个特殊的拜伦主义者，一个有点爱嘲弄人的、任性的、鄙夷一切、竟然连自己的灵感、自己的拜伦主义都从来不相信的人。"[91]可以比较确定的是，拜伦对莱蒙托夫的影响不仅体现在外在的艺术风格，而且还深入到内在的精神气质。莱蒙托夫身上的拜伦精神明显，甚至有更加夸张的任性和孤傲，因此莱蒙托夫身上的拜伦精神可能是一种放大了的拜

89 Ilija Petrović. "Byron and the Jugoslavs". *The Slavonic and East European Review*, Vol. 8, No. 22 (1929): 144-155. p.147.

90 Ilija Petrović. "Byron and the Jugoslavs". *The Slavonic and East European Review*, Vol. 8, No. 22 (1929): 144-155. p.148.

91 转引自黄晓敏：《俄罗斯学界关于拜伦对莱蒙托夫的影响问题研究综述》，载《俄罗斯文艺》，2013 年第 2 期，第 120 页。

伦主义。那么，拜伦对莱蒙托夫的影响已经不再停留在一些琐碎的事实联系，诗作之间的比照可以看到学习和超越的地方。从俄国学界和其他西方学界的观点综合来看，多数学者都还是认同拜伦对莱蒙托夫的影响是首要的，同时后者身上的民族特征使得他没有拜伦那种无处不见的怀疑主义色彩，即便作品忧郁，但更多的是愤怒，是一种缘起于拜伦，但又不同于拜伦的深沉，正如以下这首他写于 1832 年的诗——"我不是拜伦"：

> 不是的，我不是拜伦，我是另一个
> 还未可知还未可量的年青诗人，
> 同他一样，是人世放逐的流浪者，
> 但却是深蕴着一颗俄罗斯的心。
> 我早早地开始了，将早早地收场，
> 我的才智不可能使我造诣多深；
> 但在我心灵中，象在大海中一样，
> 被击碎的希望的碎片还在浮沉。
> 阴沉的大海啊，谁能够洞悉你的
> 深藏的秘密？谁能向一般的人群
> 道出我心窝中千丝万缕的思绪？
> 我——或许是上帝——或许竟没没无闻！[92]

拜伦在俄国的影响显然不止于普希金和莱蒙托夫，像朱科夫斯基（Zhukovsky）是最早带着一个暖热的心去翻译拜伦的（他翻译过《锡雍的囚徒》），不管他是跟风还是意识到拜伦是当时欧洲文坛一颗冉冉升起的新星，但他确为拜伦的精神所感染。翻译拜伦的俄国作家还有迈克尔·卡钦诺夫斯基（Michael Kachenovsky）（出版过《拜伦诗选》）、Vronchenko（翻译了《曼弗雷德》）、伊凡·科兹洛夫（Ivan Kozlov）（翻译过《阿比多斯的新娘》）等等。其中科兹洛夫还在 1824 年发表了长篇史诗《拜伦》以歌赞这位逝去的英雄；维尼维提诺夫（Venevitinov）也是拜伦主义的一大代表，虽然他常被称作是"俄国的济慈"[93]，并且也因为英语不好的缘故，他写诗没有怎么模仿过拜伦，但是他在平日交谈中喜爱谈论拜伦，因此，"一个不可掩盖的事实是，拜伦的精

---

92 [俄]莱蒙托夫著，余振译：《莱蒙托夫诗选》，上海：上海译文出版社，1980 年，第 126 页。

93 Arnold B. McMillin. "Byron and Venevitinov", *The Slavonic and East European Review*, Vol. 53, No. 131 (1975): 188-201. p.131.

神（主要是追求自由的精神）在维尼维提诺夫的诗中可以看到体现"。[94]另外，亚历山大一世时期原本在俄国占有绝对统治地位的第一外语——法语也因为英国文学的传播而受到了挑战，其中拜伦的传播是首当其冲的，当时的俄国贵族都羞于用阅读翻译过来的拜伦和莎士比亚，于是英语的学习成为一种风尚，间接性地使法语受到冷落，[95]这些都足见一个诗人对另一个民族的文坛和社会时尚所产生的影响之大。

三、拜伦在其他国家：德国、美国、西班牙、英属印度

（一）美国

英国在 18 世纪中叶曾是美国最大的宗主国，其后尽管美国获得了民族独立，但是与英国的裙带关系还是很明显，民族的独立并没有立即改变文化上的承续态势，美国文学依然主要是受到欧洲文学的影响。拜伦凭借《恰尔德·哈洛尔德游记》在本土的一夜成名很快波及到美国，并成为许多诗人的模仿对象。威廉·埃勒里·莱昂纳德（William Ellery Leonard）的《拜伦与拜伦主义在美国》（*Byron and Byronnism in America*, 1905）一书就比较详细地描绘了拜伦在 19 世纪美国的受欢迎程度。

除了很多追求文学时尚的评论家的各种称赞外，拜伦在美国也有受到刻意的打压，其中的代表便是《北美评论》（*North American Review*）杂志。该刊物第一次评论拜伦是在 1817 年，时值《恰尔德·哈洛尔德游记》第三章出版，拜伦名声大噪，但是评论者似乎有意和拜伦过不去，他认为拜伦的诗行平庸，他的写作之名建立在歌咏女性之上。评论者意识到拜伦日后定会是一位不容忽视的文坛角色，并以带有嘲讽意味的口吻把他描述为"显然是一位世间罕见的邪恶天才"。

该刊两个月之后第二次评论拜伦的时候则重点侧重谈拜伦的愤世嫉俗性情。"拜伦没有像其他许多伟大的诗人那样对人类的苦难表示同情，以及哀怨人类命运的坎坷。他靠的是他辉煌灿烂、壮美的诗行来使读者感到惊艳，但是他很少用怅惋和怜悯来触动读者。"[96]其后该刊物还就《唐璜》中的讽刺进行

94 Arnold B. McMillin. "Byron and Venevitinov", *The Slavonic and East European Review*, Vol. 53, No. 131 (1975): 188-201. p.194.

95 参见 Anthony Cross. "English - A Serious Challenge to French in the Reign of Alexander I". *The Russian Review*, (74) 2015: 57-68.

96 H. L. Kleinfield. "Infidel on Parnassus: Lord Byron and the *North American Review*", *The New England Quarterly*, Vol. 33, No. 2 (1960): 164-185. p.170.

过评价，但是总体还是认为拜伦的讽刺过于苛刻。从开始评论拜伦直到他死后，评论者都没有缓和过攻击性的语调。

评论者不依不饶的言辞部分地是因为不喜欢拜伦的不道德所致，也就是因为他的品行不端而看低他的创作。拜伦的优点和缺点都是很明显的，他能在英国本土、欧洲和北美迅速知名源自于他举世无双的天才，但是他的浪荡又成了他生平的污点。对于那些恪守社会规则、尊重本性道德的人来说，他的作品就是因为这些污点而降格，幸而他对希腊独立战争的支援算是对他名声的一个补救。但是这只是一个方面，该刊物对拜伦以批判为主的动机更主要的是出于建立本土民族文学独立性和优越感的强烈愿望。美利坚民族作为一个正在崛起的民族，国民热爱诗歌、需要诗歌，他们从诗歌中寻找能量、自由和自然的恩赐，但是开始的时候本土诗人模仿的诗人对象主要还是其他民族的，尤其是英国。长此以往，这会对民族心理产生微妙的消极影响，即易导致认为本民族不如他民族的卑微心理。《北美评论》正是在这样的背景下着意批判对其他民族诗歌进行模仿的做法，拜伦这样一位被狂热追捧的诗人自然会成为批判的目标。

美国一些主要刊物对拜伦的关注，不论褒贬与否，都可以看出拜伦在 19 世纪美国的影响，拜伦的受众之广，可以从诸如莱昂纳德的研究和《北美评论》这样的刊物看出端倪，也可以从个别的作家对他的接受获得线索。以 19 世纪美国最知名的小说家、散文家和诗人之一的赫尔曼·梅尔维尔（Herman Melville）为例，他是拜伦的一位忠实的读者和学习者。说他是一位拜伦的忠实读者，从他所拥有的拜伦的作品就可以说明问题，可以确定的是他阅读过托马斯·穆尔编写的《拜伦勋爵的生平》，以及《拜伦勋爵的诗歌作品》，1891 年 9 月 28 日梅尔维尔去世之后，他的夫人清理了很多他的藏书，拜伦的生平和诗歌作品集就在其中，并且书中都有梅尔维尔用铅笔署的名——H Melville，可以肯定的是，至少在 1853 年以前，梅尔维尔对拜伦的作品是相当熟悉的；从这些藏书也还可以看到不少他在阅读过程中做的各种标记，有的是简单地下划线，有的是寥寥数语的评语和感悟，这些标记贯穿《恰尔德·哈洛尔德游记》的四章、《唐璜》16 章中的 9 章，以及《岛屿》《福斯卡里父子》《但丁的预言》《萨丹那帕露丝》《天与地》《统领华立罗》等；还有从他的一些评语和标记最多的地方可以看出那段时间他对诗歌有着浓厚的兴趣。[97]当然，除此之

97　参见 Edward Fiess. "Melville as a Reader and Student of Byron". *American Literature*, Vol. 24, No. 2 (1952): 186-194.

外，梅尔维尔对拜伦也有在一些他的信件中提及，比较为人所知的就是 1846 年他的《泰比》（*Typee*）出版后写给一个传记作者的信中有这么一句："你记得有人早上一觉醒来发现自己出名了"[98]，这个人一看便知说的就是拜伦。需要注意的是，尽管梅尔维尔出版的作品中存在许多句段、主题和主人公的性情表现出对拜伦的兴趣，但是至于梅尔维尔是否切实地模仿了拜伦还缺乏有说服力的论据。

读者对作家的追捧如同追求时尚一样，随时代的变化而更换，拜伦在美国最火热的时间停留在 19 世纪，现代社会追随的作家不多，但是对社会文化其他方面的影响还是存在的。拜伦在作品中塑造的拜伦式英雄还对美国年轻一代的生活有所影响，例如《美国流行文化中的拜伦式英雄：他们是否会消极地影响择偶？》一文首先就摆出观点：西方传奇文化中的英雄中心主义极大地影响了择偶，拜伦塑造的主人公（"拜伦式英雄"）拥有强大的自信和无常的品性，他们大量衍生在当下的美国流行文化中。[99]年轻人阅读拜伦的小说，崇拜他宣扬的个人英雄主义，不论是男性还是女性，都很容易变得向往那些哥特式传奇中的骑士爱情故事，他们认为那才是浪漫的。为了迎合年轻人的喜好，影视也对拜伦式英雄着力渲染，特别明显的一个就是西部片中的雇佣警探和牛仔的形象，他们都是拜伦式品性。年轻人受此影响，男性为了吸引异性，变得暴躁无常，女性在性开放观念的误导下与不同男性约会，造成了很多非法同居和意外怀孕，这是拜伦式英雄带来的负面影响。文章的分析基于一定的数据调查，有说服力，也说明拜伦式英雄以其鲜明的特征成为一种标杆之后，在现实生活中被片面理解、极端刻画、盲目崇拜，方才造成了这样一种异常的社会现象。

（二）德国

拜伦在德国享有崇隆声誉，不过德国这样一个富于沉思的国度对拜伦的接受并不常见于对作品的简单模仿，更多的是对他作品中深刻的哲学思想的挖掘，比较多见的是拿他的"巨人式的自我主张"（Titantic self-assertion）思

---

98 梅尔维尔的原句为 "you remember someone woke one morning and found himself famous"（Edward Fiess. "Melville as a Reader and Student of Byron". *American Literature*, Vol. 24, No. 2 (1952): 186-194. p.186.）。

99 参见 Richard A. Bogg and Janet M. Ray. "Byronic Heroes in American Popular Culture: Might They Adversely Affect Mate Choices?", *Deviant Behavior*, Vol. 23, No. 3 (2002): 203-233. p.203.

想与尼采的超人哲学作比照。[100]不过最令人印象深刻当属拜伦与歌德这位伟大的文学和思想巨擘的关联。歌德是拜伦的长辈，两人素未谋面，也极少有通信交流，[101]但却是两个遥相呼应的作家，他们之间的关联，既不是朋友之间那种靠友谊联结起来的亲密关系，也不是一方明显地模仿了另一方的影响关系，而是一种纯粹的天才作家之间的相互敬佩、相互珍惜，因为对方的存在，他们对文学创作和整个文学时代的认知都产生了新的理解。

拜伦是个"吝啬"的评论家，他很少对别的作家加以赞赏，尤其是与他同时代的作家，即便是出于礼节，他对他人的评价也不会违心地去夸赞，但是歌德却是个例外！在《拜伦勋爵谈话录》（*Journal of the Conversations of Lord Byron*）中有这样一段：

> 我（拜伦）对一切与歌德相关的东西都特别好奇，我自己也喜欢去思考我们之间的性情和写作是否有平行的类同关系，我对他是如此感兴趣，乃至愿意支付 100？[102]给任何一个把他的回忆录翻译过来供我阅读的人。雪莱曾经给我讲解过其中的部分。他（歌德）似乎很迷信，或更像是个占星术的信徒，因为他写他生平的第一部分的时候还很年轻。我想读一读《浮士德》的原文，我曾经催促雪莱去翻译它，但他说"华伦斯坦"是在世的译者中唯一敢尝试去翻译它的人。雪莱也给柯勒律治写信（请求他翻译），但那终归于徒劳。因为一个人要想翻译它，那他必须照歌德那样去思考。[103]

从这段话可以看出，拜伦只读过歌德作品的译本，还有听过一些他人关于

---

100 关于这点，可参见 James Soderholm. "Byron, Nietzsche, and the Mystery of Forgetting", *Clio*, Vol. 23, No. 1 (1993): 51-62; Zhao Wei. "Byronic Hero, Prototype of Superman and the Cultural Values of Byron", *Studies in Literature and Language*, Vol. 11, No. 2 (2015): 15-18.

101 从《歌德谈话录》1823 年 12 月 4 日，可知拜伦原来计划到魏玛拜访歌德，歌德表示非常有兴趣见到拜伦，只是后来这样一次伟大的见面没有实现。另外，爱克曼在 1826 年 3 月 26 日记录了歌德获得了拜伦给《萨丹那帕露丝》题献的手稿，并向他女儿索要拜伦从意大利的热那亚写给他的一封信，他说这封信和这份题献手稿是他手上所有和拜伦有联系的物品。（参见 J. W. Goethe, J. P. Eckermann, F. J. Soret. *Conversations of Goethe with Eckermann and Soret*, Vol. 1. Trans. John Oxenford. London: Smith, Elder. 1850. pp.104, 289.）

102 原文印刷字迹模糊，标记"？"处应当是货币单位。

103 Thomas Medwin. *Journal of the Conversations of Lord Byron: Noted during A Residence with His Lordship at Pisa, in the Years 1821 and 1822.* London: S. and R.. 1824. p.267-268.

歌德的转述，他就已经对歌德产生了强烈的好感，尤其是对他的《浮士德》印象深刻，因此，这让很多人，包括歌德自己，都会假设拜伦在创作中是受到《浮士德》影响，如歌德在 1823 年 4 月 13 日与爱克曼交谈时提到拜伦的《萨丹那帕露斯》和《维尔纳》，他觉得拜伦在这两部剧中取得了"明显的进步"，因为它们"表现得更不那么阴暗和愤世嫉俗了"，他还指出拜伦在构思《曼弗雷德》时，《浮士德》给他提供了一个源泉。[104]歌德和其他人的猜想显然是传到了拜伦那里，但他坚决地否定了这个猜想[105]。丝毫不谦虚的拜伦甚至还认为"浮士德这个主题不如该隐好，该隐是个千古之谜，是崇高、朦胧的典范，歌德本可以比我做得更多"[106]。

可能是出于对德语不通的原因，拜伦没能更多、更深入地阅读歌德，但是哪怕是通过译本或是他人转述，他已经敏锐地感受到歌德不同寻常。而歌德则相对来说更加博学，他几乎读过了拜伦所有作品的原文！从爱克曼的《歌德谈话录》可以发现，里面有提及的拜伦的作品就有《该隐》《唐璜》《畸人变形记》《威尼斯的总督》《福斯卡里父子》《别波》《恰尔德·哈洛尔德游记》《萨丹那帕露丝》《统领华立罗》《英格兰诗人与苏格兰评论家》等一系列涵盖诗集、叙事诗和诗剧的众多作品，有的作品歌德甚至反复回味。这无不令人惊叹歌德的阅读能力以及他所表现出的对拜伦的密切关注。拜伦对歌德的无形影响表现在：

第一，拜伦这样一个特别的晚辈以他的诗歌和诗剧成功吸引了歌德这样一位文学巨擘的注意，并得到了他极高的评价。歌德对拜伦的关注应是发生在 1809 年拜伦第一次欧洲大旅行之后，此后拜伦出版的作品歌德定会在第一时间获取到作品，并以欣赏和珍爱的心态去仔细阅读。他从拜伦的作品中产生了对他的强烈好感，收到仅有的一封拜伦的信和他的《萨丹那帕露丝》题献手稿也视如珍宝，他渴望见到拜伦。与他人谈话的时候，他总是不厌其烦地谈论拜

---

104 参见 J. W. Goethe, J. P. Eckermann, F. J. Soret. *Conversations of Goethe with Eckermann and Soret*, Vol. 1. Trans. John Oxenford. London: Smith, Elder. 1850. p.50.

105 拜伦在比萨的时候对此回应道："包括歌德在内的德国人，都认为我从《浮士德》中借鉴了很多东西，而我对这部戏剧的了解仅仅是从一个普通的法译本以及偶然一两次从蒙克·刘易斯（Monk Lewis）的英译本接触到它……我很羡慕雪莱可以阅读这样一部惊人的作品原文。"

106 Thomas Medwin. *Journal of the Conversations of Lord Byron: Noted during A Residence with His Lordship at Pisa, in the Years 1821 and 1822*. London: S. and R.. 1824. p.129.

伦，每每说到拜伦，他常常表现出无比赞赏的神情，他对拜伦的评价更是不吝溢美之词：

> 在我说的创作才能方面，我在世界上还从没见过任何一个人比他更出众，他解决戏剧纠纷的方式比任何人所能想到的都要好……他是一个伟大的天才，生来天赋出众，我从没见过任何人有比他更卓越的真正诗才。在感知外在事物和洞悉过去情境方面，他堪比莎士比亚。（1825 年 2 月 24 日）

> 英国人可能会按照他们喜欢的方式去看待拜伦，但可以确定的是，他们找不到可以与他相比的诗人。他与其他所有的诗人都不一样，更主要的是，他比其他诗人都更伟大。（1826 年 3 月 26 日）

> 要不是因为他的身体状况变糟糕，他将会和莎士比亚以及其他先贤一样伟大……你要相信我，我对他进行了重新研究，并且对这个观点很坚定。（1826 年 11 月 8 日）[107]

第二，对拜伦作品的爱不释手，歌德在不经意间也受到了拜伦激情的感染。例如他的《玛丽安悲歌》（*Marienbad Elegy*）就明显与歌德其他的诗不一样，因为里面充满了由爱情激发的热情，当爱克曼指出这首诗的风格让人联想起拜伦的时候，歌德自己也毫不掩饰地肯定了拜伦的影响。[108]歌德频频发起对拜伦的讨论，爱克曼也不知不觉受到了启迪，后来在他的写诗练习中也获得了有益的影响。

第三，歌德不仅仅高度评价拜伦，更是在讨论中对拜伦的创作及性情进行细致的剖析和批评，他的观点客观准确、一针见血。例如他认为拜伦的心灵世界是透明的、自由的；拜伦的天分很好，但是他的上限在他活着的时候已经得到了发挥；作为诗人，拜伦不逊莎士比亚，但是他懂得反省自己，为人处世是他的弱点；拜伦的好辩风格让他的文字饱含激情，同时也把他给毁灭了等等，诸如此类的见解很多。拜伦的案例还让歌德深入诗歌与民族特点的关系，通过拜伦，他意识到英国的历史创造了适合诗歌孕育的环境，所以是个诗歌王国，而法国文学又是受英国文学影响的，德意志民族缺乏可以匹敌像拜伦和司各特这样的诗人。

---

107 J. W. Goethe, J. P. Eckermann, F. J. Soret. *Conversations of Goethe with Eckermann and Soret*, Vol. 1. Trans. John Oxenford. London: Smith, Elder. 1850. pp.205-209, 290, 294.

108 参见 J. W. Goethe, J. P. Eckermann, F. J. Soret. *Conversations of Goethe with Eckermann and Soret*, Vol. 1. Trans. John Oxenford. London: Smith, Elder. 1850. p.96.

可以这么说，拜伦这样一位英年早逝的天才能够得到歌德这样一位文学家兼思想家的充分肯定是拜伦的幸运，同时拜伦这样一位特殊的天才也激起了歌德纷繁的文思，丰富了他的阅读和创作视界。

（三）西班牙

拜伦在西班牙的接受与法国和德国这类国家不一样，西班牙读者很早就知道拜伦，不过像《该隐》和《曼弗雷德》这样的作品多是在 19 世纪下半叶才被翻译成西语。当法国和德国的拜伦主义热渐渐消退的时候，西班牙对拜伦的接受则仍然热度不减，并且从西班牙诗歌中还可以看到许多无法抹去的拜伦式影响。这种影响主要体现在西班牙诗人对拜伦诗歌主题和意象的借用，还有怀疑主义的色彩添加，还有的诗人直接在诗中歌赞拜伦，表达对《恰尔德·哈洛尔德游记》这样伟大作品的钦佩。《哈洛尔德游记》是 19 世纪的西班牙诗人最受启发的作品，《该隐》和《阿比多斯的新娘》也很有吸引力，但是令人意外的是拜伦的代表作《唐璜》受到的关注并不特出，反而像有些小诗作如"三十六岁生日感言"（On This Day I Complete My 36th Year）还受到多个诗人的关注和学习。[109]埃斯普龙塞达（Espronceda）是 19 世纪上半叶西班牙最知名的"拜伦学徒"，关于他与拜伦之间的文学关联，英语世界和西班牙语世界均有学者作过相关论述。

待到 20 世纪初的时候，拜伦在西班牙学界就已经形成了比较全面的研究势态。丹尼尔 G. 塞缪尔斯（Daniel G. Samuels）曾对 1900-1929 年学界对拜伦在西班牙的接受研究作了一个全面的综述。[110]从这 30 年间的研究动态可以看出，拜伦在西班牙是一个知名的英国作家，西班牙学界对拜伦的生平、作品、在英国文学史上的地位都有涉及。他指出拜伦带到西班牙的浪漫主义主题主要有人性、爱、厌世主义、城堡废墟、东方主义、自由和希腊，但是他的人性主题却是最让评论家们感兴趣的，爱居于其次，但是与人性比相差甚远，第三的东方主义也仅仅是与西班牙有所关联的部分。不过西班牙评论界对拜伦在文学史上的地位基本上都给予了很好的评价，最差的评价也把他列为英国 19 世纪伟大的诗人之一，其他的评价多把他和莎士比亚相提并论，有的甚至认为拜伦是整个 19 世纪最杰出的英国诗人。

---

109 参见 Daniel G. Samuels. "Some Byronic Influences in Spanish Poetry (1870-1880)", *Hispanic Review*, Vol. 17, No. 4 (1949): 290-307.

110 参见 Daniel G. Samuels. "Critical Appreciations of Byron in Spain", *Hispanic Review*, Vol. 18, No. 4 (1950): 302-318. p.302.

（四）英属印度

英属印度在这里并不是指涉整个印度殖民地，而是以英国殖民阶级为主的文学圈子，这个圈子还是以英语为母语的人构成，所以它是远在印度的一个"小英国"。它表现出与英国本土一样的文学趣味，拜伦在这个圈子中的传播于英国本土大同小异，主要的作品、主要的兴趣点基本符合英国人的审美习惯；不过不一样的地方在于拜伦的东方故事和追求自由的反叛精神在这里比较受关注。既然是在殖民地，那么英国的一些刊物在孟加拉地区也有稳定的读者，这与英国无异，即传播英国的拜伦阅读品味；但是殖民地本土也曾有两个重要刊物可以看出拜伦在英属印度的接受状况，它们分别是《加尔各答杂志》（*Calcutta Journal*）和《东方观察》（*Oriental Observer*）。《加尔各答杂志》刊登过一些拜伦作品的评论，还有选登《唐璜》的诗章，有时候还会为即将出版的拜伦作品作宣传，但是这个刊物因为后来刊发一些宣扬拜伦的革命精神的作品，暗中与东印度公司的殖民统治对抗而在 1823 年被取缔。《东方观察》成了拜伦死后了解英属印度读者对拜伦的接受反应的一面镜子，它曾经刊登过悼念拜伦之死的文章，其余主要刊发一些评论文章，从中可以了解拜伦的作品是如何被当地读者阅读和讨论的。[111]不出例外地，拜伦作品中的比喻、格式和主题也被当地以英语写作的诗人所模仿，还有一些适应殖民语境需要而作的改写。但是由于政治干预，表达反抗英国殖民统治的改写并不多见，所以拜伦在英属印度的本土化是受到严格管控的，且大多数模仿拜伦的作家还是英国作家，有些富有正义感的作家也不敢公然与殖民政府作对，他们至多可以在作品中借助拜伦的反抗精神委婉地表达对被殖民的印度人民的同情。

四、拜伦与十九世纪的绘画和音乐

拜伦对绘画没有表现出多大兴趣，他对绘画的赏评也只是从直觉出发，观察绘画的表面内容，缺乏对这种艺术实质性的美的抽象感应。他在 1817 年 4 月 14 日给默里写的一封信上说道：

> 你肯定可以回想起我对绘画一无所知，并且我厌恶它，除非它可以让我联想到某些我见过或者是可能能见到的东西。因为这个原

---

111 参见 Máire ní Fhlathúin. "Transformations of Byron in the Literature of British India". *Victorian Literature and Culture*, Vol. 42, No. 3 (2014): 573-593.

因，所以我认为在教堂和宫殿里见到的那些圣人之类的画像都是一种欺诈的代表，我痛恨这种虚伪，还会对它们吐口水。[112]

当 1820 年 1 月威廉·班克斯（William Bankes）就是否要收藏一幅画而询问拜伦意见的时候，拜伦给出的一个口头式应答就是"画中的女人真的很漂亮"[113]，这是一个普通人对绘画的直观反应——很明显，拜伦缺少相关的理论积淀和深入的审美情趣，他不喜欢巴洛克风格的绘画，画中的圣人形象在他看来显露的无疑是教会的虚伪。然而，他的文学作品对绘画的启发却是有一定影响力的。

托马斯·科尔（Thomas Cole, 1801-1848)是一位知名的美国画家，他的画作擅长将历史题材与当时流行的风景画结合，其中《帝国的历程》（*Course of Empire*）便是其中的代表作。这部创作于 1833-1836 年的画作分为五个组成部分，每幅图的标题分别代表罗马帝国从兴起到最后衰颓的一个阶段，它们分别为"蛮荒状态"（Savage State)、"田园牧歌（阶段）"（Arcadian)、"帝国的极盛（时期）"（Consummation of Empire)、"毁灭"（Destruction)、"废墟"（Desolation)。艾伦 P. 瓦拉赫（Alan P. Wallach）认为"这幅由五幅图景构成的宏伟系列画作很明显是受启于当时一部炙手可热的读物——拜伦的《恰尔德·哈洛尔德游记》"[114]。按照瓦拉赫的思路，科尔出生于英格兰，年轻时候他最喜爱的英国作家是拜伦和华兹华斯，那么拜伦的作品他必定是熟悉的。1820 年，科尔移居美国，1829-1831 年间曾回到伦敦，参观了拜伦的纽斯台德故居，后来去意大利旅行的时候，在一个偶然的场合还见到过拜伦的情妇归齐奥利女爵，拜伦作品带给他的想象与现实所见让他颇多感慨，在途中他还受此启发创作了两幅作品，可惜最后遗失了，其他现存的一些画作还可以看到其中的解释文字援引于拜伦的一些诗句。不论如何，拜伦对科尔的影响是的的确确存在的。不过，加入美国国籍的科尔在 19 世纪 30 年代也曾试图撇清他的绘画灵感与拜伦的关系以讨好当时的一些宗教领袖人物，顺应当时的社会环境。如前所述，拜伦在美国有广泛的接受度，不过对于一些宗教领袖和道德家来说，他的作品简直是祸害，因此他们会想方设法抑制它们的传播。尽管科

---

112 Thomas Moore. *Letters and Journals of Lord Byron: With Notice of His Life*. Paris: J. Smith, 1831. p.263-264.

113 John Cash. "From Cleland to Byron: The Unexpected British Version of Italian Art". *Journal for Eighteenth-Century Studies*, Vol. 33, No. 2 (2010):181-194. p.190.

114 Alan P. Wallach. "Cole, Byron, and the *Course of Empire*". *The Art Bulletin*, Vol. 50, No. 4 (1968): 375-379. p.377.

尔有意摆脱拜伦的影响，但是他年轻时候对拜伦作品的阅读还是给他留下了不可磨灭的印象。

　　科尔第一次游历欧洲的时候，他很喜欢阅读《哈洛尔德游记》，这部曾经被认为是可供游历欧洲的一个诗性导游手册的作品，给科尔带来了许多灵感。在完成《帝国的历程》后的宣传中，他列出了几个关键词——自由、荣耀、兴衰，仔细观察即可发现这几个关键词明显是来源于《哈洛尔德游记》的第四章第 108 诗组：

> 从人类的所有故事可找出一个道理；
>
> 兴亡盛衰，无非是旧事的轮回和循环：
>
> 先是自由，接着是光荣，光荣消逝，就出现财富、邪恶、腐败，
>
> 终于野蛮。
>
> 而历史，固然它的典籍烟海般浩瀚，
>
> 其实只一页，此情此景即是极好的记录……[115]

　　拜伦于 1818 年完成这章的写作，"正是在这一章，他把他最出名的颂词献给了意大利的迷人景致。整章实质上是一首独立的诗，是一段诗人在伟大的历史遗迹面前赋予作者情感上的激情记录"[116]。"在科尔游览意大利的时候，拜伦面对罗马帝国的废墟歌咏出的意味深长的哀歌在他的脑海里不断涌现，最终拜伦的周期理论与他自身的体验一一契合"。拜伦文字性的描述与科尔在罗马帝国遗址所看到的场景发生碰撞，促使科尔意图用空间静止的绘画艺术来表现历史的兴衰演变。当然，仅仅从几个宣传的关键词和罗马废墟主题来联想这样一种影响关系的思路显然是站不住脚的，瓦拉赫在他的论述中还择引科尔这个系列画作的解释词与《哈洛尔德游记》的诗组进行逐一对应，发现那些解释与拜伦的诗基本都是吻合的。只不过从诗这样一种时间

---

115 [英]拜伦著：《恰尔德·哈洛尔德游记》，杨熙龄译，上海：上海译文出版社，1990年，第 252 页。（原文为：

"There is the moral of all human tales;

'Tis but the same rehearsal of the past.

First Freedom and then Glory-when that fails,

Wealth, vice, corruption,-barbarism at last.

And History, with all her volumes vast,

Hath but one page……"

(Lord Byron. *Childe Harold's Pilgrimage*. London: John Murray, 1870. p.227.)

116 R. W. King. "Italian Influence on English Scholarshp and Literature during the Romantic Revival". *The Modern Language Review*, Vol. 21, No. 1 (1926): 24-33. p.24.

的艺术转化为绘画这种空间的艺术需要作家的创造性发挥，科尔基于诗歌带来的灵感，在绘画的过程加入了自己的元素以适应绘画的观众和社会环境的需要。

除此之外，法国著名的画家欧仁·德拉克罗瓦（Eugène Delacroix, 1798-1863）也是一个擅长从文学作品中汲取绘画营养的画家，在众多诗人中，拜伦是德拉克罗瓦最喜爱的作家，他的很多绘画的灵感都是源于拜伦的优秀作品，这些作品主要有《萨丹纳帕露斯之死》（参照《萨丹那帕露丝》）、《福斯卡里父子》（参照《福斯卡里父子》）、以及《残喘在迈索隆吉翁废墟上的希腊》（应当是联想到拜伦之死以及他的《阿比多斯的新娘》而创作的）。[117]

英国著名的画家约瑟夫·玛罗德·威廉·透纳（Joseph Marroad William Turner, 1775-1851）也对将拜伦的诗转化成绘画抱有很大兴趣。以一次英国皇家学院举办的年度画展为例，透纳在这次画展中有五幅画都引用了《恰尔德·哈洛尔德游记》的原句作为对他的画的注释，这五幅画分别是《滑铁卢战场》（The Field of Waterloo, 1818）、《恰尔德·哈洛尔德游记——意大利》（Childe Harold's Pilgrimage-Italy, 1832）、《荣誉的美石与马尔索之墓》（The Bright Stone of Honor and the Tomb of Marceau, 1844）、《现代罗马》（Modern Rome-Campo Vaccino, 1839）、《威尼斯之路》（Approach to Venice, 1844），从中可知，透纳毫无疑问非常喜欢拜伦的诗句，当他在创作这些绘画的时候，拜伦的诗句是回荡在他的想象中的。

文学与绘画本来都是摹仿客观世界的艺术，它们之间也可以相互摹仿，这种摹仿或者说转化是时间的艺术与空间的艺术之间的转化。绘画从诗歌中寻找素材，是绘画对诗歌的"出位之思"。"出位之思"是钱钟书的翻译，意为一种艺术体裁处于对另一种艺术体裁的仰慕，从而在自己的体裁内作出对另一种艺术体裁效果摹仿的努力，这种摹仿也是一种风格追求。需要注意的是，"出位之思"一般只出现于艺术的体裁中，它追求的是艺术效果，这种追求的努力或跨体裁的"仰慕"，"出位之思""只是为了创造出一种新的表意方式，并不是真正进入另一个体裁"[118]。虽然绘画按照结构主义诗学的观点是与文学有天然的区别的，因为绘画用的是图示（icon），"图示与其

---

117 参见 George Heard Hamilton. "Delacroix's Memorial to Byron". *The Burlington Magzine*, Vol. 94, No. 594, (1952): 257-259. p.261.

118 赵毅衡：《符号学》，南京：南京大学出版社，2012 年，第 137 页。

他的标记（sign）有明显的不同"，图示类似于"象形"，与它所表征的事物存在"实际的相似"，而不是像（西方）文字那样在能指和所指之间是"任意性的或约定俗成的"关系。[119]以此来看，绘画和文学用的是两种本质不同的符号，并且绘画的空间还是静态的，文字的时间是动态的，那么两种艺术之间的"出位之思"就只能从符号学的表意系统来寻找可能了。也就是说，画家摹仿诗人，实际上就是画家试图用图像来表达与诗人的文字流露出来的相似的情感。

回到拜伦对绘画的影响，西方画家从拜伦的诗歌中汲取绘画的灵感，从某种意义上来说，也是摹仿，是那些画家对拜伦诗歌的"出位之思"。拜伦对其他作家的创作影响，不论是表面形式上的还是思想内容方面的模仿，那都可以看成是互文的关系或两位作家精神气质上的契合，那是可以从文字符号和表意倾向上找到依据的。但是拜伦对西方画家的影响则不尽然。科尔的《帝国的历程》受拜伦的影响是很明显的，因为不论是从这个系列作品整体的核心内容（帝国兴衰的周期循环）还是每幅图片意图表达的阶段内容和意义都可以从《恰尔德·哈洛尔德游记》第四章找到对应的诗组。科尔不仅仅是面对着拜伦的文字描述凭空想象，他还有身临其境的切身体验，他站到了曾经拜伦驻足过的近乎同位置的视角，体会到了曾经拜伦面对同样的景观生发出的相似的情感，所以他绘画的表意效果可以与拜伦比较接近。而德拉克罗瓦相对而言是因为喜爱拜伦，所以有意地从他的作品描写中构思绘画所需要的图景，他忠实地通过图示的方式来呈现拜伦诗歌所描述的场景和故事。虽然他的画作是静止的空间艺术，却也成功地将拜伦的文学作品的时间艺术转化成了直观、富有想象张力的绘画作品。

如果说科尔主要是通过内在的情感共鸣与拜伦构成了影响关系，那么德拉克罗瓦受到的影响相对而言则是把拜伦的文字描写引发的外在想象跃然于平面上。但是透纳又与科尔和德拉克罗瓦不同。透纳虽然读过拜伦，但是他创作的时候并没有直接参照拜伦，只是在画展上引用了拜伦的诗作为解读绘画的辅助。那他在精神气质上受到过拜伦的影响吗？关于此，英国的美术批评家约翰·拉斯金（John Ruskin）认为透纳身上有拜伦主义的特征，因为他与拜伦一样都用独特的悲观眼睛去看世界，"（透纳的）悲观来源于他极

---

119 参见 Jonathan Culler. *Structuralist Poetics: Structuralism, Linguistics and the Study of Literature*. Ithaca, New York: Cornell University Press, 1975. p.16.

度的忧伤和病态的思想，在这方面，他与拜伦和歌德是一样的"[120]。而詹姆斯·赫弗南（James A. W. Heffernan）则不赞同于此，他认为文学有多种表现自我的方式，绘画同样如此，透纳从哈洛尔德游记那里间接地获取了很多绘画题材，但是二者之间不存在影响关系。因为拜伦通过恰尔德·哈洛尔德这个人物形象来表现自我，他的作品带有自传性质，作者很明显地把自身的思想和情感呈现于文字中；同样地，透纳借助的是史诗中的形象来表征自己，但是他的表意方式与拜伦式截然相反的，因为透过他的画作很难看到透纳自身，他的悲观主义在画中也难觅踪迹。所以尽管透纳在精神气质上与拜伦和歌德一样带有悲观主义色彩，但是他的艺术创作确是按照他自己的表意方式进行的。[121]

文学与音乐也是姐妹艺术，拜伦作为一个让整个欧洲大陆为之震惊的诗人，他的作品也曾经被剧作家改编成歌剧[122]，其中最有名的当属意大利伟大的歌剧作曲家居塞比·威尔第（Giuseppe Verti, 1813-1901）改编的《海盗》（Il Corsaro）。要把一部纯语言构成的文学作品改编成歌剧，要求作曲者能将文字与声音和图像综合起来：声音除了音乐，还有其他的杂音，这些杂音可以带来一些特殊的效果；图像又包含了歌剧的场景布置和演员的手势。当这些因素结合得好的时候，歌剧就可以给观众带来比阅读文学作品更加直观的感官体验。"要将像《海盗》这样的一部史诗改编成歌剧，需要对史诗的戏剧和声音本质进行蒸馏：剧作家和作曲者要有能力去选择哪些叙事元素可以被看见和被听到。"[123]

在改编这部诗剧的时候，威尔第遇到的一个难题出现在海盗康拉德的一个进退两难的处境上。被囚禁的康拉德有机会把熟睡的敌人赛德杀死以逃脱第二天早上将要遭受的酷刑，他也可以选择坐以待毙，以死来偿还他曾经犯下的罪恶。改编的结果是尽管威尔第最终还是将这部歌剧搬上了舞台，但是相对于他其他的优秀作品，这部歌剧实际上是一次失败的改编，因为它只上演过一

---

120 John Ruskin. "English Landscape," in *The Lamp of Beauty*, edited by Joan Evans, Ithaca, NY: Cornell University Press, 1980. pp.170-172.

121 James A. W. Heffernan. "Self-Representation in Byron and Turner", *Poetics Today*, Vol. 10. No. 2 (1989): 207-241.

122 歌剧常被成为音乐剧，它的核心组成部分是音乐和舞台表演，因此这里将歌剧纳入到音乐的大范畴中。

123 Susan Rutherford, "From Byron's *The Corsair* to Verdi's *Il Corsaro*: Poetry Made Music". *Nineteenth-Century Music Review*, Vol. 7, No. 2 (2010): 35-61. p.36.

次就被威尔第自己亲手扼杀了。用苏珊·卢瑟福（Susan Rutherford）的话说，就是"如同孤独的拜伦式英雄的最终命运一样，消失在迷雾中，留下了一个谜"[124]。不管怎样，这次不算成功的尝试还是证明了拜伦的诗剧对一个伟大的歌剧作曲家的魅力。这不能证明拜伦式英雄不适于改编到舞台上，但也给音乐界留下了一个难题。拜伦写的其他一些诗相对而言转化成音乐要简单些，成功的案例有《希伯来旋律》，在文学上它是一部优美的诗集，它在音乐上经过内森的改编也是一部经典的旋律。

---

[124] Susan Rutherford, "From Byron's *The Corsair* to Verdi's *Il Corsaro*: Poetry Made Music". *Nineteenth-Century Music Review*, Vol. 7, No. 2 (2010): 35-61. p.61.